最愛《さいあい》

Yûichi Shimpo

真保裕一

新潮社

最愛

1

いつだったか、仲間うちで話題になったことがある。病院で息を引き取る者と生まれてくる者、どちらが多いのだろうか、と。

病院は未来を映す鏡でもある。日本の出生率は人口デフレを表す右肩下がりのグラフを描き、病院の利用者は六十歳以上の高齢者が過半数を占めている。国は出産費用を健康保険の対象とはせず、かけ声だけの少子化対策は省庁間での予算の奪い合いで骨抜きとなり、効果はまったく期待できない。あげくに、やたらと投薬できない小児科は、営利を優先したがる経営者によってリストラ対象とされ、病院から子供の姿は減る一方にある。

息を引き取る者と生まれくる者。日本人の生死は本当に拮抗しているのか、確かに疑問は浮かぶ。

その答えは考えるまでもない。

僕らの疑問にそう言い返したのは、ヘビースモーカーで、手があくとすぐにゴルフ・スイングの真似をしたがる我が院長だった。

「交通事故に自殺や殺人……。病院で死なない人たちは年間少なくとも四万人は越える」

「でも、子供の出生率は年々減ってるんですよ」

「いいか、病院の中は老人だらけだろうと、人の命はひとつしかない。二度も死ねるわけがないんだ。それに、今どき産婆にかかって自宅で子供を産む妊婦が、どれだけいる？　九十九パーセントの日本人が病院で生まれていると見ていい。だったら、病院で取り上げる命のほうが多いに決まってる」

人は生まれ、やがて必ず死を迎える。何千人と患者の臨終に立ち会ってきた院長は、年間の死者数と出生数を比較しても意味はない、と僕らに言いたかったのだと思う。人の命は、人生という物差しを当てて測るほかはないものなのだ、と。

その答えを聞き、しみったれで口うるさい院長だけど、少しは彼を信じてもいいんじゃないか、と僕らは頷き合ったものだった。

病院で取り上げられる命のほうが多いに決まっている。だから、僕らは死に囲まれているわけではない。すぐ横で新たな命の輝きが生まれているのだから。

それでも、手をつくして治療に当たった患者を看取ったあとは、深い失望に襲われる。

一人トイレで深呼吸をくり返してから、僕は病棟を離れて新生児室の前へ歩いた。夜明け間近でまだ照明の暗い廊下に先客がいた。

ガラスに額を押しつけたまま動こうとしないシルエットは、思ったとおり前園《まえぞの》先生のものだった。彼の手には、病院前のコンビニで買ってきたばかりと見える、まだフィルムの破られていないハイライトの青い箱が握られていた。

横に歩み寄っても、前園先生は顔を上げず、薄暗い新生児室の中に目を据えていた。僕もガラスの奥を見渡した。

ちょうど子供の一人が泣きだし、授乳室にいたベテラン看護師が小さな照明をつけて新生児室の中をのぞいた。カーテンの隙間から射す光に、生まれてまだ間もない子供たちの寝顔が照らし出された。

泣き声はたちまち三人の仲間へと広がり、にわかに新生児室の中が騒がしくなった。己の存在を全身全霊で訴えようとする彼らの声が、ガラスを通して心地よく耳に届く。

「ちくしょう……」

前園先生は青い箱を握りつぶしそうな勢いでフィルムをむしり取ると、一本の煙草を口にくわえた。

「ここ、禁煙ですよ」

わかりきったことを告げると、前園先生は医長としての威厳をちらつかせて僕を睨《にら》みつけた。

「知ったことか」

込み上げる感情を隠しきれずに指が震えていたようで、安物のライターの火はなかなかつかず、小さな火花が何度も散って、消えた。そのかすかな明かりは、つい五分前に僕たちが力足らずのために見送らざるをえなかった小さな儚《はかな》い命を連想させた。

　前園先生はやっとハイライトに火をつけると、煙で胸のくすぶりをごまかそうとするみたいに忙しなく吸い込んで噎《む》せ返り、その責任を僕に押しつけたがっているような目で見つめてきた。

「押村《おしむら》」

「――はい」

「どうしておまえは結婚しない。往生際が悪すぎるぞ」

「小児科医なんかしてたら、忙しくって結婚相手を見つける暇もありません」

「ごまかすな。とっくに病院中の噂になってる。もう彼女を押し倒したんだろうなとんだとばっちりだった。誰かに何かをぶつけたい気持ちは同じでも、医長に面と向かって素直でない性格を直せと指摘するほどの勇気は、僕になかった。

「コメントはひかえさせてください」

「いいか。早く腹をくくって子供を作れ。おまえの欠点は、子供に優しすぎるところだ。勘のいい子だったら、おまえの泣きだしそうな顔を見ただけで、自分の病状がすべてわかっちまう。まったく、何年小児科医をやってるんだか。優しくなるなら、もっととことん優しくなれ。中途半端は最悪だ。上辺だけの優しい男なんてのは、人生をなめてかかってる若い女にしか通用しないぞ」

　大学を卒業してから十年になる。最近では子供の死にも多少の免疫ができ、研修医のころみたいに精神的な痛手を引きずることはほとんどなくなっていた。子供を看取った直後に、平気で女の子と待ち合わせて食事ができるようにもなった。もちろん、何もなかったという演技を心がけてのことだったが。

医師たる者は患者の葬儀に足を運んではならない。そんな暇があるなら、趣味に時間を費やし、気分転換を心がけろ。先輩たちから幾度も同じ忠告を受けてきた。反省と復習は必要でも、いたずらに過去を引きずってはいけない。

だから僕は、子供を救えなかったあとに、必ず新生児室へ足を運ぶようになった。新たに産み落とされた命は、見ているだけで確かな力を与えてくれる。

授乳を終えた子供がベッドの中へ戻された時、廊下の内線スピーカーが僕たちの名前を控え目に告げた。

「前園先生、押村先生、内線十番をお取りください」

二月の夜は、熱にうなされた子供たちが最も多く運ばれてくる季節だった。

「行くぞ、押村。いいか、もう吹っ切れ。忘れろ。運命だったんだよ」

言うと同時に、もう前園先生は駆けだしていた。

忘れられるはずのない死に目をつむり、僕もあとに続いた。内線電話で急患の到着を知らされ、二人して処置室へ急いだ。

運ばれてきたのは三歳四ヶ月になる女の子だった。唇が紫色になってチアノーゼを起こし、呼吸困難に陥っていた。少なくとも数時間前から熱性痙攣《けいれん》の兆候が出ていたと思われる。

「手足の痙攣は何時間前からありましたか」

夜明け前だというのに、歌舞伎役者も怖じ気づきそうなほど化粧の濃い母親に尋ねると、眠そうな目で首をかしげられた。羽織ったコートの下からは、絵の具をぶちまけたように派手な色のシャツがのぞき、子供より数段も血色のいい口元からはアルコールの匂いが漂ってきた。

「昨日から少し熱っぽかったみたいだけど、今夜はずいぶんと静かになってたから……」

だから、夜遊びに出かけていた、ということらしい。

前園先生は役に立たない母親を邪険に押し戻すと、看護師に向かって呼吸器の準備を指示した。若い母親はあからさまな不快の色を細く整えた眉に表し、赤く塗られた唇をとがらせて大仰に腕を組んだ。

子供より自分のほうが数倍も可愛いのだという本音を隠そうともしない母親が、あきれ返るほどに存在する。仕事を理由に子育てを放棄し、子供の笑顔だけを見たがる父親は、もっと多い。

小児科医は治療費という金銭契約で結ばれた、彼ら利用者の良き下僕なのだと決め込む親たちによって、小児科病棟は二十四時間営業のコンビニ化が進んでいる。とにかく足を運べば、生きていくに最低限必要なものは手に入る。

急性脳症の一歩手前で女の子を死の淵から引きずり戻して息をつくと、僕はほかの患者の容態を見るために治療室を出た。

磨りガラスを爪でひっかくのに似た不快な声が廊下中に響いていた。

「信じらんないよ。ったく、ムカツクったらありゃしない。人を突き飛ばしておいて平気な顔してるんだから。誰の治療費でいい暮らしができてると思ってんだか。ダメよ、男の人がガツンと言わなきゃ。女だと思って向こうはなめてるのよ、決まってるでしょ」

僕は化粧の濃い母親の手から携帯電話を奪い取ると、ためらわずに通話ボタンを押した。

「何すんのよ、あんた！」

「病院では多くの電子機器が患者の命を見守っています。あなたのお子さんも、今は電子制御の呼吸器につながれているんですよ。携帯電話を使うならロビーで、と書いてるでしょ、この張り紙に」

「だって、さっきここを通った女の人が携帯電話を使ってたのよ」

鬼の首を討ち取った武者のような顔で女は血走った目をむいた。

「あれは院内専用の微弱な電波を使った無線です」

携帯電話の使用を禁ずる張り紙をもう一度示して言うと、女は秋田のなまはげよりも恐ろしい表情になって髪を振り乱した。

「まぎらわしいこと、するんじゃないよ」

いつから医師は、患者の親族から罵声を浴びせられても当然と思われるような存在になってしまったのだろうか。

不祥事の絶えない政治家や警察と並び、あくどい金儲けに走る医師は、訳知り顔のニュースキャスターから非難を浴びる職業リストのトップ争いを、いつのまにか演じるようになっていた。

僕が医師を目指した時には考えられないことだった。

「この携帯は夜間受付に預けておきます。お帰りの際に受け取ってください」

「待てよ、泥棒。人の携帯、盗むんじゃないよ」

若い母親は、娘の容態を聞こうともせずに、金切り声で僕をなじった。

携帯電話は確かに重宝するが、いつから我が子より大切な存在となったのか、僕は知らない。

午前中の外来患者を診終えると、昨日の朝から続いた二十九時間に及ぶ長い当直日から解放された。

入院したばかりの女の子の容態をもう一度確認しにいくと、化粧の濃い母親は部屋にも廊下にもいなかった。着替えを取りに戻ったか、崩れた分厚い化粧をトイレで修復しているのか、どちらかだろう。

危機から脱した女の子は、一人で安らかな寝息を立てていた。

一日に二度も新生児室へ足を運ばずにすんだことを喜びながら医局へ戻ると、廊下の真ん中でくびれた腰に手を当て、二宮真尋《にのみやまひろ》が僕を待ち受けていた。今日もわずかな隙すら見せまいとするスーツ姿で、よく磨かれたハイヒールの先にまで仕事への強いプライドがみなぎっていた。

彼女はとがったあごを軽く引いたいつものポーズで僕を見据えた。

「また患者の親から携帯を奪ったそうね」

僕は映画で見た重要証人を真似て、左手を胸に当てるなり右手を上げ、宣誓した。

「君に言われたとおり、丁寧な言葉遣いを心がけたし、暴力と誤解されかねない手出しはしなかったと誓って言える」

「携帯を横取りされた時に爪が割れた、と凄い剣幕で迫られたわ」

なるほど、と感心させられた。携帯電話と同じく、あの母親にとっては、偽物の爪もかけがえのない存在なのだ。

「昔の医は仁術だと言われてたけど、今の医は、人の術の——人術でもあるのよ、わかる？　うちみたいな街中にある病院は、悪い噂が立ったらすぐ客足が遠のき、経営に響いてくる。そうなったら、わたしたちの目指す真心ある医療も実現できなくなってしまうわ」

反論を口にしようとする前に、彼女は後ろでまとめた髪を揺らし、追い打ちをかけた。

「あなたは大学を頼って別の病院に移ればいいと思ってるのかもしれないけど、うちのようにそう大きくもない病院でも、多くの患者と関係者が支えてくれているの。その人たちへの配慮も、もう少し考えていただけると助かるわね」

「わかりました。今日中にポスターへ貼るシールを作っておきます」

「シールって何の話」

「だから、携帯電話の使用を禁じると伝えるだけじゃなくて、違反をした場合には電話を預からせてもらう、とルールの徹底を図っておけば問題はなくなる」

真尋はくびれた腰から手を離し、腰ほどにはボリュームのない胸の前で腕を組み合わせて恨めしそうな目を作った。

「あとでゆっくり話すしかないみたいね」

「ＯＫ。夕方に電話をくれるかな。今日は部屋で寝てるだけだから」

「首を洗って待っていなさい」

僕は笑顔で頷き返した。早く熱いシャワーを浴びてよどんだ疲れを、首とはいわずに、すべて洗い流したかった。


宣告どおりに二宮真尋からの呼び出し電話が入ったのは、生きていれば苦しみも楽しみもあるという教訓じみた男たちの歌がテレビから呑気に流れてきた時だった。

勤務する病院の事務長代理から話があると言われれば、その相手がたとえ若い女性でなくとも、僕のような力も名もなき半人前は何を置いても駆けつけるべき義務がある。

真尋が指定したのは、つい二ヶ月前にオープンしたばかりのイタリアン・レストランだった。駅の間近という立地のよさだが、ささやかな商店街の裏手に当たっていた。そのため、すぐ近くで胸を張るラブホテルの派手なネオンとサーチライトをものともしない陽気な装いに懸命な店だった。

病棟の若い看護師たちがちょっと行きづらいと噂していたが、見た目より質を重視する事務長代理にとっては取るに足らない問題と映ったらしい。

待たせてはあとが怖いので、駅前の駐車場から走って駆けつけたが、真尋はもう一人で先に冷えた白ワインを飲んでいた。

「ごめん。派手なサーチライトに目が眩んでちょっと迷った。走ったおかげで、せっかく洗ってきた首にも汗がにじんでるよ」

面白くもない冗談をとがめるように、彼女はすっと背筋を伸ばして視線を据えた。目元が赤く染まり、爆発寸前のマグマがかなり胸底にたまっていそうだった。

「ニュースっていうのは、どうして人を不愉快にさせることばかりなのかしらね」

お説教の枕としては、どこに落ちが行き着くのか予想ができず、僕はとりあえず頷き、ありきたりな同意を示した。

「だから、メジャーリーグのニュースが大きく持てはやされるようになったんだろうね。日本の国内じゃ目を覆いたくなるニュースばかりだけど、世界を相手に活躍する日本人がこれほどにいる。だから、みんな希望を捨てるな。そういうメッセージに日本人メジャーリーガーは利用されているんだな、きっと」

とっておきの持論を展開してみせたのに、彼女は興味もなさそうにまたワインを口に運んだ。

「今日もある銀行の役員がそろってテレビカメラの前で頭を下げてた。業務改善命令を財務省から受けたとかで、経営陣すべてが責任を取って辞任を発表したらしいわね。そのニュースを見てたら、端っこの席に元の上司が映ってた」

「君をこき使って点数を上げてきた嫌味な上司が経営陣にまで上り詰めていたわけか」

「まだ四十六歳という若さでね」

「十二年後に、僕が大学教授になれる確率は一パーセントだってない。保証してもいい」

「そうね。田舎町の副院長ぐらいがせいぜいかもしれないわね」

どういうつもりで言ったのか。僕は彼女の言葉の意味を深く考えないようにして笑みだけ返した。

「父に頼まれて銀行を辞めたなんてのは、嘘。わたしが父に泣きついたの、もっと人の役に立てる仕事をしたい、って。父としても、病院に活を入れたかったんだと思う。銀行に勤めていた娘を送り込んできたとなれば、誰もが少しは緊張感を持つでしょうからね」

彼女は飲み干したグラスを、まるで謝罪の告白でもするみたいに胸の前で握りしめた。僕はミニスカートの裾をひるがえして軽快に動き回るウェイトレスを呼び寄せ、ハーフボトルをもう一本注文した。

真尋はアンチョビとスライスオニオンのかかったトマトを取り分け、大きなフォークを振りかざした。

「情熱と商才ある人たちに金銭と経営面から支援とアドバイスを送り、経済を活性化させる。それが日本の底力となる。銀行のあり方が問われている時だったからこそ、やり甲斐のある仕事だとわたしには思えた。これからの銀行には女性の視点も必要になる。けっこう熱い志を持っていたわけ」

「病院での奮闘ぶりを見ていれば、君の秘めた志はわかるよ。ボールペンやトイレットペーパーの徹底管理まで押しつけられたというのに、誰も君を嫌ってないのは、熱意が通じている証拠だからね」

「よしてよ。ゲッベルスの娘ってあだ名があるそうじゃないの」

「恐れられているのは理事長のほうで、君とお父さんじゃない。それに、嫌われる人より、恐れられる人になりたい、と僕は思うね」

「看護師にもなめられっぱなしだものね、あなたは。人に好かれるのは悪くないけど、相手を甘やかしすぎるのは、無責任や無関心と紙一重になるとは思わないの？」

枕の落ちはまだわからなかったが、彼女の矛先はようやく定まったようだった。

「小児科は患者のためにも明るい雰囲気が大切だと思う。でも、緊張感が薄れていくのは少し怖い気がする」

「具体的な指摘があれば、聞こう」

「引継ぎの時間がルーズになってる。連絡が下りていくのも小児科が一番遅いわ。ローテーションの変更には基本的に口出しはしません。でも、小児科に限って変動率が高いのは気になる兆候だと思う。大した用でもないのに融通を利かせ合ってるとしたら、勤務に甘えが出てくるかもしれない。看護師長にはもう伝えたけど、一応、気にしてみて」

つい右手をかざしてハイル・ヒットラーと言いそうになり、慌てて僕は「了解」と答えて頷き返した。

「看護師には甘いのに、どうして患者の親にばかり厳しくするのかしら。気持ちはわからなくもないけど、大人としての態度を保ってもらわないことには――」

それから僕は、運ばれてきたシーザーサラダをひたすら口へ運ぶことに専念し、ワインの香りを漂わせた突風が頭上を吹き抜けていくのを大人らしい態度を保って耐え続けた。

真尋は八分十五秒でナイフとフォークを置いた。

「ねえ。どうして何も訊こうとしないのよ」

「聞いているだろ。自分の胸に手を当て、反省してるところだ」

「そうじゃない。父に頼まれて病院に来たわけじゃないって言ったでしょ。銀行で何があったのか、気になるのが普通じゃない」

「嫌なニュースと言ってただろ。先に食事をすませておいたほうがよさそうに思えた」

「さっきも言ったけど、甘やかしは無責任や無関心と紙一重だって思わないの」

彼女は実に痛いところを突いてきた。

すぐに気の利いた言い回しでごまかしたかった。だが、さらに立場を悪くしそうなのは目に見えていた。

かといって殊勝な態度も取れず、追い詰められた者が決まって見せる曖昧な笑みを僕は返した。彼女は力なくフォークを握り直して生ハムを口に運んだ。

「ある融資の依頼が持ち込まれてきたのよ。得意先からの紹介だったので、わたしが担当者に任命された。設立から三年を経たビデオ制作会社で、バランスシートを確認すると、利益率はうちの病院とは比べものにならないほどよくて、人材の流出さえなければ、返済も順調にいきそうだった。でも、制作してたビデオの中身が、わたしに決断をためらわせた」

「想像はつくよ」

「アダルトビデオなら、まだ迷わなかったかもしれない」

想像があっけなく外れたことを顔に出さないよう努めながら、僕は彼女を見返した。

「頭の軽い女の子にちょっとしたお金を握らせて、お洒落っぽいプチホテルで簡単にロケをすませるにしても、女の子の質を保つか量で勝負しない限り、ヒット作には恵まれないとか言ってた、そこの社長さんは。だから、もう少し効率のいい商品も出していく必要がある。そう力強く演説されたわ」

アダルトビデオより経費のかからないヒット商品とは何か。

そのクイズの答えを見つけられたら、僕も商人としての才覚があることになるのだろうか。でも、無理やり食事の手を進めようとする彼女の仕草と表情から、僕はヒントを得たにすぎなかった。だから僕は黙って彼女をうながした。

「わたしが生まれるよりも昔に、世界中の残酷なシーンばかりを集めて編集した映画があったそうなの。知ってる？」

「聞いたことはある」

「その映画をヒントにして、『残酷博覧会』っていう通しタイトルをつけたシリーズがＤＶＤで売り出されてた。しかも、視聴者からの投稿が多いっていうから、元手はほとんどかかってないわけ。火事に交通事故に暴走族同士の殴り合い。犬や猫の解剖シーン。イスラエルや中東らしい国での生々しい自爆テロ現場の映像に、果てはどうやって手に入れたのか、死体の焼却シーンまで。パッケージの表紙を思い出しただけで、今でも肌が粟立ってくる」

「で、君は融資を決断できなかった」

「元手をかけずに世界中から投稿を募るだなんて、犯罪を誘発しかねないと思ったの。そんな商品作りに手を貸すのは真っ平」

「ところが、融資はおこなわれた」

先読みして微笑みかけると、彼女はサラダの皿に重い吐息のスパイスを振りかけた。

「そう……」

「話の流れからすると、例のテレビに映ってたという上司の仕業だよな」

看護師にやたらと甘く頼りない医師でも、少しは彼女に見直してもらえたようだった。僕は低い鼻を高くする代わりに小鼻を自慢げにふくらませてみせた。

「その人、一人娘の写真をいつも持ち歩いていて、子供の笑顔を見てる時が一番幸せだって誰の前でも言ってた。偽善者の幸福は、他人の不幸の上に成り立っているという構図が、わたしにはよくわかる光景だった」

「僕はその上司に感謝するよ」

「なぜ？」

ある種の期待を感じさせる目で、見つめられた。

「彼のおかげで、うちの小児科は、少なくとも採算を理由に廃止される心配はしなくてすむようになった」

彼女は答えをはぐらかされたことを充分に意識した目で、話を強引にたぐり寄せようとしてきた。

「ねえ。どうして小児科医になろうと決めたの」

女性は大切な質問ほど、何でもないことのように装いたがる。

僕は嘘をつこうかどうか迷い、彼女も僕の迷いをすぐに察して、視線を外す優しさを見せてくれた。

「正直に言うよ」

そろそろ一年にもなるというのに、いつも肝心な話から逃げてばかりだという自覚は、僕にもあった。

だから、姿勢を正して真尋を見つめた。

彼女の目が一瞬だけ気後れをちらつかせた。僕の表情から何かを読み取ったと見える。だが、正直に僕は告げた。

「ある女性との間にできた子供を、この世に迎えてやることができなかった。だから、その償いとして、子供の命のために力をつくす仕事をしたいと考えた。恥ずかしい話だけどね」

「ごめん」

どちらが恥ずかしい過去を語ったのかわからないほどに彼女はうつむき、ワインとは別の理由で耳のつけ根までを赤く染めた。

「絶えず全力をつくしているつもりだけど、今日もまた一人の女の子を救えなかった」

「お願いだから、患者の話をするのはやめて」

うつむいたまま、彼女は怒りを秘めたような声で言った。

確かにここで死んだ患者の話を出すのは少し卑怯だった。

僕らは口をつぐんだまま食事を終えた。彼女は珍しく今日はデザートを頼まなかった。午後八時五十三分になろうとしていた。時計を見たのは、このあとをどうすべきか迷っていたからだった。彼女も同じだったろう。こういう時、病院から呼び出しの電話でも入ってくれれば助かるのに、と考えた。

僕の卑怯な願いが通じたかのように、携帯電話が実にタイミングよく身を震わせた。僕は救いを求めて着信表示を確認した。

病院からなの？　すぐに彼女が目で問いかけてきた。メモリーには登録していない相手からの電話だった。

僕は席を立ち、その場の空気を変えてくれることを期待しながら通話ボタンを押した。

「押村悟郎《ごろう》さんでしょうか」

洗面所へ歩きかけた足が止まった。男性の落ち着き払った声が、否定は許されないと迫るような響きで問いかけてきたのだ。

そうですが、と答えて返事を待つと、思わせぶりな間が少しあいた。

「突然のお電話で失礼します。警視庁の駒沢と言います」

財布を落とした覚えもなければ、医療ミスを犯した自覚もなかった。だが、遺族の目からは大切な身内の死亡に納得がいかないというケースも起こりうる。

とはいえ、東京の警視庁から電話が入るとは、どういうことか、僕は理解が及ばなかった。

「今から三時間ほど前、押村千賀子《ちかこ》さんがこちらの北区内にある救急病院に搬送されました。それで、ご家族の連絡先を探しています」

「姉が……」

告げられた内容を理解するのに少し時間が必要だった。病気で入院したのなら、警察がわざわざ電話をかけてくるはずはなかった。考えるより先に、言葉が口をついて出ていた。

「姉に何が――」

「驚かれるのは無理もありません。どうか冷静に聞いていただきたいのですが、千賀子さんは今、大変危険な状態にあります。今は事故なのかどうか状況がまだつかめておらず、詳しくお伝えしたくても難しいところがあり、こちらとしても心苦しいのですが、千賀子さんは頭部に重傷を負い、緊急手術に入ったところです。まずは、こちらの病院の電話番号をお伝えしておいたほうがいいと思うのですが、近くにメモの用意はありますでしょうか」

いつ病院から呼び出しが入るかもわからないから、患者の容態を書き留めるためにメモ代わりの手帳は持ち歩いていた。なのに、どこに入れたのか思い出せず、僕はポケットを端からたたき回した。

「本当に、姉に間違いないのですか……」

「鞄の中に入っていた運転免許証から見て、まず間違いないものと思われます。あなたの連絡先も、千賀子さんの手帳に書いてありましたもので」

「危険とは、どういう状態なんです」

「脳に重大な損傷を起こしている可能性が高いということでした。詳しい容態は先生からうかがったほうが間違いないと思います。メモの用意はよろしいですか」

僕は病院の名前と電話番号を書き留めた。そのつもりだったが、手帳に走らせた文字は、自分でも読めるものにはなっていなかった。

三度も書き直した末に、ひらがなと数字だけを書き留めることに成功した。

「すぐそちらへ向かいます。ですが、少し時間がかかるかもしれません」

「承知しています。確認させていただきたいのですが、東京に住んでおられる親族の方はいますかね」

警察は住民票か何かを確認したうえで、僕の現住所を調べてから電話をかけてきたようだった。さらには、最初から僕を弟だとわかったうえで話しているようにも聞こえた。

驚きが不安を呼び、声がかすれかけた。

「東京ではありませんが、埼玉の蕨《わらび》市に、父と母が――いや、あの、姉にとっては伯父に当たるのですが、僕は養子になっているものですから……」

「なるほど。それで千賀子さんの手帳にはあなたの電話番号しかなかったのですね。わかりました。わたしどもでも連絡を取ってみます。今からですと、何時ごろこちらに到着できますかね」

新幹線の最終にはまだ時間がある。車を使った場合でも、二時間あれば練馬のインターには到着できる。

「二、三時間後には、たぶん……」

「こちらでお待ちしています。時間は少々遅くなってもかまいません。どうかあまり慌てず、気をつけてこちらにお越しください。何か気になることがあれば、いつでも署のほうに電話をください」

警官は署の電話番号を告げると、最後にまた、気をしっかり持ってくれ、と言い置いてから電話を切った。

「お姉さんがどうかしたの」

背中からの声に、姉との思い出にひたりかけていた僕は、ふいを突かれて声を上げるところだった。いつのまにか真尋がすぐ後ろに立っていた。

我が家の秘密を立ち聞きされたわけでもないのに、僕は胸の疼きをとめられず、ただ彼女の顔を見返した。

「大丈夫？　顔が真っ青になってる」

「姉が東京で入院した。どうも危険な状態らしい」

真尋は胸の前で組んでいた手を固く握りしめた。

「本当に？」

「まだ信じられない。でも、病院の住所と電話番号を聞いたところだ。君に詳しく話したことはなかったと思うけど、僕たちに両親はいない。姉にとって、家族と呼べそうな存在は僕しかいない」

「わかった。今から医局と相談してみる」

「ごめん。今日中に戻ってくるのは、おそらく無理だと思う」

「いいのよ、わかってる。病院のほうは心配しないで」

僕は事務長代理の表情に戻った真尋に頭を下げると、手帳と携帯電話を握りしめたまま、トマトソースの匂いが立ち込めるレストランから飛び出した。

2

駐車場へ急ぎながら、教えられた病院に電話を入れた。

救急病棟の看護師が疲れを引きずったような声で簡単な説明をしてくれたが、警官から聞いた容態と大差はなかった。姉がなぜ頭部に重傷を負うことになったのか。理由も怪我の状況もわからず、あえて隠そうという意図らしきものさえ感じられるほどだった。

「どの程度の損傷なのでしょうか」

「わたしの口からは何とも。今、全力で手術に当たっています」

「具体的にどういった処置をするのですか」

「まずは出血を止めることが最優先だと思います」

こちらの訊き方から、医療に携わる者だと見当をつけたらしく、看護師の言葉はますます慎重さの鎧《よろい》を身にまとって重くなった。

姉は単なる事故で怪我を負ったわけではないらしい。となると、何者かに危害を加えられたのか。だから、警察も身内の家庭環境を調べてから電話をしてきたわけなのだ、と確信が持てた。

葬儀の意味もよく理解できなかった四歳の僕を抱きしめ、父と母がこの世からいなくなってしまったことを何度も言葉を換えて教えてくれた時、姉の頬を伝った涙が僕の手に落ちた。その涙の熱さを、今でも鮮やかに思い出せる。それぞれ伯父と伯母一家に引き取られるほかはなく、別れの日に最後まで僕の手を離そうとしなかった手の力の強さも。

今日の僕があるのは、誇張でなく姉のおかげだと言っていい。最愛という言葉では言いつくせないはずなのに、僕は今、姉がどこに住んでいるのかも知らなかった。

遠い日の、もう二度と戻るはずのない甘い思い出が、苦みを呼び起こして胸を埋めた。息が苦しくなったが、僕は駐車場まで走り続けた。

運転席のドアを開けたところで携帯電話がまた震えた。

蕨市の実家からだった。

「はい、悟郎です」

「いま駒沢さんという警察の人から話を聞いた。ひと足先に病院へ行ってる」

養父はいつも決まって僕に遠慮がちな話し方をする。本当なら、腰を低くして謝らなければならないのは、僕のほうだというのに。

「心配かけて、すみません」

「気にしなくていい。可愛い姪《めい》のためだ。新幹線はまだ動いているよな」

「車で行きます」

「やめておけ。集中力のない時に、運転はしないほうがいい」

珍しく強い口調になっていた。そのために、電話をくれたのだとわかった。

僕の父と母は、祖父が倒れたとの一報を受け、小学校と幼稚園にいた姉と僕を迎えに行く途中で、一時停止を無視して交差点に入ろうとしたトラックをよけきれず、ハンドル操作を誤って命を落とした。

父の運転にも責任の一端がある、と判断された。ブレーキを踏むのが明らかに遅く、父も考え事に気を取られていた可能性が高い、と警察から指摘があったという。

新幹線の最終で東京へ向かいながら、僕は姉のことだけを考え続けた。切なる祈りとともに。先に病院へ向かった養父からの電話は入らず、少なくとも容態のさらなる悪化はないのだろうと想像はできた。だが、実の息子たちより僕を気遣ってくれる養父なら、たとえ変化はなくとも電話の一本ぐらいはくれそうなものに思えた。不安と希望に揺すられつつ車中ですごす一時間は長かった。

二月の日付が変わろうとする時刻にもかかわらず、東京の街は人と車であふれ、病院までの道のりが遠く感じられた。

タクシーを降りて夜間受付へ走ると、奥の廊下に見えた長椅子に、養父が一人で腰かけ、肩を落としていた。僕に気づいて立ち上がると、すぐに自分と息子を励ますかのように頷き、歩み寄ってきた。

「こっちだ。手術は終わって、二階の集中治療室に移された」

病院には慣れている身だった。ところが、患者の身内という立場から眺めると、飾り気のない廊下は寒々しく、人のぬくもりを拒むために白く塗られているかのようにも見えてくる。

「どうしてこんなことに」

「タクシーの中でニュースを聞いたか」

「いいえ。ニュースになるほどの……」

「名前はまだ出ていないが、事件のことが報道されてる」

事件――。

言葉の重みが胃の奥へと落ちて、足取りを乱した。事件。どこかで僕は、あの姉なら事故より事件のほうが似合っていそうだとも考えていた。

「この近くのビルで放火事件が発生した。雑居ビルの事務所に女性がガソリンを撒いた。何かの弾みに引火して、燃え広がった」

「その事務所に姉が勤めていたんですか」

姉の勤め先を知らなかった。もう何年、顔も見ていなかったろうか。

何も答えようとしない養父に続いて階段を上がると、廊下の先にコートを着たままの男たちが集まっていた。

制服警官の姿も見えた。彼らがいっせいに振り返り、新たな招待客を迎えるかのようにその場の視線が僕に集中した。

「まず顔を見させてやってください。お願いします」

養父が彼らを押し戻そうと気負った声で言い、僕の背中を押した。

男たちが壁際に退いた。視線の中を歩かされて集中治療室に足を運んだ。若い看護師が同情をたたえる目で青いカーテンを引いた。

奥に四つのベッドが並び、一番手前に——つまり最も予断を許さない状況にあると見なされた位置に——姉が横たわっていた。

僕はベッドの姉へ近づけなかった。感染症を警戒するからではなく、コードやチューブにつながれて横たわる姉の姿には、僕の知る面影など痛ましいほどに薄れていたからだった。

若い医師が点滴の溶液に別の薬剤をセットしていた。僕は医師に黙礼して、姉を見つめた。

頭だけではなく、顔の右半分もガーゼに包まれ、消毒剤と血にまみれた頬は瘦せこけて見えた。艶のない肌は歳を重ねたせいだけではない。閉じた左の瞼の周囲は、それが人の肌なのかと疑わせるほどにどす黒く変色していた。唇はチアノーゼの一歩手前で血の色は感じられない。細い喉は筋張り、かろうじて機械によって保たれている呼吸のたびに引きつるような動きを見せた。

三十六歳。姉の年齢を今一度嚙みしめて、その顔を見つめた。懐かしい笑顔がまた胸の奥に甦った。

僕は別人のようになった姉から目をそらすと、心電計や呼吸器のグラフを見て、姉の命を支える糸の頼りなさを再確認した。特に脳波が問題だった。老衰による自然死を迎えようとする者と変わりばえのしない波形の弱さで、脳の損傷がかなりのレベルにあるとわかる。

もしこのまま姉が息を引き取るようなことになれば、僕には養父たち家族がいるとはわかりながらも、一人きりで砂漠の果てに放り出されるような不安を覚えた。今はもう養父母や、従兄弟でもある気のいい義兄弟と一緒にすごした時間のほうが遥かに長いというのに……。

記憶は、そこに焼きつけられた時間よりも、その光の強さによって深みと鮮やかさが違ってくるものなのだと知った。

「どうかよろしくお願いいたします」

取り乱さずに言えたのが、自分でも不思議だった。

養父がまた僕の背中をそっとたたいた。その手にすがるような思いで廊下に出ると、また男たちが僕を見ていた。

立っているのがつらかった。男の一人を押しのけて廊下の先にあった長椅子に腰を下ろした。いつ脱いだのか覚えてないが、そこには僕のコートが畳んで置いてあった。

「大変お疲れのところ申し訳ありません。警視庁捜査一課の駒沢です」

女性の胴回りほどもありそうな太い二本の脚が、目の前に近づいた。

顔を上げると、世のせちがらさを悟りきった大仏を思わせるような坊主頭の中年男が立ち、控えめに黒い手帳を提示してきた。横にはひと回りほど若そうな猪首《いくび》の青年が並んでいた。

名前を確認された。廊下では何ですから、と意味不明瞭な言葉をかけられ、養父ともども別室へ案内された。殺風景で狭いカンファレンスルームらしき部屋は、テレビで見る取調室にどこか似ていなくもなかった。

「実を言いますと、千賀子さんのほかにも怪我人が出ており、現場のビルから何人かの男が逃げていったという目撃証言もあります。事件の概要は、残念ながらまだつかめていません。ぜひとも千賀子さんについてご存じのことをうかがわせてください」

坊主頭の刑事は僕と養父にだけ椅子を勧め、彼らはドアの近くに立ったまま質問を始めた。

「まずはじめに、最近千賀子さんとお話しになったのはいつだったか、お教えください」

僕は逃げ場を求めて養父に目を移した。

気持ちを察してくれた養父が、刑事を見上げた。

「先ほどもお話ししたとは思いますが、千賀子は二十歳前に姉のもとから飛び出しまして、それ以来、わたしたちには近づかなくなっていました」

「悟郎さんにもお聞きしたいのです。千賀子さんとは連絡をお取りになっていなかったのですか」

「はい。もう十年以上も」

「電話でさえも、ですか」

刑事たちに驚きの目を向けられ、僕は恥ずかしさに頷くしかなかった。

結局、僕は親戚たちと同じく、いつしか姉を持てあます側に立っていたのだ。

「しかし、お姉さんの手帳には、あなたの連絡先が書かれていたのですよ」

それが僕には不思議でならなかった。

姉は誰から僕の連絡先を聞き、どんな思いでそこに書き留めていたのか。その気持ちを想像すると、胸の奥に氷の刃を刺し込まれたような思いになる。

あれは、僕が十六歳になった夏のことだ。引き取られていた伯母の家と学校で揉め事をくり返したあげく、姉はデイパックひとつを背中に担いで僕の前に現れた。

七年ぶりの再会だった。あの時の黄色く乱れきった前髪の間から、世間を恨むような目で僕を見つめてきた姉の姿が、今も胸に焼きついている。

伯父と伯母。どちらに引き取られるか。その違いが僕と姉を理不尽なまでに分けたのだと思う。幼い姉弟が二人だけで生きていけるはずはなく、また二人を引き取るほど余裕ある暮らしをする親族もいなかった。伯父の一家は男の兄弟しかいなかったので、同世代の女の子がいた伯母に姉が引き取られることになったのは、誰が見ても自然の成り行きだったろう。

僕と姉が引き取られてから五年後、長く患っていた祖母が亡くなり、伯父が江戸川区の実家を、伯母が残された現金を譲り受けた。折しも日本経済はバブルの最盛期へと向かい、相続した実家の地価は鰻登りに上昇し、それにつれて伯母の妬みも沸騰点へと上り詰めていった。

姉弟の間で醜いいさかいが始まり、僕と姉は電話ですら近況を伝え合うことができなくなった。ついに養父は思い出の詰まった実家を売り、その三分の一を伯母に突きつけ、互いの身内の葬儀にも顔を出さないほどに関係は悪化した。

その伯母も、三年前に脳梗塞で倒れ、そのまま帰らぬ人となっていた。姉はついに、たとえ一時期でも母親代わりを務めてくれた人の葬儀にすら現れなかった。

「では、千賀子さんが結婚なさっていたことも、当然ながら知らなかったと？」

結婚――。

予想外の事実が胸に刺さった。今、初めて知った。姉が人並みの幸せを手に入れていたのだとすれば、どれほど心が楽になるかわからなかった。

しかし、姉が危篤状態に陥っているというのに、この病院には警察関係者のほか、夫らしき男性の姿は見えなかった。

隣で口をつぐむ養父に目を移したところで、僕は気づいた。レストランに電話が入った時、駒沢という刑事は押村千賀子と姉の名前を呼んでいた。結婚していたのなら、姓が変わっているはずなのに……。

「そうですか。あなたも結婚の相談を受けてはいなかったのですね」

「はい。大変恥ずかしい話ですが、僕は何も知らされていませんでした。あの、姉はいつ結婚を……」

「昨日です」

僕はたちまち現実に引き戻された。よりによって結婚した翌日に――。

隣で養父が額に手を当て、うつむいた。

猪首の若い刑事が初めて口を開いた。

「昨日の午前中に、婚姻届が江戸川区役所小岩出張所に提出され、受理されています」

「姉がこんなことになっているのに、その結婚相手は……」

刑事たちを見回した。坊主頭の駒沢刑事が吐息を放った。

「まだ連絡が取れていません」

「どういうことです。もうずいぶんと時間が経っているじゃないですか」

「自宅に戻っていないのです。ですから、何かご存じではないか、と」

腕時計に目を移すと、午前零時を回っていた。刑事なら当然、勤め先を調べ出して連絡を取ったはずだ。

僕は確認のためだけではなく、彼らに訊いた。

「どういう仕事をしている人なのですか」

「現在は、無職のようです。名前は、伊吹正典《いぶきまさのり》。四十二歳」

何かの容疑者の一人だと言うかのように、駒沢刑事は姉の夫となった男の名前を告げた。

仕事もせずに深夜まで出歩いているとすれば、許せなかった。姉の選んだ人でも、僕はその時確かな憎しみを覚えていたと思う。

「状況が状況ですので、ぜひとも包み隠さず我々に話していただきたいのです。本当に千賀子さんから何も相談を受けていなかったのですね」

隠し立てをしてはためにならないぞ、と言われた気がした。脅しにも似た口調に、僕は刑事を見返した。

「まるで容疑者扱いなんですね」

言い終えるより前に、養父が隣から手を伸ばし、僕のひじをつかんできた。

いくら状況がつかめず彼らが焦っているにしても、被害者の身内にかける言葉にしては少々配慮に欠けすぎていた。不満を込めた視線を返すと、養父は僕の目を見ずに首を振った。

違うんだ。誤解しているのはおまえのほうだ。養父の態度が語りかけていた。

意味がわからなかった。僕がどんな誤解をしたというのか。

駒沢刑事が坊主頭を手で掻き、仲間と顔を見合わせてから、僕に目を戻した。

「ビルの管理人が、階段を上がっていく千賀子さんの姿を目撃しています。その時、かすかにガソリンのような匂いがした、とも言っているのです」

言葉は理解できたが、意味がまったくつかめなかった。

「待ってください。姉はその事務所で働いていたんですよね」

僕は期待を込めて刑事に訊いた。

彼らは誰一人として頷いてくれなかった。

「社員名簿の調べはまだ終わっていません。ですが、その可能性はかなり低いでしょう。表向きは金融業者になっていますが、我々の知るところでは、広域指定暴力団の組事務所としての役割を担っている会社ですので」

3

人は理解したくないものを無意識のうちに選別し、混乱から身を守ろうとする。

僕は意味もなく立ち上がり、刑事に訴えようとしたが、まともな言葉にならなかった。居並ぶ男たちの目による牽制と詰問を浴びたあげく、すごすごとまた腰を下ろした。

刑事の一人がまだ何か言っていた。姉の部屋を捜索する手続きを取らせてもらったので、誰かに立ち会っていただきたい。こういう状況ですので、管理人などの第三者に立ち会ってもらうことの許可がほしい。有無を言わせない口調でたたみかけた。

「それと、大変不躾《ぶしつけ》な質問になりますが、どうして十年以上も連絡を取らずにいたのか、その理由をうかがわせていただきたいのです。参考のために」

混乱から身を守ろうという力が働いたのか、途中から刑事の声が薄れていった。

僕は姉を持てあまして煙たがる親戚たちと同じ場所に立っていたのだ。少なくとも、この十八年は。

そう。十年どころではなかった。僕はもう十八年もの間、姉と顔を合わさず、まるで他人のようなふりをして生きてきたのだった。厄介者を遠ざけようとでもするみたいに。

声を出せずにいる僕を見かねて、養父が刑事の前に立った。

「身内の恥をさらすようで心苦しいのですが、千賀子はどうも、わたしの姉一家との折り合いが悪く、中学のころから、その……たびたび周囲に迷惑をかけてきましてて」

「姉さんだけを悪者にしないでくれ」

自制できずに僕はまた慌ただしく立ち上がっていた。

「そうだな、悟郎。おまえの言うとおりだよな。あの子を持てあました我々の側にも責任はある。千賀子ちゃんを一方的に責めるつもりはない。わたしと姉さんの揉め事も、彼女を苦しめたと思う」

あとは任せてくれと言うかのように、養父は僕を長椅子に座らせてから、刑事たちを廊下の奥へ誘った。

三十四歳にもなって、父親に救いを求めなければ何もできない男がここにいた。医師という社会的には信用ある仕事に就きながら、いまだ大人としての責任すら果たせずにいる。不甲斐ない息子の姿に、実の父と母は空の上で目を覆っていただろう。

刑事から解放されたが、今度は手術を終えた医師がカルテとレントゲン写真を携えて現れた。廊下から戻ってきた養父と説明を受けた。

目を疑うとは、このことだった。医師がかざして見せた写真には姉の頭部が真横から映し出され、後頭部の、ちょうど脳漿《のうしょう》を包む硬膜に差しかかる辺りに、直径五ミリ弱のゆがんだ丸みを持つ黒い固まりが確認できた。

「これは……」

否定を願う養父の呟きに、医師はこめかみに力を込めてから、息をついで答えた。

「──銃弾です。左眉の上から左の脳を貫き、頭蓋の手前で止まっていました。緊急手術により摘出はできましたが、大変危険な状態にあるのは間違いありません」

目の前の光景がかすれていった。医師は手術と今後の治療について詳しく話してくれたが、言葉の中身を理解できる冷静さは失っていた。

姉が銃弾を頭に撃ち込まれた事実を今まで誰も打ち明けなかったのは、事情聴取を滞りなく終えるためなのだ、とは理解できた。身内が暴力団事務所へガソリンを持って乗り込んだあげく、銃弾を撃ち込まれて危篤状態にあると聞いて、うろたえずに刑事と相対できる者がいるはずはなかった。

姉は右半身にも重度の火傷を負っていた。これは、銃弾を浴びた直後に火の手が上がり、現場に消防隊が駆けつけるまで、炎のそばに倒れていたのが原因だろう、と言われた。

あと一分でも救出が遅れていたなら、姉は炎に包まれていた。あと一センチでも銃弾が頭の中心に近いところを貫いていたなら、即死だった可能性もあった。

僕にはわかる。ふたつの幸運が重なり、姉は命を救われたのではない。姉の強い意志が、僕を呼ぶために、奇跡に近い幸運を引き寄せたのだ。

脳の損傷具合にもよるが、このまま命を取りとめたにしても、何らかの後遺症はさけられないだろう。そう静かに言い残してから、医師は部屋を出ていった。

沈黙に襲われた。僕と養父はしばらく声もなく、その場に座っていた。

やがて、養父がぼそりと声を押し出した。

「せめてもの慰めは、結婚していたってことだな」

「無職で、真夜中に連絡が取れない相手でも？」

「そう言うな。すぐに慌てて駆けつけてくるさ」

「でも、結婚したばかりの新婦が、その翌日に——ガソリンを手に暴力団事務所へ乗り込むかな」

養父は疲れきった顔を撫で回してから、僕を見た。

「まだ千賀子ちゃんがガソリンを撒いたと決まったわけじゃない」

でも、あの姉ならやりかねない。そういう予感めいた確信が、僕にはあった。姉は大切なものを守るためには全力で向かっていく。たとえ相手が、どういう者たちであろうと。

「病院のほうは、大丈夫なのか」

「お養父《とう》さんこそ。明日も会社ですよね」

「何とかなる。心配しなくていい」

「本当にすみません」

「水臭い言い方をするな。おれはこう見えても、おまえの父親だぞ」

息子らしいことを何ひとつしてこなかった僕に、養父は精一杯の笑顔を作った。僕がわざと東京から離れた大学を選んだ時も、悲しい顔ひとつ見せずに頷いてくれた。

「あとはもう大丈夫だよ。姉さんの結婚相手が来るまで、僕がそばにいるから」

「おれだって、どんな男なのか相手を確かめたい。ちょっとうちに電話だけしてくる」

一緒に小部屋を出ると、まるで見張りでもするかのように警官がドアの横に控えていた。まぎれもなく僕たちは、放火事件の容疑者と見なされる女性の親族なのだった。

病院の厚意で、僕たちと警官のために一階の応接室が用意された。

部屋には毛布も運ばれてきたが、警官に見つめられたまま眠れるわけもなく、僕と養父はただやたらと出入りする刑事たちを眺めていた。

明け方が近づいても、姉の夫は現れなかった。

無職なのだから、翌日の出勤に備える必要はない。だが、婚姻届を出した翌日に、暴力団の組事務所へ乗り込んでいく新妻がいるとは思えないのと同じく、新婚二日目に妻をほったらかして家に帰らない男がいるとは、常識では考えにくかった。

トイレに出たついでに集中治療室へ寄ったが、姉の容態は悪いなりに安定しているのか、それとも機械のおかげで生につなぎ止められているのか、慌ただしく医師や看護師が動き回る様子は見られず、それだけが救いに思えた。

六時前になって、また駒沢という坊主頭の刑事が僕たちの前に歩いてきた。彼の動きと一緒に朝の冷気がかすかに感じられ、今まで外へ出ていたのだとわかった。

人はよくない知らせを伝えようとする時、相手にショックを与えてはまずいと、あらかじめ顔と態度で予告をする。

結婚したばかりの身内が暴力団事務所で銃弾に倒れるより悪い知らせがあるなら教えてもらいたい、と僕は思った。

「まもなくテレビで朝のニュースが流れると思います。我々としては、まだ詳しい状況がわからないため、千賀子さんは現場に居合わせた被害者の一人として発表しています」

「ありがとうございます」

養父が救われたような態度で頭を下げた。

「ただ……どこから情報が漏れたのかわからないのですが、千賀子さんのご主人に関する個人情報をかぎつけたマスコミがいます」

言いにくそうに口を閉じた駒沢の態度を見て、僕は腰を浮かせた。

「警察はやはり姉の結婚相手を容疑者だと見ているのですか」

「まだ、わかりません。ただし、連絡が取れなくなっているのは不可解極まりないことだと思っています」

要するに、嫌疑をかけるだけの理由はある、と彼は言いたかったのだろう。

「伊吹という姉の結婚相手を参考人として行方を捜しているという報道がされているのですね」

「いいえ、少し違うのです」

言葉をにごす駒沢刑事の後ろからも、二人の刑事らしき男が遠慮がちながらも、僕たちの反応を見逃すまいという視線を送っていた。

駒沢刑事が大きく息を吸った。

「実は、伊吹正典には前科があります。その情報をつかんだマスコミがいて、記者会見の時に指摘され、認めざるをえませんでした。その事実をお伝えしておいたほうがいいと思いまして」

僕は必死になって、たとえ過ちを犯していようと、罪を悔い改め、社会復帰している者であれば、幸せを手にする権利はあるのだと思おうとしていた。

「どんな前科なのですか」

養父が最も気になることを刑事に訊いた。

姉が暴力団事務所を訪ねていった理由も、その伊吹という結婚相手にある、と警察は考えているようだった。

駒沢刑事は養父を正面から見据えて、言った。

「――殺人です。二十八の時、当時結婚していた妻を殺し、懲役十二年の判決を受け、九年間の服役経験があります」

4

記憶というのは、どういう仕組みで脳の皺に刻まれていくものなのか。写真のようにくっきりと、あるシーンが焼きつけられ、その時に交わした会話や頬を撫でていった風の肌触りまでが思い起こされてくるケースはある。

刑事から予想もしなかった情報を聞かされながら、僕はなぜかにおいの記憶にひたっていた。

ひとつは、四歳の夏に両親を失い、伯父の家に引き取られていった時のことだ。

それまでにも正月や夏休みに家族と遊びにいったことがあるのに、今日からこの家で暮らすのだと思いながら玄関を入ると、かすかなにおいが幼い僕の鼻についた。

家には、そこで生活する人たちの放つ臭気が染みついている。家族それぞれの体臭の一部から、柱や家具の素材が放つかすかな香り、使っている芳香剤や整髪スプレーまでがないまぜとなって、その家に特有の香りをかもしだす。

遊びに来た時にはさして気にならなかった伯父一家のにおいが、なぜその時の僕の鼻についたのかはわからない。新たな家族とこれから暮らすのだという緊張感から、子供なりに神経の高ぶりを覚えていたのかもしれない。僕は無意識のうちに玄関先で鼻をひくつかせていた。

今日から母親代わりとなる人の悲しそうな目を見て、僕は自分のしていることに初めて気づいた。慌てて深呼吸するそぶりに変えてごまかしたが、養母は笑顔を向けてはくれなかった。

ちょっと油っぽい彼女の手料理や食事の前に祈りを捧げる習慣にはすぐ慣れたのに、幼い僕はいつまでも家のにおいが気になり続けたものだった。

もうひとつの記憶は、十六歳の夏——。

養父母の期待にただ応えようと、夏休みも塾通いを続けていた僕の前に、伯母の家をデイパックひとつで飛び出してきた姉がふらりと現れた。

僕は最初、目の前に立った黄色い髪の女がどこの誰だかわからなかった。夏の夕方、駅から自宅へ向かう途中の公園で名前を呼び捨てにされて振り向くと、白いタンクトップにグレーの短パンという体のラインを自慢げに見せびらかすような格好の若い女が、一直線に僕を見ていた。

「何ぼさっとしてるのさ。いい歳してまだジュースのがぶ飲みしてるんだろ。汗っかきがちっとも治ってないじゃないか」

そう言われて声に気づき、僕は参考書で重くなったショルダーバッグをその場に捨てると、仁王立ちしてこちらを睨む姉に飛びついていった。

伯父と伯母の間に、生半可ではない仲違いがあって以来、七年ぶりの再会だった。

「こら、じゃれつくなって。本当に成長してないな、悟郎は」

姉は一度邪険に僕を押しのけてみせたが、あらためて笑顔になると、僕の首に懐かしのヘッドロックを決めた。その時、汗ばんだ姉の体から、かすかに腋《わき》のにおいが漂ってきた。

夏草を踏みにじったあとに残る青くささに少し似ていた。でも、僕には少しも嫌なにおいには思えなかった。

あとになって考えてみると、そのにおいは母の体臭にも少しだけ似ていたと思う。

刑事から新たな情報を聞かされながら、僕はそんなことをぼんやりと思い出していた。

つまり、もしかしたら姉は、その伊吹正典という男に、父とよく似たにおいを感じたのではないか、と。たとえ人の道に反するような行為に手を染めた者でも、姉にしか得られぬ安らぎがあったのではないのか、と。

そう僕は信じたかった。人は一人で生きていけるほど強くもないし、また完璧な存在でもない。

刑事たちが出ていき、言葉をなくした僕と養父はしばらく互いの息づかいを聞き合った。

やがて朝一番のテレビ・ニュースよりも先に、病院へ配達された朝刊が事件の概略を教えてくれた。多くを語りたがらない刑事や、ただ情報を垂れ流すだけのテレビよりも、黒い活字が整然と並ぶ新聞は事実を静かに、だが確実に語りかけてきた。

――雑居ビルで火災と銃撃。三人が死傷。放火の疑いも。

二段抜きの見出しから、死者が出ていたことを初めて知った。焼死体で発見されたのは、火災現場となった金融会社「北進ファイナンス」王子支店の従業員で原山洋二《はらやまようじ》という三十二歳になる男性だった。

支店長の岡部《おかべ》佳太《けいた》、三十七歳も全身火傷の重傷だという。廊下やロビーで暴力団関係者を思わせる男たちを見かけていないので、岡部という男は別の病院に運ばれていたのだろう。

姉は伊吹千賀子として紙面に登場し、姉ではない他人のように感じられた。たまたま客として北進ファイナンスを訪れていた可能性が高いと書かれており、警察が心配していた夫の前科については触れられていなかった。

ただ、現場から立ち去る男がいたとの目撃証言もある、と記事の最後につけ足されていた。

新聞は、発表された事実の一面を伝えるものにすぎず、書かれていない行間に多くの真実が隠されている。記者による憶測や、省略による故意の誘導も時にはある。

隠された情報を手探りにつかもうと、僕は記事を読み直した。

今は一被害者だったが、姉の事情が広まれば、人の不幸という蜜に惹かれたマスコミが一気呵成に飛びついてくる。あるいはもう、この病院の外にはカメラとマイクを手にした取材陣が群がり、家族が出てくるのを手ぐすね引いて待ちかまえているのかもしれない。

新聞を持つ手が、正直なまでに震えた。

彼らは事件の当事者なら被害者と犯人の区別もなしに、知る権利という錦の御旗を掲げて一切のプライバシーを引きずり出す。家族のあらゆる思い出も、彼らにとっては事件を彩るデコレーションのひとつにすぎない。

僕は身勝手にも、他人の並外れた不幸を心から願った。有力政治家が汚職で次々と逮捕され、罪もない乗客を満載にした飛行機が墜落し、どこかで戦争が始まってくれることを――。

新婦が暴力団事務所へガソリンを手に乗り込むよりも、派手で大きな事件が発生すれば、マスコミの興味はそちらへ移り、姉の事件は片隅へと捨て去られる。

だが、新聞のどこを開いてみても、大事件の発生をにぎにぎしく伝える記事は、哀しいことに出ていなかった。

病院の朝は早い。午前六時が近づくと、廊下に人の足音が行き交うようになった。

刑事の一団が部屋から姿を消し、代わりに病院の職員が現れ、まるで僕らを追い立てるみたいに毛布や湯飲みを片づけ始めた。

「病院への連絡はいいのか」

養父に言われて時計を見ると、いつのまにか午前七時になろうとしていた。

携帯電話を使える場所は限られているので、僕は応接室を出てまだ薄暗いロビーへ歩いた。

整然と列をなす長椅子に、じっと腕を組み合わせて座り、暗いロビーの隅を見つめる中年男性の姿があった。外来の受付を待つ人にしては少し気が早すぎる。患者の急変を聞き、駆けつけた家族に思えた。

暗がりを見つめる彼の邪魔にならないよう、僕は足音に注意しながらロビーの隅へ歩き、二宮真尋に電話を入れた。

「どうなの、お姉さんは」

僕からの電話を待っていたかのような素早さで、真尋の返事が耳に届いた。彼女の声の温もりが僕の冷えきった胸の隅へと広がっていった。

「そっちの朝刊には間に合ってないかな。金融業者の事務所で発砲事件があって、死傷者が出た」

「どういうこと。お姉さん、その現場に居合わせたの？」

「僕にもよくわからない。脳波がかなり弱くなってる。担当医じゃないから無責任なことは言えないけど、脳浮腫の一歩手前だと思う」

「なんて言ったらいいか、わからないわ」

「頼むよ。勇気づけてくれよ。こうして立っていても、実はひざが震えてる」

「……軽々しく元気出せなんて言えない。でも、周りが弱音を吐いたら、患者にも伝わる。院長の口癖を忘れたわけじゃないわよね」

かなり無理して言っているのがわかるほどに、彼女の声も僕の細いひざに負けず震えていた。

「院長より君のほうが、いつもうるさいけどね」

「もっと口うるさく言ってあげる。弱音を吐きそうになったら、いつでも電話をちょうだい。叱ってあげるから。いいわね」

「ゲッベルス殿の言いつけとあれば」

「命令よ。破った場合は連続一週間の当直にするから覚えておきなさい。とりあえず三日の休暇願を出しておく。それでいい？」

「ありがとう。小児科のみんなに申し訳ないと言っておいてくれるか」

「だめ。言わない。だって、ちっとも申し訳なくないから。こんな時に遠慮なんかしないで。お姉さんのそばにいてあげて」

「本当はすぐに帰りたいくらいだ」

「なに言ってるの」

姉の事件に振り回されて、今の暮らしが脅かされるような事態になれば……。

あってはほしくないことを連想した時、僕はまっ先に真尋の笑顔を思い浮かべた。大切なものをなくそうとしているから、もうひとつの大切なものを手放したくない。たぶん僕はそう考えていたのだと思う。

「今すぐそっちに帰って、君にがみがみ怒鳴られたいよ。苦しがって泣き叫ぶ子供に手こずらされても、子供なんか自分を飾るアクセサリーのひとつだと思ってるような母親を相手にしようと、医者という立場にいる限り、冷静さは保っていられるからね」

「子供たちのことは心配しないで」

「勝手なものだよ。僕はもう可愛い患者たちのことなんか、すっかり忘れてる。ただ何もなかったことにして、早くそっちに帰りたいと思ってるだけなんだ」

今なら正直な言葉を口にできそうな気がした。だけど、僕は銃弾を撃ち込まれた傷と懸命に闘っている姉を思い出し、その先の言葉を呑んだ。

「また電話する」

「待ってる。お姉さんの回復をずっと祈ってる」

「ありがと。じゃあ……」

通話ボタンを切ってロビーを振り返った。

長椅子の男性がうなだれていた。寝ているのではなかった。小刻みに震える肩から、声を殺して涙を必死にこらえているのがわかった。

僕も彼の肩を抱いて一緒に心ゆくまで泣きたかった。でも、寝不足と効かせすぎの暖房のせいもあってか、目は乾き、痛みはしても涙はこぼれ落ちてこなかった。

泣けない自分に驚きながら応接室へ戻ると、養父の前にまた例の駒沢という坊主頭の刑事が立っていた。

僕が視線で尋ねる前に、養父が天から糸で釣られたかのような、ぎこちない動きでソファから、のそりと立った。

「犯人が……自首してきた」

養父に続いて駒沢が頷き、慎重に言葉を選ぶように言った。

「実は、今朝四時二十分の時点で、千賀子さんを撃ったという男が上野署管内の派出所に出頭してきていました。その男の供述どおりに、現場からほど近い石神井川からつい先ほど拳銃が発見され、六時三十九分、銃の不法所持にて緊急逮捕しました」

「その男が姉を撃ったのは間違いないのですね」

勢い込んで訊き返した。駒沢刑事は僕の目を正面から見て首を振った。

「まだ断定はできません。今後、発見された銃が事件に使用されたものなのか、正式な鑑定結果を待つ必要があります」

「その男は、なぜ姉を撃ったと……」

「供述によりますと、どうも事件現場となった北進ファイナンスに借金を断られたことによる恨みがあったようです。それで脅しをかけるために銃を持って乗り込んでいったところ、反対に凄まれ、つい撃ってしまった。そのうちの一発が、現場から逃げようとした千賀子さんに当たったらしい、そう言っているようです」

「——千賀子はたまたま現場に居合わせただけなのですね」

養父がそうあってほしいと期待を寄せるような訊き方をした。

「男が現場へ来た時、すでに女が一人いたことは記憶にあると言っているようです」

「では、現場に撒かれたというガソリンは、誰が」

僕が歩み寄ると、駒沢刑事は黒い手帳に目を落とし、芝居じみた仕草で首をひねってみせた。

「従業員の一人が、趣味のラジコン飛行機を飛ばすために、会社の車からガソリンを抜いていたという証言をしています」

「姉ではなかったというのですね」

「現在、確認中です」

「で、その男というのは……」

養父がまだ安心はできないと言いたそうに、及び腰のまま刑事に尋ねた。

恐れているような事態になるはずはない、と僕は確信していた。

なぜなら、犯人が現場に来た時、すでに姉は先に北進ファイナンスを訪れていたのだ。たまたま夫婦が同じ時刻に、それぞれ別の理由で同じ場所を訪れるという偶然があるわけはない。

もちろん、姉が夫となった男の事情を知り、北進ファイナンスに借金を頼みに行ったという偶然はありうるだろう。でも、夫が妻となったばかりの女に銃を向けるはずがなかった。断じてあるわけが、ない。

「――名前は、芝中哲実《しばなかてつみ》。四十四歳。強盗や傷害で二度の服役経験を持つ男です」

駒沢の言い方に、僕は新たな不安を覚えて養父の横顔を見た。

あえて前科に触れた理由が気になっていた。まるで、その服役期間に、姉の夫となった男と知り合ったのではないかと疑っている、そうにおわせるような言い方に聞こえた。

「姉も姉の夫も、事件とは深い関係があったわけではないのですね」

僕の確認に、駒沢は軽く頭を下げると、そこで話を打ち切るかのように手帳を閉じた。

「あとは詳しい捜査を待ってください」

犯人が見つかったことを報告するため、姉の顔を見に集中治療室まで上がった。

会わずにいた十八年の長さを再び一人で嚙みしめた。すでに麻酔は切れているはずなのに、脳波計の刻みがあまりに弱く、依然として危険な状態だった。あとは姉の体力次第になる。仮に命を取り留めても、銃弾の位置からも後遺症はさけられない。

姉の身を案じながらも、患者の容態を冷静に見極めようとする医師としての自分がいる事実に気づき、やり切れなさが胸をふさいだ。助かってほしいのに、手を貸せないもどかしさに狂おしくなる。姉を見ていられずに、ガラスの前を離れた。

午前十一時が近づいても、姉の夫は病院に現れなかった。

新婚二日目に自宅へ戻らず、妻と連絡を取ろうともしない夫がこの世に何人いるか。僕はありったけの想像力で考えてみた。新聞やテレビで事件は報道されていたが、夫はニュースに触れる機会を得られずにいるのだと思いたかった。

ただ待つだけの時間がすぎた。途中で一度、病院に電話を入れた。担当する患者の容態に変化はなく、それで少しだけ気の重さが晴れた。

その後は養父と代わる代わる仮眠を取った。二人で何を待っているのか、僕にはわからなくなっていた。

夕方のニュースを待合室に置かれたテレビで見ていると、コートを手にした男が隣に立った。見上げると、冬だというのに大粒の汗を額に浮かべた押村良輔《りようすけ》だった。

「兄さん……」

「二人ともぼろ雑巾のような顔をしてるぞ。ここはおれに任せて、今日はうちへ帰れ。母さんが晩飯を作って待っている」

ぶっきらぼうな言い方は、昔からの良輔の癖だ。従兄弟を新たな家族として迎えて以来、彼は長男という立場を強く意識し、微笑みと険しい表情を自在に使い分ける男になった。今は意地でも僕らを帰宅させるつもりなのが、ひそめた眉を見るまでもなく、全身の立ち姿からも伝わってきた。

「そんな顔をするな。本当ならおれも、昨日駆けつけてくるべきだったんだ」

僕は首を振った。兄には兄の生活がある。

「浩輔《こうすけ》も名古屋から祈ってる、と言ってた」

「あとで電話をしとくよ」

「そうしてやってくれ。あいつもおまえの声を聞きたがってた」

携帯電話の行き渡った今、人の声を気軽に聞くなどいつでもできた。でも、血のつながりが薄い兄弟の声を聞きたくて、わざわざ電話をかける者は少ない。何より、高校卒業とともに家を飛び出したも同じの僕がそうだったのだ。

病院の外に、恐れていたようなマスコミのカメラは待ち受けていなかった。

犯人が逮捕され、被害者の夫が殺人犯だった過去も事件と無関係になれば、彼らが興味を抱きそうな特異性は薄れていた。あとは芝中とかいう犯人の過去を暴き出して、異様な犯人像を作り上げるだけだろう。

寝不足の養父に車の運転はさせられず、僕がハンドルを握った。

仕事を理由に正月も帰省していなかったので、実家に戻るのはほぼ三年ぶりだった。十八歳の春に家を飛び出していたので、我が家に帰ったという実感はないが、肩身の狭い表情を見せるわけにはいかなかった。

「お疲れさま」

養母は僕の顔を見ただけで、もう泣き出しそうな顔になった。

玄関を入ると、少しだけ懐かしくも心苦しい家のにおいが僕を包んだ。

「ただいま」

少し無理して言い、玄関で靴を脱いだ。

養母は姉の容態を聞かずに、お風呂へ先に入りなさい、と告げた。深く考えないようにして昨日からの疲れを洗い流すと、着替えと新しい下着が用意されていた。

養父はもう着替えをすませて食卓についていた。本当ならすぐ体を流したかったろうが、自分が風呂に入ったのでは、息子と妻の二人だけにしてしまうと気遣ってくれたのだとわかる。養母も夫の気遣いを悟りつつ、幼子を手招きでもするような腰の低さで、僕の座る位置の椅子を引いた。

仕事は忙しいの。子供は減ってるけど、それ以上に病院の小児科が減ってるからね。今の病院にはいつまでいるの。前にも言ったと思うけど、大学に戻るつもりは最初からないんだ。

この十何年というもの、養母は僕の姉を最初からいなかった者のように扱い、話題にすらしなくなっていた。それが彼女なりの気遣いなのだとすれば、まったく逆効果だとしか、僕には思えなかった。

姉は伯母の家で、できの悪い末娘をずっと演じ続けてきた。女の子のくせに喧嘩ばかりしている。まだ中学生なのに夜遅くまで帰ってこない。親戚中から心配されていた。でも、姉は万引きに手を出すなど、遊び半分で罪を犯すようなことはなかった。姉はただ、家の中で居場所がなかったにすぎないのだ。

本当なら、夜のニュースで事件の詳細を確かめたかったが、僕は先に休むと言って席を立った。

わずかに驚きを目に宿した養父が、今度は弱気を隠したかのような笑顔になった。

「ああ、そうするといい。疲れたろうからな、お休み」

気のせいではなく、二人ともどこか安堵したような表情に見えた。

5

三年間も寝ていなかったベッドは、綺麗好きな養母の性格も手伝い、柔軟剤のにおいしかせず、ビジネスホテルに似たよそよそしさを感じさせた。

病院からの電話はなく、うなされもせずに朝を迎えられた。せめて夢の中で元気な姉と語り合えたらと思ったのだが、泥の中へ引きずられるように寝入っていた。

新聞を取りに下りると、早くも養父がダイニングで朝刊をめくっていて、僕を見るなり静かに首を振った。新たな情報は何ひとつないのだ。

「いつも、こんなに早いの」

僕はパジャマのまま養父の向かいに腰を下ろした。

キッチンをのぞいたが、養母の姿は見えなかった。午前五時二十五分。部屋はもう充分に暖まっていて、養父が朝刊の配達をずっと待っていたのだと想像できた。

「歳を取ると、いくら疲れていようと、眠り続ける体力はない。悲しくても、泣く元気すらない時だってある。体だけじゃなくて、精神的な老化現象もあるみたいだ。母さんは今度のことで、驚くほうが先でまだ戸惑ってる」

だから、姉のことを話題に出したがらない母親を責めないでやってくれ。優しい養父は妻への配慮も忘れずに言っていた。

「ごめん。いつも迷惑をかけてばかりで」

言うな、と口にする代わりに首を振り、養父は新聞を折り畳んで僕へと差し向けた。

どこにも姉の記事は出ていなかった。新たな殺人が一件、常磐自動車道での玉突き衝突で一家四人が死亡、神奈川で県の助役を巻き込んだ談合事件が摘発されていた。

世間はめまぐるしく動き、流行に乗り遅れまいとする人々とマスコミに煽られ、ひとつの事件が世間の関心を集める期間は短くなる一方だった。

「昔から疑問に思ってたんだ」

養父は少しだけ警戒するような目になったが、いつもの優しさで視線をそらし、肩の凝りをほぐすように首をひねった。

「何がだ」

「飛行機が墜落すると、マスコミは目の色を変えるどころか、まるで十年に一度のお祭りみたいに騒ぎだすよね」

「仕方ないだろ。飛行機が落ちれば、いっぺんに何百人もが死ぬ。飛行機の利用者は、日に何千、何万人といる。明日は我が身となったたんじゃ恐ろしくてかなわない。早く原因を究明してもらいたいって誰もが思う」

「おかしな言い方だけど、でも、飛行機が落ちたところで、死者は多く見積もっても五百人ぐらいだ」

「五百人もいっぺんに死ぬ事故がそうそうあってたまるか」

「被害が甚大だから、世間の注目だって高いし、報道にも熱が入る。そうなるのはわかる気がする。でも、病院で死者を見慣れているからじゃなくて、ある意味たった五百人だろって思いたくなる」

「たった、とはご挨拶だな」

僕は頷き、新聞を畳んだ。

「うちの救急には、ほぼ毎日交通事故の患者が平均して三人は運ばれてくる。全身打撲や脳挫傷で、そのうちの半数近くが命を落としていると思う。でも、二十四時間以内に死んだ者でないと、交通事故による死亡者数にはカウントされない」

「なるほど」

「一時期、交通事故の死者が、年間一万人を突破したとかで、大きなニュースになった記憶がある。でも、飛行機が墜落した時よりは、扱いが小さかったように思う。車のほうが、飛行機よりもっと利用者は多い。年間一万人として、一日平均――約二十七人。毎日二十七人ずつ犠牲になっていても、交通事故はよくあるから皆さん気をつけましょうね、といった程度の扱いをされるだけ。新聞やテレビは車のメーカーが大きな広告主になってるから、事故死扱いが小さいのか、と思いたくなる」

「そうでもないだろ。日本の自殺者は三万人を突破した。新聞やテレビに、ロープ会社が大広告主になっているとは聞かない」

下手なブラック・ジョークを口にしてから、養父は肩をすくめるようなポーズを見せた。

「問題は、数にともなう重みの受け止め方だな。悟郎、おまえが新聞記者だったとする」

「うん」

「その日、全国で四人の殺人犯が逮捕された。四人はそれぞれ一人ずつを殺害していた。ところがその翌日、罪もない被害者四人を次々と殺した犯人が逮捕された。おまえはどの殺人犯の取材をしたいと思うかな」

四人もの犠牲者を次々と手にかけていった犯人の胸中には、どんな感情が渦巻いていたのか。記者でなくとも、世間の誰もが知りたいと考える。

同じ四人の犠牲者が出ていても、それぞれ翌日の新聞での扱いは大きく違ってくる。

「人は、見た目の数の前に我をなくしやすい。ニュースで報じられる百人の死者より、目の前で殺された一人のほうが、その人の生き方を変えてしまうことだってあるのに、だ」

「でも、五百人と一万人だ。飛行機二十機が落ちたことになるほどの人数が、交通事故で一年間に死んでる。なのに、自動車保険が行き渡ってるので心配はない。車による社会への恩恵も計り知れない。だから事故を報道する意味なんか、ほとんどない。みんなで見たくないものから目をそらそうとしてるだけに思えてくる」

「確かにその嫌いはあるだろうな」

養父はあっさり頷いたあと、僕をうながすように見た。

否定されたほうが、言葉に困ることはなかった。僕は何を言いたくてこの話題を切り出したのか、自分でもよくわからず、ただ怒りに近い感情だけが体のずっと奥のほうで空回りを続けていた。

たった二日で紙面の外へ追いやられるのなら、最初から報道する意味などどれほどあるのか。一家四人が死亡し、悲惨な事故だから報道する価値があると見なされた家族に勝手な身内意識を抱き、事件を煽るだけのマスコミへ怒りをかき立てていただけなのかもしれない。

「気持ちはわかるが、マスコミなんて勝手なものだ」

養父は僕の胸中を読み、でも、視線をそらす優しさとともに言葉をつけ足した。

「数だけじゃなく、亡くなった人の背景によっても、彼らは我をなくしてしまう。ほら、少しばかり前に江東区かそこらで、居酒屋チェーンの社長夫婦が殺されて、自宅を放火された事件があったろ」

僕にも記憶はあった。中小の居酒屋を強引に買収した人物で、各方面からの恨みを買っていたという話が面白おかしく週刊誌に書かれていた。犯人はまだ逮捕されていなかったと思う。

「身内を殺されたうえに、プライバシーまでが暴かれていく。夫婦で静かに余生を送っている人たちだったなら、マスコミに書き立てられることもなかったろうな」

部外者にとっての価値観から、紙面やブラウン管を飾る話題が決められ、被害者の身内が取材競争の中へ巻き込まれていく。

芝中哲実という男が出頭していなければ、僕らはこうして穏やかな朝を迎えることはできなかったのかもしれない。

会話はぎこちなく途切れ、養母が起き出してくるまで、僕らは口数少なく朝のニュースを眺めていた。

七時をすぎて病院の兄から電話があった。

「どうだ、少しは休めたか。こっちは変わりない。千賀ちゃんも小康状態を保っているそうだ」

「ありがとと。すぐそっちに行くよ」

「心配するな。今日は一日休みを取った。夕方までに来てくれればいい」

「すぐに行くよ」

「少しゆっくりしてろ。おまえにまで倒れられたら、こっちが困る」

「なあ、電話をくれなかったってことは、誰もそっちに来なかったってことだよね」

「最後に残っていた制服警官も姿を消したみたいだ」

つまり、姉の夫が今さら病院に駆けつけてきたところで、もはや用はない、と判断されたのだった。遅れた理由は夫婦の問題であり、警察が介入することではない。そういうことなのだろう。

「ごめん。午後にはそっちに行く」

「ああ。千賀ちゃんと二人でゆっくり待ってる」

僕は受話器を置き、二人の視線を意識しながら洗面所へ歩いた。洗濯機の中から昨日まで着ていたシャツを引き出し、袖を通した。

「悟郎。おまえ……」

養父がダイニングから身を乗り出していた。

「いい機会だから、姉さんの住まいを訪ねてみる。結婚相手の情報が何かわかるかもしれない」

「警察だって――」

その男を追っているんじゃないのかい。養母が先の言葉を省略して、僕を見つめた。

「犯人が出頭してきたんだから、もう参考人扱いからは外されたと思う。だとすれば、もう行方を追ってもいないだろうし」

「でも……」

養母はいつも本心を語らず、目と態度で相手に悟ってもらおうとする。口にした瞬間から、言葉が事実として刻印され、二度と家族の思い出から引き剝がせなくなるのを恐れるかのように。

「父さんは会社に行ったほうがいい。やりかけの仕事があるといけないからね。たぶん、姉さんは長くないと思う」

「悟郎、おまえ……」

「僕だって医者の端くれだ。奇跡でも起こらない限り、姉さんは保たないと思う」

レントゲン写真と脳波計のグラフ表示。どう見積もっても、今のうちから覚悟と準備を進めておいたほうがよかった。

時間はあまり残されてはいない。

手早く着替えをすませた。何も言えずにいる二人に見送られて家を出た。

久しぶりの満員電車に揺られて王子駅で降りた。駅から近い警察署の玄関を入ろうとすると、棍棒を手にした人相の悪い警官が、僕の襟首をつかまんばかりに呼び止めてきた。

名前と素性を名乗った。いくらか警官の表情は和らいだが、目は油断なく僕の全身を観察していた。病院で相対してくれた駒沢刑事は捜査本部にいなかったが、別の刑事が僕の顔を覚えていたので、話はすぐに通った。

姉の住所は簡単に教えてもらえた。一昨夜、アパートの管理人の立会のもと簡単な部屋の調べをさせてもらった、と刑事は告げた。事件現場に落ちていた姉の鞄に入っていたというアパートの鍵も返してもらえた。

姿を消している夫の代わりに、姉の着替えや保険証を取りに行く必要があると言われれば、警察もそこまで断れるものではなかったようだ。ただし、財布と手帳の返却はしばらく無理だと言われた。

「警察はまだ伊吹正典さんの行方を捜しているんですか」

刑事の表情が急に引き締まり、目から被害者の親族へ向ける同情の色が消えた。

「捜査の途中なので、多くを話せる状況ではありません」

「わかります。僕ら医者にも守秘義務というものがありますから。つまりあなたがたは、暴力団の息がかかった消費者金融の事務所で起きた発砲事件だから、出頭してきた男がそのまま真犯人なのかどうか、まだ慎重に捜査を進めている、ということなのですよね」

たとえミステリを読み慣れていなくとも、常識ある者なら予想できる程度のことなのに、刑事は二時間ドラマに出てくる下手な役者みたいに睨みを利かせて、僕を眺め回してみせた。

「まだ正式に発表してはいませんが、銃の鑑定結果が出ています。発見された銃が事件に使用されたものであるのは間違いなく、中に残されていた銃弾から、被疑者の指紋も検出されています」

もちろん、銃の中に残っていた弾から指紋が出たからといって、その人物が銃を撃ったという直接の証拠になるわけではなかった。刑事はあくまで鑑定結果の報告を口にしたまでにすぎない。

礼を言って警察署をあとにした。通りかかったタクシーをつかまえて姉のアパートへ急いだ。教えられた住所は江戸川区の北小岩だった。

板橋で生まれ、神奈川県厚木市の伯母の家で育った姉に、小岩方面の土地鑑があったとは思いにくい。結婚を機に住まいを変えたのだろうか。

運転手は一方通行だらけで迷路のような細い路地を見事なハンドルさばきで小刻みに何度も曲がっては引き返し、僕を目指す住所の前で降ろしてくれた。

江戸川の堤防がすぐ背後に迫る木造二階建ての古めかしいアパートが、姉たちの新婚家庭の城だった。

僕は胸が苦しくなり、冬の冷たい空気を大きく吸った。

小綺麗なマンションでなければ新婚生活が始められないわけではない。だが、合板のそり返ったドアから見て、いくら都内でも家賃は僕や真尋が住むマンションの半分もなさそうだった。

錆止めの塗料がむき出しとなった鉄階段を上がった最初のドアの奥が、姉たちの部屋だった。

ここでも僕は目を疑った。

今どき珍しい郵便受けの赤い小箱には、「押村」という姉の名字しか出ていなかった。表札の文字も、つい最近になって書き起こしたものには見えず、姉が何年も前からここに住んでいたらしいことがうかがえた。

四角い紙の切れ端を差し入れただけの表札。それが僕には、失われたパズルのワンピースに見えた。

多くのことが腑に落ち、パズルの表面に描かれた図柄が朧気《おぼろげ》ながら浮かんできた。

伊吹正典という男は、前科のために仕事を持てず、姉のアパートに転がり込むしかなかったのだ。もしかしたら、姉が北進ファイナンスを訪ねたのも、夫の金銭事情が深く関係していたのかもしれない。

ただし、見込み捜査は禁物だった。僕は無意識のうちに、姉の選んだ人をろくでもない男なのだと思おうとしていた。

邪念を払った。誰もいないであろう部屋のドアをノックした。

やはり返事はなく、警察から返してもらったキーを差し入れてドアを開けた。

警察が当初、姉を単なる被害者としては見ていなかったらしい証拠が、部屋いっぱいに残されていた。

彼らはよほど念入りに家宅捜索をおこなったらしく、四畳ほどしかないキッチンに置かれた食器棚や流し周りの戸は開けっ放しで、トイレのドアまでが全開のままだった。奥の六畳間は押入から布団と収納ケースが引きずり出され、広くもない部屋は散らかっていた。

姉たちのささやかな城を土足で踏みにじられたように感じられた。込み上げそうになる怒りを抑えながら、僕はひとまずドアを閉めた。

上がりがまちの左手に下駄箱代わりのカラーボックスがあり、下段と中段に姉のものらしき靴箱が重ねて収納されていた。上段には、男物の靴とサンダルが収められ、その横には、まだ真新しいパステルカラーのスリッパが二足、並んで置いてあった。

流しの横には、古めかしいアパートにはちっとも似合わないスヌーピーの絵柄の入ったコップに、赤と青の歯ブラシが二本、これも新品としか思えないものが挿してあった。

間違いなく姉は、このアパートで新たな生活をスタートしたばかりだったのだ。

また胸がしめつけられた。姉がこのスリッパと歯ブラシを買いそろえた時の顔を想像していた。古いスリッパと歯ブラシを処分しながら、どんな期待を胸に抱いていたのかと考えると、手足に震えがきた。昨日はしぼり出そうとしても出てこなかった涙が、姉たちの部屋の景色をにじませていった。

僕は手の甲で涙をぬぐった。靴を脱いで玄関を上がった。だが、涙は止まらなかった。意志に反して感情の波は押し寄せてくる。

叱られた子供のように、僕はしばらく一人で泣いた。

目に入るすべてのものが姉を感じさせ、息をするのさえ苦しくなった。テーブルに置かれた雑誌にページを折った箇所があり、開くと「冬の鍋特集」という文字が読めた。姉は夫となる人と温かな鍋をつつき合うことができたのだろうかと、つらい想像が胸を乱した。

こんな僕にも姉の手料理を味わった経験がわずかにある。死んだ母が作ってくれた料理の記憶はないが、姉は何時間もかけて腕を振るい、母の味を僕にも分け与えてくれようとした。肉じゃがに厚焼き卵にみそ汁というありきたりな定番メニューで、お世辞にも褒められた味ではなかったが、ゴメンと頭を下げながら笑う姉の顔が、今もかけがえのない光景のひとつとして僕の胸には焼きついている。

あふれそうになる思い出を封じ込め、僕は流しで顔を洗った。

あらためて部屋を見回した。

姉の保険証と印鑑はすぐに見つかった。食器棚の引き出しに、通帳やカードの明細とともに収めてあった。印鑑と通帳を一緒に置いておくなんて、空き巣に預金を分け与えるようなものじゃないか、と姉をしかりつけてやりたかった。

一緒に伊吹の印鑑も置いてあった。どこにでも売っていそうな三文判らしい。だが、彼の名前が入った保険証は見つからず、彼の名義の通帳も引き出しにはなかった。新婚生活の準備はこれからだったのだろうか。

深い意味もなく通帳を開き、まだ涙で視界がにじんでいるのか、と錯覚した。

居並ぶ数字が頭の中を素通りした。通帳をつかむ指先が、寒さのせいではなく冷たく固まっていった。

姉がどんな仕事に就いていたのか、僕は知らない。しかし、ここにある通帳の数字を信じるなら、姉は古びたアパートに住んでいながら、医者である僕に負けない額の月給を誇っていたことになる。

一週間ごとに二十万円前後が、姉自身の手により預金されていたのだ。

さらに毎月二十五日には、給料らしい振り込みが「カ）サカエケンセツ」から入っている。

これをどう考えたらいいのか。

しかも、一週間ごとの預金は、去年の六月から始まり、十月十二日に五百万円。さらに年末には二百五十万円が引き出されていた。

そして、今年に入ってからは、一週間ごとの預金がなくなっている。

慌てて引き出しを探り、ほかの通帳を探した。積み立てや定期専用の通帳は見つからず、総合口座の中にも七百五十万円の出先は記されていなかった。

食器や雑誌が山積みされた小さなテーブルにひじをつき、僕はダイニングの椅子に腰を落とした。意味がわからなかった。わかりたくなかった。

なぜ去年の六月から年末にかけて、一週間ずつ二十万円前後の預金が姉にでき、その金がどこへ消えていったのか。

姉さん、あなたは何を――。

警察はすでにこの通帳の中身を承知しているのだろうか。

驚きから立ち直るのに、かなりの時間が必要だった。僕は警察に負けじと家捜しを再開した。

化粧品の並べられたドレッサーの棚に、申し訳ばかりの指輪と首飾りを見つけたが、七百五十万円もの価値を持つものには思えなかった。毛皮のコートもなければ、土地や新築マンションの契約書も見つからない。

押入の中をのぞき、気になるものが目に入った。

衣類の一部に、三十六歳の女性が着るにしては派手なスパンコールやモヘアで飾られた、見るからに安っぽいドレスが並んでいた。さらに、男物の衣類は、パジャマと下着とスウェットにシャツとスラックスがほんの数着しかなく、新婚生活が調っていたとは考えにくい状況だった。

姉と伊吹正典は、とりあえず先に婚姻届を提出しておいたものと見られる。

僕は再びドレッサーの引き出しに向かった。

そのポーチの中をどうしてあらためてみる気になったのか、自分でも理由はわからなかった。ただ、女性が見られたくないものを隠すには、男があまり関心を持たない化粧品の近くを選ぶのではないか、と無意識のうちに感じ取っていたのは確かだった。

とにかく、僕は姉の秘密を暴こうという意図から、そのポーチを手で探り、違和感を覚えて中を開けた。

口紅にマスカラ、男には用途のわからない乳液の入った小瓶が三本。爪切りにマニキュアと小さな手鏡……。

それと、角に金の飾りをあしらった名刺が二十枚ほど束になって収められていた。

心臓が震えた。

とうとう見つけてしまった。僕は息をこらえて一枚を表に返した。

中央に大きく、マキ、とだけ名前があった。その下に、夢想花、という店の名前と住所、電話番号。

店の所在地に目が釘づけとなる。あってはほしくない住所が書かれていた。

台東区千束四丁目――。

足を運んだ経験はなくとも、大まかな場所の見当は知識としてあった。古くから「吉原」と呼ばれる街の住所だったはずだ。

「そういうことかよ……」

頭の中では勝手に姉の裸身が渦巻き、その突風が足元を揺らし、僕は壁に手をついて体を支えた。

「どうして連絡してこなかったんだよ」

安っぽい化粧品のにおいが染みついた名刺を握りつぶし、畳に投げつけた。でも、それが姉という女性だった。自分が信じた道なら、人からどれほど後ろ指を差されようと、彼女なら胸を張っていられる。

養父や兄たちには伝えられない。僕は握りつぶした名刺を拾うと、ポーチの中の残りと一緒にポケットへ押し込んだ。

深呼吸をくり返していると、手荒いノックの音が僕を現実へ引き戻した。

「ちょっと声くらいかけてくださいよね。あれ――」

ドアが引かれて、丸顔の中年男性が顔をのぞかせた。僕を認めるなり身構えるような雰囲気になった。

「ちょっと、ちょっと。あんた誰だよ、勝手に」

「押村千賀子の弟です」

「嘘言うんじゃないよ、あんた。警察呼ぶよ」

「その警察へ寄って、ここの鍵を返してもらったんです。管理人の方ですよね」

ポケットから姉のキーを出してみせたが、丸顔の中年はまったく信じず、携帯電話を握りしめた。

「警察に連絡先は聞いてるんだ。あんたか、押村さんの旦那というのは」

彼の誤解を解くのには、実際に王子署の刑事課へ電話で事情を聞くという段取りが必要だった。

それでも大家と名乗った男は、まだ憤懣やるかたないという態度でまくし立てた。

「ちょっとあんた、身内の人なら最初にうちへ顔を出すのが礼儀ってもんでしょうが。一昨日から、わたしらがどれだけ迷惑したか。テレビや新聞の記者が来るやら、警察が団体で押しかけるやらで、わたしゃ二時間も寝てないんだ。そのうえ、またおかしな男が部屋にいるって言われりゃ、足を運ばないわけにはいかないでしょ」

僕は迷惑を詫び、捜索に立ち会ってくれたことへの礼を告げてから、散らかった部屋をそれとなく見回して低姿勢に言った。

「警察もずいぶんと熱心に調べていったんですね」

「ひどい有様だよね。どうしたんだろうか、普段からゴミ出しにはうるさい人だったのに」

過去形の言い方よりも、言葉の中身のほうが気になって僕は大家を見つめ直した。

「では、最初からこんなふうに……」

「いや、これほどじゃなかったけどね。散らかってたのは、確かでしたよ。旦那とかいう男のせいなのかね。わたしはほとんど見かけたことないから、よくはわからないけど」

言い訳でもするように言ったあと、大家はうなじに手を当て首をひねりながら薄い唇を開いた。

「こんなこと言いたくはないけど、ほかの住人が迷惑してたてね。契約の時は、独身だからという条件で貸したわけでしょ。とにかくトラブルは困るんですよ。このまま、その旦那って人が居座るのなら、わたしもちょっと考えないといけないかな、と思いましてね」

急に言葉尻を重く粘らせた男の小さなよく動く目を見返して、僕は訊いた。

「出ていけと言うんですか」

「いや、わたしはその旦那って人をよく知らないけど、そうそうトラブルを起こされちゃ、周りの人もたまらないやね」

「姉の夫が、ここでトラブルを起こしていた、と?」

「あんた、何も聞いてないわけ」

またも驚きの視線を向けられた。

「一度は警察沙汰にもなったんだからね。もともと押村さん、ここの若い人らとゴミ出しのことで揉めてたけど、そこまでわたしらじゃ口は出せないでしょ。そのうえ契約もしてない人が住人と喧嘩騒ぎじゃね」

「何号室の方と、どういうトラブルになったんです」

「階段の上がり下りがうるさいとか、テレビの音が大きすぎるとか。どれも難癖つけてるようなものだって話でね。一度押村さんには言ったんだけど、相手が悪いからだと言って聞く耳すら持たなくてね。そのあげくに今度のことでしょ。困るんだよね」

僕には想像できた。姉が言うからには、間違いなく相手の側に非があるのだろう、と。僕が知る限り、姉は自分の非を他人になすりつけるような真似だけは絶対にしない人だった。少なくとも僕が知る十八年前までは。

「こちらからお詫びもしたいので、何号室の方とトラブルになったのか――」

「何号室もあんた、関係あるかね。先月には一〇二号室の人が出てくし、二週間ほど前には二〇四号室の子も越していって、両方とも空いたままになってて。とにかく、その旦那って人に居着かれたんじゃ困るからね。こっちは出るとこ出てもいいんだから。こういう時で悪いけど、言っておかなきゃならないことだからね。頼みましたよ」

わずかに鼻息荒く言うだけ言うと、大家はしてやったりの顔で引き上げていった。

何となく事の成り行きが読めてきた。姉の夫は殺人の前科がある。トラブルの際にその事情が公になり、恐れをなした住人が出ていったと見てまず間違いはない。

自ら進んで近所に前科を告げて回る者がいるとは思いにくいが、ある種の箔《はく》や武勇伝を誇りたがる者がいないわけではない。だが、そういう底の割れたような男を姉が伴侶として選ぶだろうか、という疑問はついて回る。

ドアを閉め、僕は姉との時間を引き戻すために再び家宅捜索を続行した。

部屋には夫婦二人で撮った写真も飾られていなければ、アルバムらしきものも見つからなかった。警察が持っていったと思われる。

唯一、古びた十四型テレビの上に、懐かしい家族写真がうっすらと埃をかぶったまま置かれていた。

色あせたうえに、ところどころひび割れたようになっていて、三十年という時の長さを嫌でも思い起こさせた。親子四人で動物園へ行った時のもので、姉と喧嘩をしたあとだというので、僕は父の手を握りながらも少し横を向いたままだ。五歳の姉は憎らしいほど満面の笑みで両親に挟まれ立っていた。

悔しいけれど、僕にはこの写真の時の記憶がない。これと同じものを姉に焼き増ししてもらったはずなのに、もう何年もこの写真を見ていなかった。どこにしまったのかも、思い出せずにいた。

夫となる男性との写真ではなく、姉はこれを部屋に置き、日々を暮らしていたのだと思うと、またわずかに罪の意識が疼いた。

貯金通帳が入っていた引き出しの奥から紙袋に詰められた写真の束が出てきたが、どれも社員旅行や忘年会を思わせる眺めの中に、姉がひっそりと収まっているものだった。

心の底から同僚と笑い合っているように見える写真は一枚もない。姉が歩んできた道のりが、ここにも形を変えて写されているように思え、また息苦しさを覚えながら引き出しへと戻した。

僕はあらためて部屋の中を見回した。驚くほどに、夫となった伊吹正典を思わせる品物がなかった。あとは姉の友人に頼るほかはなさそうだった。

バッグの中にあったという手帳は、まだ警察が返してくれないので、手紙やはがきを探してみた。やはり押入の中に洋菓子の箱があり、中に年賀状や暑中見舞いが保存してあった。

三十六歳の女性が一年にやりとりするはがきの枚数は見当もつかなかったが、間違いなく姉は平均を下回っていただろう。今年の正月、姉に届いた年賀状は八枚しかなかった。そのうち一枚は美容室からで、もう一枚は錦糸町のブティックからだった。

送られてきた年賀状の枚数で人の幸不幸を決めつけるわけではないが、姉の生きてきた世間の狭さは想像できた。

年賀状の中に、株式会社栄建設の名と住所が印刷されたものを見つけた。通帳の振り込み欄に記載されていた会社名と同じだった。

下柳真澄《しもやなぎますみ》という名前と、書き添えられた文字の細さから、同僚だろうと想像できた。あとの三名の女性は名前と住所とありきたりな文面しかなく、姉との関係はわからなかった。

男性からのものは二通ある。新井《あらい》宗太《そうた》と矢部《やべ》弘久《ひろひさ》。どちらもワープロで書かれたものだったが、わずかな手書きの言葉が添えられていた。

新井宗太からのものには、「お元気ですか」とのひと言。矢部弘久からのものには、どういう意味かはわからないが、「もうしばらくお待ちください」とある。

箱の中をさらってみたが、伊吹正典からのはがきや手紙は見つからなかった。妻となる女性に年賀状を出す趣味はなかったらしい。

腕時計に目を落とした。午前九時五十三分。今日中に、この何人を訪ねられるだろうか。

6

四歳の夏の初めに両親を亡くしたせいもあって、僕には家族の団欒というものの記憶がない。伯父の家に引き取られてからは、人並みに親族の情とその温かみを実感できるシーンには恵まれてきた。夏には家族そろって海水浴に出かけ、養父は何を置いても必ず授業参観に駆けつけてきたし、養母は毎朝手の込んだお弁当を作ってくれた。

二人の兄より明らかに僕のほうが優遇されてきたと言っていい。子供ながらに二人が僕への嫉妬を見せてもよかったのに、養父の人の良さをそのまま受け継いだ兄たちは、血のつながりの薄い弟をのけ者にするようなことはなかった。

けれど、そのことが逆に僕を家族の中から孤立させ、あくまで客扱いのままなのだと苦い実感を背負わせる結果になった。そう言ったのでは、二人の兄にすまないが、正直な思いでもあった。おやつの分け方やボード・ゲームの結果から、時に喧嘩もあったが、兄たちはいつも決まって聞き分けのいい猫みたいに僕の表情をうかがい合った。

僕は二人の新しい兄が好きだった。でも、僕たちの間には、決して口にしてはならない呪文がいくつも横たわり、それを意識しながらでないと、たとえ手をつないでいても一緒に歩いていくのは難しかった。

祖母が亡くなるまでは、一年に何度か江戸川区の実家に親戚が集まり、そこで姉との再会ができた。

小学校へ上がるまでは、姉と一緒の布団で寝ていた記憶がある。たった二歳しか違わない姉だったが、母に似た温もりを僕は姉に感じていたのだと思う。

でも、小学校へ上がるころになると、僕は姉と一緒の布団で眠るという行為そのものが恥ずかしく思え、二人の兄と枕を並べるようになった。

その時、姉が少しだけ寂しそうな顔をしたのを、僕は今でも胸が痛むほどに思い出せる。あとになって、僕は知った。僕が伯父の家で漠然と感じていたのよりもっと強い孤立感の中に、姉がいたことを。

姉は新しい家族に溶け込もうと、持ち前の一途さで何事にも懸命になりすぎていたのだった。出る杭は打たれやすく、姉は新しい兄と姉から妬まれ、居心地を悪くしていたと聞いた。その結果、姉はいつしかできの悪い妹を演じるようになっていった。いつまでも優秀な末っ子でいられた僕とは正反対に——。

ひとつの偶然から道は大きく分かれ、振り出しへ二度と戻れない双六のように、取り返しのつかない場所までその人を運んでしまう。

姉に届いた年賀状というサイコロの目に沿って進む前に、僕はタクシーをつかまえて少しだけ寄り道をした。江戸川区役所に立ち寄ったのだ。

結婚の届けを出したのだから、夫となった伊吹正典も姉のアパートを居住地として住民登録をしているはずだった。世帯全員の住民票を取れば、そこには二人の新たな本籍地と伊吹の生年月日や前住所も記載されている。

伯父一家に引き取られてから九年後、僕は中学へ上がるとともに、押村伸輔《しんすけ》、泰子《やすこ》夫妻の正式な養子となった。心優しき二人は強制するつもりはないと言ったが、伯母がそれを強く望んでいるのは子供心にも悟れた。今でもその決断が間違っていたとは思わない。

ただ、姉は藤島家の戸籍に入ることを頑として拒み続けた。結婚して初めて、姉は死んだ両親の戸籍からようやく巣立ったことになる。

もしかしたら姉のことだから、夫婦二人の新たな本籍地として、両親のものをそのまま使っている可能性も考えられた。だが、そうなると伊吹正典の情報が大きく減ってしまうことになる。

住民票の窓口で請求書類を手渡された。

個人情報の保護が叫ばれるようになっていたが、たとえ代理の者でも印鑑ひとつで簡単に住民の基本情報が手に入れられる。保険の請求に必要だと理由をつけて書類を出すと、ものの五分で姉たち夫妻の住民票が交付された。

不安を抱きながら手にした。姉たちの新たな本籍地の欄には、心当たりのない茨城県土浦市の住所が記載されていた。

僕は区役所のロビーへ歩き、伊吹の過去について思いをめぐらせた。

彼は妻を殺して九年間の服役経験があるという。妻を手にかけたことが事実なら、最初の結婚と同時に夫婦の戸籍が新たに作られたはずで、その本籍地がそのまま伊吹正典の実家の所在地であるという保証はない。

そう考えながら、僕は別のことに気をとられていた。

伊吹に殺されたという妻は、彼と同じ戸籍に入ったまま、死亡のために除籍されたことになる。夫の手によって命を奪われ、その人物の戸籍の中で記録を終える。殺された妻の親族からすれば、結婚による転籍で戸籍を別にされ、その命とともに、彼女が生を受けた証とも言える正式な記録までもが、伊吹正典によって奪われたようなものだったろう。

生きているなら、離婚という手続きを経れば、元の戸籍に戻ることも可能だった。が、死んだ者はそれもできない。

もし彼女の死亡保険金でもあれば、殺した夫が受取人になれるわけはなく、妻の身内が手にしたのだろう。その手続きは殺された妻の側の手によっておこなわれたと思われる。その親族が、殺人者の名前を筆頭者の欄に書いて戸籍を取る時の気持ちは想像にあまりある。

罪を償ってきたとはいえ、人殺しの身で再び結婚という幸せを、伊吹正典は手にしていた。その事実がまた戸籍に記されていく。

前妻の除籍は記録として残るが、そこに死因や詳しい理由は記載されない。殺人の事実は隠され、単なる記録の残酷さだけが浮かび上がるかのようだった。

それでも姉は、最初の妻を自分の手で殺した男の新たな妻となる道を選んだのだ。

ロビーの片隅で、僕は住民票を見つめながら番号案内に電話をかけた。記載された土浦市の住所と伊吹という名前で該当する番号があるかどうかを尋ねてみた。

電話帳に記載はない、と言われた。逮捕前まで伊吹夫妻が住んでいた場所だったのかもしれない。

あらためて住民票を見つめ直した。

刑事から聞かされたような覚えもあったが、生年月日を見て伊吹の年齢が四十二だと知った。姉とは六つの開きがある。転居前の住所は、千葉県松戸市内。姉のアパートがある北小岩とは、江戸川を挟んだ対岸の市と言える。

住民票から入手できた伊吹正典の情報はそれだけだった。

収穫少なく区役所をあとにした。またタクシーでJRの新小岩駅へ出て、総武線で四つ目の駅に向かった。

株式会社栄建設は、両国橋に近い高速道路の高架と運河に挟まれた一角にあった。

扉の隙間から重機がはみ出た倉庫の隣に、建設を社名につける企業の社屋としては心許ないほどに小さなプレハブもどきの二階屋が建っていた。大手の孫請けといった役どころの会社なのだろう。

ドアを押すと、スチール製の棚とデスクがわずかな隙間も認めるべきではないとの信念を感じさせるほどの密集率で並べられていた。

入ってすぐの天井に総務のプレートがかかっていた。その下にいた色白の女性社員が僕を見て腰を上げた。受付代わりの席にいるわりには、愛想とは無縁の顔を向けられた。

「大変ご迷惑をかけております。押村千賀子の弟で、悟郎と言います。はじめまして」

女性社員の白い頬に赤みが差し、小さな目が見る間に大きくなった。

客かもしれない訪問者に興味も示さず机に向かっていた社員たちが、ホイッスルを吹かれて集合をかけられた中学生のように、僕をいっせいに振り返った。

「部長。押村さんの弟さんがいらっしゃいました」

左手に見えた経理というプレートの下で、後ろに髪を撫でつけた四十代らしき男が立ち上がった。ネクタイに手を当てながら小走りに机の間を抜け、近づいてきた。

「このたびは大変なことで。どうなんですか、押村君の容態は」

自己紹介より先に姉の病状を尋ねられたことに、僕は少しだけ安堵した。商談か何かのように事務的な態度を取られたのでは、通り一遍の話しか聞けないだろうし、姉の置かれた社内での立場も見えてきてしまう。

「まだ意識が戻らず、依然として危険な状態が続いています。ご迷惑をかけて申し訳ありません」

「頭なんか下げないでください。さあ、こちらへ。ミッチャン、お茶を頼む」

「はい、今すぐ」

十人ほどの社員に見つめられながら棚に挟まれた細い通路を抜けると、窓際に猫の額より少しは広い応接スペースが設けられていた。

「会社のほうはひとまず心配いりません。押村君に休まれるのは正直言ってつらいのですが、何とか若い連中に頑張ってもらいます。みんな、彼女のことが心配で、昨日はほとんど仕事が手につかなかったほどですよ」

制服の上に白いカーディガンを羽織った若い女性が、お茶を運んできた。

彼女は事件の主役となった同僚の家族を気にして、僕の全身を今にも撫で回しそうな目で見た。その後ろからも、好奇心を宿した目がそそがれていた。

「姉はこちらで経理の仕事を任されていたのでしょうか」

たったそれだけで質問の意図を悟ったらしく、部長はひざの上で手を組み合わせ、明らかに社員の耳を気にして声を低めた。

「実は警察にもその点を確認され、わたしも彼女の仕事を再点検してみました。しかし、会社の資金が消えているようなことは一切ありませんでしたから、ご安心ください。押村君が金融会社へ立ち寄ったのは、個人的な事情からだったのではないでしょうかね」

先ほどから部長はずっと姉のことを「押村君」と名字で呼んでいた。僕もひざを乗りだし、小声で聞いた。

「姉の結婚については、皆さんもご存じではなかったのですね」

言い終えないうちに、部長の視線が落ちて首が振られた。

「驚きました。社内の誰も話を聞かされていなかったもので。実はおととい、彼女は一日有休を取っていましてね。何か結婚を急ぐような理由でもあって、あとで我々に報告しようと考えていたのか、とも思ってみたんですが……」

心当たりはないか、と反対に目で問われた。

姉が妊娠していたのなら、病院でそう教えられたと思うので、僕も首を振る以外にはなかった。

「しばらくは出社できないかと思います。ご迷惑をおかけして、お詫びのしようもありません」

「よしてください。さあ、頭を上げて」

経理部長はただの同情とは見えない態度で僕に頷き、休職規定について説明を始めた。病気ややむをえない事情がある場合には、三ヶ月までの休職が認められる。それ以降は、一度退職扱いにさせてもらう決まりになっているのだという。

会社側の立場を話さなくてはならない心苦しさから、彼は誠実であろうと努めていた。姉の場合は、事件に巻き込まれたという境遇もあり、社長も特例として長期の休職扱いを考えている、と言われた。

「姉と親しくしていた社員の方がいれば、昼休みにでもお話をうかがわせていただきたいと考えているのですが、かまわないでしょうか」

意外な問いかけだとでも言わんばかりに、部長が前のめりになって僕の目をのぞき込んだ。

「お恥ずかしい話になりますが、姉は家を飛び出してからというもの、我々家族とほとんど連絡を絶ってました。最近の姉の様子について、ぜひとも話を聞かせていただきたいのです」

「ええ、そりゃまあ……。しかし、誰と親しかったのかなあ」

急に視線の先が乱れ、部長はまたネクタイに手を添えて首をひねった。棚の間から視線をそそぐ社員たちのほうへ、わずかに向き直った。

次の瞬間、デスクに積まれた書類の奥から、そっとこちらを見ていた若い男が目をそらしてうつむいた。お茶を運んできた女性も、風向きに翻弄されてくるくる回る風見鶏のように、辺りへ首をめぐらせていた。

「もし差し支えなければ、下柳真澄さんという方にお話をうかがいたいのですが」

「わたしですか」

風見鶏のように首を振っていた女の子がマスカラに縁取られた目を見開き、自分の低い鼻を指さした。

その横で、ずっと書類の奥からこちらを見ていた男が、胸を撫でおろすような顔になったのを僕は見逃さなかった。

ミッチャンと呼ばれた女の子に、僕は微笑みを送った。

「お手間は取らせません。姉について話をうかがわせてください。お願いします」

部長からの口添えもあって、僕は明らかに困惑するミッチャンを会社の外へ連れ出すことに成功した。

駅から歩いてくる途中で見つけた喫茶店へ誘うと、下柳真澄は曇り空を見上げながら小さく呟きをもらした。

「参ったなあ……」

誰だって、警察沙汰になった同僚の家族から話を聞きたいと名指しされれば、戸惑うに違いなかった。

「あたしはただ……押村さんと同じ経理の仕事をしてただけで。ホントつき合いはないんです」

「お手間を取らせてすみません。普段の姉の様子をちょっとお聞きしたいだけですから」

「わたし、押村さんのこと、何も知りません」

「下柳真澄さんですよね」

なかなか歩きだそうとしない彼女にあらためて名前を確認すると、茶色に染めた髪に指先をからみつけながら目を見開かれた。今さら何言ってるんだ、と問いたがっている顔だった。

僕は彼女の緊張を解くためにも、なぜ下柳真澄という名前ながらミッチャンと呼ばれているのかを尋ねた。彼女は髪をいじりながら横を向いた。

「そんなふうに呼ぶのは、あの部長だけですよ」

「でも、どうして」

「人をからかうのが趣味なんでしょうね。ミスばかりしてるわたしはミッチャン。太ったタケバヤシはガリ。鶏ガラみたいに痩せて小柄な社長はデカって呼んで、一人で笑ってるんです。誰一人、部長の真似はしてませんけど」

投げ出すように言うと、やっと彼女は歩きだしてくれた。多少は舌が滑らかになると、人は自然と体も動いてくる。

「姉は何て呼ばれてました?」

下柳真澄はためらいがちに僕を見てから、足を止めた。

「姉について知りたいだけです。あなたに迷惑はかけませんから」

「気を悪くしないでくださいよ、部長が勝手に言ってるだけだから」

「そんなひどい言い方ですか」

「ひどいっていうより……」

その先の言葉を思いつけなかったらしく、下柳真澄は再び歩きだしながら、告げ口でもするみたいに小さな声で言った。

「——魔女。あくまで部長が言ってるだけですけど」

またも部長を強調させた言い方から、社員の間でも少しは使われていたのかもしれない、と思えた。

「魔女ですか。どうしてなのかな」

「ちょっと謎めいたところがあるからじゃないですかね」

「たとえば、どういうところが?」

さりげなく聞いたつもりだったが、彼女はまた僕の目を見てから曖昧に言った。

「雰囲気だと思いますよ。押村さんには、ちょっと冗談を寄せつけないようなところがありますから」

僕は微笑んで喫茶店のドアを押した。姉の性格は昔と変わらず、会社の中でも孤高を保っていたのだと知れた。

下柳真澄はメニューの中で最も安いホットミルクを注文し、難敵を前に身構えるような姿勢で僕を見返した。さあ早く終わらせてくれ、と目が訴えていた。

彼女に多くの期待はしていなかった。ただ、書類の間から僕を見ていた男性社員の名前を訊き出す前に、まず礼儀として最近の姉の様子について尋ねた。

「結婚したって聞いて本当に驚いて。でも、押村さんなら、浮ついた様子がなくても当然かもしれないって、あとで思いました」

「何しろ魔女だからね」

ええ、と頷きそうになった仕草を慌てて止めると、彼女は親族へ向けるにふさわしい言葉を探してから言った。

「……独身なのはわかってましたけど、ほとんど男の人の話はしないし、関心を見せようともしなくて。かといって、仕事を生き甲斐にしてるようにも見えなくて。あ――でも、会社では頼りになる人でした」

とってつけたような言葉を添え、それで安心したように彼女は一人で頷いてみせた。職場の後輩として姉に年賀状を出していたにすぎず、会社では世間話を交わす程度だったと軽く頭を下げた。

「あなたの目から見て、去年の春ぐらいから姉の様子に変化はなかったですかね」

彼女は面と向かって大人と話すことに慣れてはいないようだった。口がすぼまり、動きを止めた肩と手に、身構えるような雰囲気が増した。

「何か気づいていたんですね、姉の変化に」

「いや、気づくだなんて……」

「教えてください。もしかしたら警察からも同じことを訊かれたのでは？」

首をひねってごまかそうとした彼女の躊躇を見逃さず、わざと警察の名前を出して言った。

開き直るかのような視線を正面から返された。

「わたしからも訊いていいですか」

質問で返されるとは思ってもいなかった。僕はしばらく彼女の濃いマスカラから目を離せずにいた。

「どうして警察が押村さんのことを調べてるんです」

「人を疑ってかかる癖がついているんだと思う、彼らは。だから、姉が被害にあった現場を訪れた理由を知りたかったんだろうね」

彼女はそれで納得ができたらしく、好奇心に光る目を僕からそらして頷いた。

「去年の春先から男ができて、そのせいで金を借りる必要があったのかもしれない。そう警察も僕ら身内も心配してるんです」

「でも、どうなのかな。押村さんがお金を借りるなんて」

彼女は明確な否定のニュアンスを込めて言った。

「だって彼女、会社の若い男の子たちにお金を貸してましたからね」

目の前に座る下柳真澄はまだ二十歳を少し超えたばかりに見えたが、十五歳近くも歳上の先輩を彼女と呼び、悪びれた様子もなかった。僕は書類の陰から視線を送ってきた男の顔を思い出したが、彼が下柳真澄から見て若い男の子と言えるかどうかは疑問が残りそうだった。

「姉が誰にお金を貸していたのか知ってますか」

「みんな知ってますよ」

だから警察に打ち明けても問題はないのだ、と言い訳をするような口調だった。

「総務の田端君に営業の矢部君辺りが常連だったと思いますけど」

「ああ、だからさっき、僕のことを気にして見てる人がいたのかな。ほら、短い髪をちょっととがらせたようにしてた彼――」

「それ、矢部君です。お金のかかる彼女がいるとかで、給料の前借りをよく押村さんに頼んでました。あんまり回数が多いと上の人から睨まれるんで、仕方なく押村さんが個人的に用立ててあげてたらしくて」

「矢部弘久さんですよね。彼からも姉宛に年賀状が届いてたと思う」

「まだ精算してないんだな、きっと。ホント、だらしないヤツ」

いくら何でも彼女がいる同僚のために、姉が人に言えないアルバイトまでして七百五十万円もの大金を用立ててやるとは思えなかった。

僕がよほど不安そうな顔をしていたのか、下柳真澄は胸の前で両手を振り回してみせた。

「でも、心配ないと思いますよ。矢部君に借金を踏み倒す勇気なんて、ありっこないですから。押村さんも、いつも煮え切らない矢部君たちに同情して、お金を貸してあげてたんだと思います。ああ見えても、ちょっと姉御肌のところがありましたから、押村さんには。特に若い男の子に対しては」

　ああ見えても、の意味を深く考えないようにして僕は質問を続けた。

「で、最初の質問なんだけど、姉の様子に変化があったとは、どういうことなんでしょうか、具体的には」

「もともと人づきあいに興味がないみたいな人でしたけど、会社の飲み会に参加しないようになってましたし、香水の匂いも何だか強くなってきて、ちょっとおかしいな、と思ってたのは確かです」

「男ができたんじゃないか、と?」

「ていうより、あの時には夜のアルバイトでも始めたのかな、なんて」

　女性という人種は、実に同僚をよく観察している。僕はいたく感心した。

　病院でも若い看護師たちに限って、実に医師や仲間の日常を見ているものだ。病院では充分に注意していたつもりだったが、真尋が僕の部屋に始めて泊まっていった翌日には、もう噂が広まっていたのを、つい連想していた。

　おそらく下柳真澄としては、姉の結婚について聞かされていたのだから、たとえ夜のアルバイトと口にしたところで、今となっては軽いジョークにしかならないと考えて言ったのだろう。だが、その指摘は見事なまでに的中していた。

　姉のことだから、人の目を気にせずにいたのかもしれない。その無防備さが、愛しく思えて胸がまた痛んだ。

思い詰めたら周囲などかまわずに一人で走りだしてしまう。芯の強さで姉に勝る人を、今まで僕は見たことがない。

「あれ？　もしかしたら当たっていたんですか。夜のアルバイトって」

あっけらかんと彼女は言った。笑ってみせながら、少しも笑いを感じさせない目で、明らかに僕の反応を観察し、楽しんでもいた。

確かに彼女からすれば、あからさまに僕を気にしていた矢部という男は、子供扱いされても仕方がなかった。

人はどういう状況に置かれた時、最も正直な気持ちを打ち明けたくなるものなのか。

笑顔しか見せない営業マンよろしく、たとえ外堀を埋められてもしらを切り通せる者から、ふいを突かれると自白剤を打たれて脂汗を流すスパイより簡単に本音を割ってしまう者まで、人には様々なタイプがある。

会社へ戻った下柳真澄を見送ってから、僕は支払いをすませて喫茶店を出た。栄建設の出入り口が見通せる歩道の先に立ち、雑居ビルの路地に身をひそませて昼休みの時間を待った。

書類の陰から密かに様子をうかがい、気づかれていると思ってもいない態度からは、底の割れた人のよさが感じられた。彼が一人で食事に出かけてくれる保証はなくとも、ふい打ちをかければ効果は期待できると踏んだ。

寒さに耐えて張り込みを続ける刑事の気持ちを二十分ほど味わった。正午を前にして栄建設の玄関ドアが開き、二人の男がコートを羽織りながら現れた。

そのうちの一人が、書類の陰から僕を見ていた矢部という長身の優男《やさおとこ》だった。もう一人はまだ学校を出たての新人に見えた。

僕は路地を飛び出し、二人の後ろに走り寄った。意味ありげな低い声を心がけて呼びかけた。

「矢部さんですよね。ちょうどよかった。姉から借りていたというお金のことについて、ちょっと話を聞かせてもらえませんか」

後輩社員の前で借金の話をいきなり出されれば、誰でも不愉快な表情になる。

だが、振り返った矢部は、機嫌の善し悪しを超えて、恐怖心をちらつかせるような顔で、今にも僕の前から飛んで逃げそうな及び腰になった。

「あ、いや……あんたは何を……」

「実は、あなたのほかにも姉は個人的にお金を用立てていたようなんです。心当たりはないか、と思いまして」

「何だよ急に。そんなこと、おれが知るかよ」

「しかし、あなたのほかに、姉が社内でお金を貸していた人がいるかどうか、よくわからないもので」

「待てよ。おれが借りたのはほんのわずかで、仲間内での貸し借りの範囲を超える額じゃないって」

僕よりも、そばで見ている後輩に向けて言うと、彼は今にも肩を抱き寄せそうなほど僕に近づき、小声に変えた。

「頼むよ。警察にだって、もう正直に話したんだ。おかしな噂を振りまかないでくれよ」

警察に――。

予想外の言葉に目を見張ると、矢部にとっても想定外の事態だったらしく、息を呑むような表情に変わった。

「参ったな。まだ何も聞いてないのかよ」

「教えてください。警察に何を打ち明けたのですか」

「悪いが先に行ってくれるか。すぐに追いかけるから」

矢部は驚き顔の後輩へ声をかけた。彼が好奇心に後ろ髪を引かれつつも歩いていくのを見届けると、やっと僕へ向き直った。いかにも誠実さを繕おうというような目つきに変えた。

「おかしな誤解はしてほしくないと、警察にも言ったんだ。ほかにどうしようもなかったんだから。断るっていうなら、今すぐ金を返せなんて無茶ふっかけてくるんだから、あの人は。警察にも言ったけど、おれは嫌だったんだ。でも、絶対に迷惑はかけない、大丈夫だ、相手も承知してる。そう言われて、仕方なく手を貸しただけで……すべてはあの人の言うとおりに、したことなんだ」

言い訳ばかりが先行して、まったく話の先行きが見えなかった。

それでも僕は知ったかぶりをして、もっともらしく頷いた。

「ですから、そのこともあらためて確認させてもらいたくて……」

「私文書偽造の罪に当たるだなんて、刑事は言いやがったけど、おれだって被害者なんだよ。どうしておれに断れると思う。身内のあんたに言いたかないけど、脅しと同じようなものだろ、断るなら今すぐ金を返せだなんてのは」

私文書の偽造。

姉はつい最近、ある一通の私文書を役所に提出したばかりだった。

「どういう人なのか、本当におれは何ひとつ聞かされちゃいなかった。相手も承知しているから何も問題はない。そう言われれば、手を貸すしかないだろ。勘弁してくれよ。おれだって被害者なんだよ」

矢部弘久は、姉に頼まれて他人の名前で署名し、姉と一緒に区役所出張所の窓口へ赴き、さも本人のような顔で婚姻届を提出していたのだった。

7

押しかけ女房というフレーズはよく聞くが、これでは確かに少々やりすぎだった。ただ、僕は姉の取った行動を好意的に考えた。

伊吹正典は妻を殺した前科を持ち、姉はたぶん初婚だったはずだ。姉の好意を喜びつつ、伊吹は自分の過去から一緒になれるわけはないと思い詰め、そういう彼の心情を認めながらも姉は実力行使で気持ちに嘘がないことを訴えたのだ。姉なら苦もなく自分の気持ちを行動で表せる。

だが、姉の一途な思いを知りながら、夫となった男は、愛する女性の入院先に姿を見せようともしない。

新聞やテレビは、姉が婚姻届を出した翌日に銃弾を浴びた事実を知らずにいるが、警察発表どおりに伊吹千賀子として報道していた。伊吹正典がニュースに接していれば、姉の気持ちはわかって当然なのに、彼は連絡すら寄越そうともせずにいる。

嫌な予感がした。彼には新妻のもとへ駆けつけられない理由が、ある。だから警察は姉の手帳を親族へ返却せず、アパートから伊吹正典の写真を持っていった。

たとえ犯人が名乗り出ていようと、伊吹もまだ何かしらの容疑の圏内にいる。自分の疑わしさを、彼は自らの行動で語っていた。

「まだ何かあるのか。あんたの姉さんのせいで、おれまで犯罪者扱いだ。冗談じゃない」

子供のようなふくれっ面を作ってみせる男の前で、私文書偽造という明らかな法律違反に手を貸す代償として、いくらの借金を返せずにいたのかを考えてみた。

僕の沈黙を自分への嫌疑だと受け取ったらしい彼は、また子供が怒った時のような顔つきで目の周囲を赤く染めた。

「何だよ。あんたの姉さんに返す金なんか、もうないからな。こっちだって迷惑を被ったんだぞ」

「ようやくわかりました。姉の手帳に書いてあった数字の意味が」

当てずっぽうに言って彼に負けないしかめっ面を作ってみせた。

矢部弘久が頬を震わせて僕を睨《にら》みつけた。

「いいか、あんた。弁護士に相談してもいいんだからな。最初からおかしいと思ってたんだ。利子はいらないなんて言っておきながら、こういう裏があったんだからな。絶対に脅迫罪が適用されるはずだ。おれは何も悪くない。もしあんたがおかしな噂を振りまけば、相応の手段を執らせてもらうからな」

とっておきの言い訳を見つけて喜ぶ子供のように、彼は居丈高に胸を張った。

「姉は、いつあなたにその依頼をしてきたんです」

「脅迫だって言ってるだろが。おれは脅されて、仕方なく手を貸しただけなんだ」

「警察があなたに私文書偽造になると告げたことのほうこそ、ただの脅しですよ。そう罪状をほのめかせば、少しはあなたが協力的になると考えたんでしょう」

「おれは最初から協力的だったさ。被害者なんだからな。当たり前だろ」

矢部がコートの裾を翻して背を向けかけたので、僕は急いで彼の横について歩いた。

「もういいかげんにしてくれ」

「ですから、姉がいつあなたに頼んだのか、と……」

「いいか、あんた。おれは知ってんだぞ」

また何か逃げ道を見つけたようで、矢部弘久の目から怯えの色がすっかり消えていた。

どちらが脅迫しているのかわからない顔で、彼は肩で風を切りながら上目遣いに言った。

「あんたの姉さんには、前科があるだろ」

僕は危うくひざまずくところだった。警察から伊吹の過去について聞かされてはいたが、姉にも前科があるという話は出なかった。

「おれも危ないところだったよ。いつも歳下の男ばかりに目をかけてきたって話じゃないか。この業界は狭いからね。昔の話だって時には流れてくる」

「待ってくれ、前科というのは……」

「あんた、知らないのかよ。身内の不始末を」

矢部はすっかり攻守交代だと言わんばかりに相手を見下すような目つきになった。

「まったく恥ずかしいよな。いくら歳下の男が趣味でも、手を出していい相手ぐらい、わかりそうなものなのによ」

吐き散らすように言った矢部の前へ回ると、僕は衝動を抑えられずに彼の襟首をつかみ上げた。

「何すんだよ。おまえら姉弟ごと、弁護士に訴えてやっぞ！」

借金の返済を引き延ばし、脅されたのだと責任逃れをしたあげく、弁護士の名に頼って傲慢な態度に出る。

姉がこの男に金を貸してやったのは、間違いなく善意からだと確信できた。彼が言いつのるような下心とは無縁だ。この男の話を信じるぐらいなら、僕は鰯の頭を聖者の御霊《みたま》として崇める集団に入信したほうがまだましだと思えた。

「誰に聞いたか、教えてくれ」

こういう輩は、実力行使に出れば、すぐに態度を変える。臆病者ほど他人の威光にすがりたくなる。

襟首をつかんだ手を緩めず、矢部を引きつけて凄んでやった。僕にだって脅迫ぐらいはできる。姉の迫力には、たぶん敵わなかったろうが。

栄建設から何人かの社員が顔をのぞかせていた。誰が見ていようと、僕はかまわなかった。あるかなきかの体面を保ちたいと願う矢部のほうが、僕の手をたたいて小さく言った。

「トーコーのムラジってやつだよ。前の会社であんたの姉さんと一緒だったらしい」

「ありがとう」

腕力にはもとより自信がなかったから、胸がきしむほど息が上がりかけていた。

安物のコートを翻して立ち去る男に次なる質問を重ねられず、僕はなかば虚脱状態でその後ろ姿を見送った。


栄建設の社員に尋ねると、トーコーという会社の住所と電話番号は簡単に教えてもらえた。彼らは同僚とつかみ合いを演じた男を前に、形だけの無関心を装い、さらなる関わり合いをさけるために下柳真澄をわざわざ社内から連れてくるという事なかれ主義に徹した態度で僕をもてなしてくれた。

姉は好きでこの会社に勤めていたわけではないのだろう。そういう侘びしさに包まれたが、僕は大人としての分別で彼らに礼を告げてから駅へ歩いた。

自分という男は本当に恵まれてきたのだ。今日まで何万回と反芻してきた感慨をまた胸で温め直した。

僕には誇りを持てる仕事があり、よき同僚と素晴らしき先輩に囲まれ、僕を思ってくれる養父母がいた。引き取られる親戚の違いから姉弟の境遇は変わり、姉はたった八枚の年賀状しかやり取りする者を持たずに一人で今日まで生きてきた。そして今、死をきざみ込むような頼りない脳波に支えられながらベッドで横たわっている。

姉と僕を分けたのは、引き取られた境遇の違いだけでは、おそらくない。僕のほうが世間を渡っていくための狡さと、それを恥ずかしいと思わない厚顔さを持っていたからなのだ。

東海工作機械株式会社へ電話を入れたが、ムラジという社員はほぼ一ヶ月前に退職していた。転職先と彼が以前に勤めていた会社名について尋ねたが、電話に出た女性は一分一秒でも無駄にしたくないというような早口で「こちらでは把握しておりません」と言うなり受話器を置いた。

個人情報保護法の遵守を盾にする最近流行の対応だった。

時刻は十二時すぎ。コートのポケットから姉宛に届いていた年賀状を取り出し、再び眺めていった。

下柳真澄と矢部弘久。二枚の送り主と出会えていたので、残るは六枚。

男性からのものがもう一枚あった。住所は目黒区上目黒。書かれていた番号を押してみると、留守番電話になっていた。

信号音を聞きながら、新井宗太が妻帯者だった場合、余計な誤解を与えそうだと思い、伝言を残さずに通話ボタンを切った。夜にもう一度電話を入れてみればいい。あとは彼が当直勤務ばかりを割り当てられている不遇の小児科医でないことを祈るしかない。

美容院とブティックからの年賀状をのぞけば、残りは三人の女性だった。

そのうちの二枚には電話番号が書いてあった。越川範子《こしかわのりこ》と大和田《おおわだ》はつみ。

越川範子のほうには、二人の子供と一緒の写真が小さくあしらわれていた。だが、どこにも夫の姿は見えない。「お元気ですか。こっちは大忙し」と走り書きのコメントがある。住所は調布市八雲台。

大和田はつみの住所は板橋区蓮沼町。こちらに写真はなく、謹賀新年と時候の挨拶もプリンターで出力した素っ気ない印字だけのものだった。

二人とも留守番電話になっていた。

「突然お電話して申し訳ありません。わたしは押村千賀子の弟で悟郎と言います。実は姉が思いがけない事故に遭い、入院しました。恥ずかしながらわたしども家族は、長いこと姉と連絡を取り合っておらず、最近の姉の様子について何かご存じではないかと思い、電話を差し上げました。また夕方にでも電話を入れさせていただきますので、どうかよろしくお願いいたします」

残る葉書は一枚。

差出人の名は、増田《ますだ》彩《あや》。住所は江東区木場六丁目。こちらもパソコンで作った年賀状で、干支にちなんだイラストが大きくあり、「また大酒のんでさわごうよ！」と手書きの文字が躍っていた。

姉にもこういう友人がいたのだ、と殴り書きにも似た字を見て、少しだけ胸を撫で下ろした。

番号案内で訊いたが、該当する電話番号は登録されていなかった。あとは直接訪ねるしか方法はないが、手書きのコメントから想像するに専業主婦ではない気がした。空振りに終わる可能性はあったが、ほかにできることは思いつかなかった。

駅前からタクシーに乗った。該当する住所には小綺麗な低層マンションが建っており、二〇二号室には増田という表札が確認できた。

無駄を承知で階段を上ったが、二〇二号室にはたどり着けなかった。

階段から二番目のドア——明らかに二〇二号室のドア——に坊主頭で黒く長いコートを羽織った若い男が額をつけ、手首に巻いた金の鎖をジャラジャラ鳴らしながらノックをくり返していたのだった。

僕が廊下へ進みかけると、男は不機嫌で険悪な表情を競い合うコンテストのライバルに出くわしたかのような顔で睨みつけてきた。

二十代の半ばか。さすがに押しのけてチャイムを押す蛮勇は持てず、彼を見ないように心がけて後ろを通りすぎた。

険悪顔のチャンピオンを狙えそうな若者は、臆病な通行人を見限り、またドアに向かった。額を押しつけているのではなく、ドア・スコープから中を見ようとしているのだとわかり、それで彼の一般常識のなさと知能指数のレベルが想像できた。

外から部屋の様子がのぞけてしまうようなスコープを、築五年は経っていそうもない最近のマンションが採用しているわけがなかった。そうと気づかず懸命に試行錯誤する楽天ぶりには、ある種の感動すら覚えたくなった。それほどに彼は、部屋の住人に会いたいと願っているようだった。

「開けろよな、レイコ。中にいるのはわかってんだぞ。今日はおまえの顔を見るまで絶対に帰るものか。知ってるかよ、レイコ。警察はな、民事不介入っていって、暴力沙汰にならない限り手は出せないんだよ。おれは騒いでるわけでもないし、近所迷惑にもなっちゃいない」

その風体で廊下にいるだけで、充分に民事の範囲を超えていそうだったが、彼としても善意から部屋の住人に法律解釈をしているわけではなかったろう。

レイコと呼びかけている以上、彼と僕の目当てとする人物は違っているらしく、姉妹での同居と見るのがもっとも自然だろうか。

そこで思考は断ち切られた。

マンションの外廊下は二〇六号室のドアでさえぎられていたのだ。かといって、何もせずにUターンするわけにもいかず、僕は二〇六号室のチャイムを押す演技をしながら、一人で言った。

「何だ、いないのか……」

Uターンの理由を呟き終えると、背後で聞こえていたノックと男の濁声がやんだ。

嫌な予兆を抱きつつ振り返った。若者が敵視するような目で見ていた。

「あんだ、おめえは」

台詞とともに足元から僕を見上げて、彼はそのとがり具合を誇るかのように細いあごを突き出して威嚇した。

「いや、ただこちらの部屋に」

「ざけてんじゃねえぞ、てめえ。そこは空き部屋だろが」

指摘されて初めて僕は気づいた。あるべきはずの表札を振り返ったが、そこには白いプレートがむき出しのままに掲げられていた。

「身を隠そうとして表札を外したのかと思ったけど、どうやら本当に越していったようだ。失礼」

ここは逃げるが勝ち。若者の発する殺気を平手で切って横をすり抜けようとしたが、長くもない足が突き出されて通路をふさがれた。

「おれのこと、じろじろ見てたろ。レイコに頼まれて様子を見に来たってわけか。何モンだ、貴様」

「往来妨害という罪を知ってるかな」

逃げるが勝ちだとわかっていながら、なぜか思いついたことをそのまま咀嚼《そしやく》もせず、口走っていた。

案の定、若者が三白眼をむいて、さらにあごを突き出した。

「んだと、誰が妨害だって？　ざけてろよな、てめえ。いいか、おれはな、マンション内をうろつく不審者を見っけたから、警察の代わりにただしてやってるだけじゃねえか」

見事な論理のすり替えだった。自分でもその見事さに興奮を隠しきれない様子で、彼は小鼻をふくらませながら唇の端を持ち上げた。

「おめえみてえな優男じゃ、レイコの相手はできっこねえぞ。得意客になったつもりで、でけえ顔すっと、痛ぇ目に遭うからな。いいか、脅迫じゃねえぞ、忠告だかんな」

暴対法への備えを忘れずにいるインテリヤクザのような解説をつけ足し、彼は満面の笑みへと変えた。

「忠告か脅迫かの境目は難しそうだ。公平な観点から判定してもらうために、これから二人で警察にでも相談に行ってみようか。幸いにも僕は、一昨日に刑事から名刺をもらったばかりで、相談相手には困らない」

虎の威を借りるためにポケットへ手を差し入れ、駒沢刑事の名刺をつかみだした。

「なめてんじゃねえぞ、こら。てめえみてえなカス一人フクロにしたところで、一晩留置場で寝りゃあ、それですむんだ。そのあとで、兄貴たちと礼をたっぷり言いに行ってやってもいいんだかんな」

体は正直なもので、両足がすくんでいた。

ポーズだけで粋がる若者ではなく、もしかしたら本職なのかもしれない、と今になって後悔が湧いた。

「とっとと消えろ、ほら」

若者がわざわざ前を空けてくれたというのに、僕は一歩も動けず、無様な怯え顔をさらしていた。

矢部弘久というい かにもポーズだけの若者の襟首はつかめても、その道のプロとおぼしき男の前ではろくに言葉すら返せずにいる。そのくせ、脅しのプロを前にすれば誰だって怯えるさ、と言い訳を考える余力だけは残っていた。

「二度と言わねえぞ、消えろ」

「じゃあ、ここへ警察を呼ぼうか」

自暴自棄になったわけではない。自分も姉と同じように何らかの怪我を負うべきだと思え、僕は名刺を手にしながら携帯電話を取り出した。

見るからに震えている男の、そんな形だけの柔な脅しに屈する相手ではなかった。

彼の体が横で小さく沈んだ。その〇・五秒後には、衝撃とともに僕は腹を抱えて体を折り畳んでいた。ひざが折れて、次に苦痛が腰の奥から喉元まで込み上げ、周囲の景色がかすんで消えた。身を守る余裕もなく、今度は胸元に砲丸がぶつかってきたような衝動を受け、通路へ横倒しになった。

なぜか女の声が聞こえた。

「今警察を呼んだからね」

「見ろ、いたじゃねえか。わかってたんだぞ」

「言っとくけど、お客さんじゃないからね、その人。あんた、これで傷害罪でしょっ引かれるわ。ざまあみろよ」

ドアを通した男女のやり取りは何となく耳に入った。苦痛に耐えるほうが忙しく、詳しい罵り合いの詳細は記憶に残らなかった。たとえ医師でも、苦しさのあまりに冷静さは飛び、ただ骨折していないことを祈りながら腹を抱えていた。

通路でうめく第三者をそっちのけで醜い言い争いが続いたあと、急に男がドアから飛び退いた。まだ立ち上がれずにいる僕の背中を踏みつけてから、彼は階段方向へ走って消えた。

かなりの騒動に思えたが、二階の通路に並ぶドアは開かず、どこからも励ましの声はかからなかった。

不甲斐ない自分に毒づき、コンクリートの床に爪を立てて上体を押した。何とかひざを抱えてうずくまる形にまでなれたのだから、レントゲンを撮るまでのことはなさそうだった。

まだ痛む肋骨と腹筋をいたわりながら携帯電話を拾い、深呼吸をくり返していると、階段方向から落ち着き払った足音が聞こえ、二人の制服警官が現れた。

いつも警察は、事が起こってからでないと動き出さない。馬鹿な若者同士の喧嘩に足を運んでやっただけ感謝しろ、と言いたそうなふたつの顔が僕を見下ろした。

年輩のほうが剃り残しの目立つあごをさすりながら、珍しいものでも見たかのような調子で言った。

「そこで何をしている」

「昼寝から起きたばかりのように見えますかね」

「冗談なら署で聞いてもいいぞ」

よくよく警官という人種は疑り深くできているらしい。苦しげに座り込んで息をつく市民を前にしても、手を貸そうというそぶりすら見せず、逆に二人そろって腰の警棒へと手を添える始末だった。

まだ二十歳そこそこに見える若い警官が、目聡く床に落ちていた名刺を拾い、年輩のほうへと指し示した。

「何だ、これは」

「知り合いの名刺です。嘘だと思うなら、今すぐ聞いてみたらどうです」

「偽の名刺だったら、どういうことになるか、わかってるだろうな」

「本物なら、どういうことになるか、あなたたちも理解されているとは思いますが」

若いほうが携帯電話を取り出した。その間、僕は名前と住所と本籍地を訊かれた。隠す必要もないので正直に伝えると、頭上で携帯電話が年輩の警官へと渡された。

二言三言の会話で僕の容疑は晴れたようだった。それでも彼らは僕に手を差し伸べず、なおも僕を質問攻めにした。勤務先の住所と電話番号。何のために、ここで座っていたのか。この部屋の住民に会って何をする気なのか。

最後の質問には答えず、僕は二〇二号室のチャイムを押した。

「増田さん。警察を呼んでもらい、ありがとうございました。彩さんにぜひうかがいたいことがあって、失礼かとは思いましたが、足を運ばせてもらいました。わたしは押村悟郎といい、押村千賀子の弟です。姉が彩さんから年賀状をもらっていたので、藁にもすがる思いで来ました。というのも、姉は一昨日の夜、ある金融会社の事務所で不幸な事故に遭い、現在入院中で大変危険な状態にあります。それで最近の姉の様子について何かご存じではないかと思い――」

そこまで一気に言ったところで、ドア・チェーンが外される音が響いた。

警官がまだ一緒にいるとわかれば、男を恐れて引きこもっていた人でもドアを開けてくれる。僕の読みは当たり、中から押し破ろうとするような勢いでドアが開いた。

「嘘だったら承知しないからね」

上下ジャージ姿で髪を引っ詰めにした眉毛のない若い女の子が、片手にゴルフのパターを握りながら立っていた。

「嘘じゃありません。そうですよね。この二人のお巡りさんも、今確認を取ったはずですから」

8

二人の警官は僕に頷かず、眉毛のない女の子に自分たちを呼び寄せた理由を訊いた。

彼女は、通路の外で騒ぎが起こったらしいので市民の義務として一一〇番通報したにすぎない、と言った。だから僕も、セールスマンタイプの中年男から難癖をつけられて殴られた、と口裏合わせの証言に徹した。

その途中で女の子が、目で感謝の気持ちを伝えてくるのがわかったが、警官に悟られないよう、僕は作り話に専念した。

他愛ない嘘が功を奏したというより、民事不介入の原則を優先させたほうが無難だと考えたようで、二人の警官はあっさりと立ち去った。

「事なかれ主義の典型みたいなお巡りね」

二人の姿が消えると同時に、手厳しい批判が女の子の口から飛び出した。

「ああいう警官ばかりだから、ここらの治安は悪くなる一方なのよ」

「増田彩さんですね。はじめまして、押村です」

「五分だけ待ってくれる。またあのバカが来ると大変だから」

五分もかからず、彼女はジャージの上にコートだけ羽織ったような素早さで戻ってきた。僕にでもブランドものとわかるバッグから金ぴかのキーケースを取り出し、ドアに鍵をかけた。足元はサンダル履きだが、袖口が少し汚れたコートと同様、これまた有名ブランド製品なのだろう。

彼女は僕の視線に気づくと、眉のない額の真ん中に細い皺を寄せて小さく笑った。

「レイコってのは店での名前。何だか久しぶりに本当の名前で呼ばれた気がする。ずっと嫌で嫌でたまらなかった名前なのに」

それが悔しいとでも言いたそうな暗い目を見せたあと、彼女は僕にキーケースを振るなり、先に立って歩きだした。

その視線は落ち着きなく動き、ドアの前にいた若者をまだ警戒しているのがわかった。だが、そうしながら彼女は警官に彼の名前を告げず、かばおうというそぶりすら見せた。一筋縄ではいかない関係は、男女の仲ならいくらでも成立する。

裏手の駐車場にはターコイズ・ブルーのＢＭＷが停まっていた。彼女はキーも出さずにドアを開けて運転席へと乗り込んだ。最近噂でよく聞く、キーレス・エントリーというやつだった。

「乗って」

ツー・シーターだったので、言われるまま僕は助手席に収まった。

彼女は怒ったような横顔を僕に向けたまま、無言でエンジンをスタートさせ、ギアを乱暴につないで車を急発進させた。

最近では男でもやたらと車内を飾りたがる車ナルシストが増えているが、無駄なアクセサリーひとつない車内は、横にいて香水のにおいもしない彼女の潔さにどこか似合って感じられた。

駐車場を出て小気味よくギアを上げるまで、増田彩は口をつぐんだままだった。言葉を探しているというより、その横顔は知り合いの遭遇した事故の理不尽さに耐えているような雰囲気があった。

「マキさん、助かるよね」

否定したら承知しない、と言いたそうな口調に聞こえた。

僕には彼女が姉をマキと呼んだことのほうが気がかりだった。

「ニュース見て、まさかと思ってたんだ。名字が違ってたけど、写真は間違いなかったし、電話入れても出ないし……。助かるんでしょ、ねえ」

「僕はもう覚悟してます」

「あんた弟だろ。だったら助けてやれよ」

小児科医には無茶な注文だったが、僕は彼女にありがとうと礼を言いたかった。

黙っていると、彼女はそのまま信号無視でもするような勢いで交差点に突っ込んでいった。僕が叫びを上げる寸前、車はタイヤを滑らし、横断歩道の手前で見事な急停止を決めた。

「何があったのよ。世の中、どいつもこいつも撃ち殺してやりたいやつらばかりなのに、どうしてよりによってマキさんなのよ。信じらんない」

彼女はハンドルを二度三度とたたきつけると、またタイヤを鳴らして急発進させた。

「ゴメン。あんたのほうが怒ってるよね。ああ、どうしていつもあたしって、こうバカなんだろ。頭くる」

彼女はまたタイヤを鳴らして、ごく普通のファミリー・レストランの駐車場に乗り入れ、見事なハンドルさばきで半回転させつつ、寸分の狂いもなく白線内の中央に車を停めた。

「ここまで来れば、あのバカも顔を出さないでしょ」

増田彩はまた優雅にキーケースを振って僕を先導すると、店員には目もくれず、勝手に店の奥まった席へと歩いた。コートを脱ぐと、やはりジャージ姿だったが、下はジーパンに穿き替えていた。

彼女はバッグから化粧ポーチを取り出しかけると、それを見つめながら吐息をついた。

「何してんだろ、あたし。知り合いが死にそうだっていうのに、いつもの癖で化粧しようとするなんて。ああ、嫌だ嫌だ。どこか狂ってるよね、あたしってやつは」

その問いかけは僕に向けられたものではなかったろうし、初対面の第三者が迂闊《うかつ》に頷いていい類の話でもなさそうだった。

「ねえ、本当に事故なの」

　彼女はまた額に皺を寄せて僕の目をのぞき込んだ。

「ニュースで言ったことに間違いなければ、マチキンの事務所で撃たれたんでしょ」

「警察からもそう聞いてます」

「マキさん――」

　そこで電池の切れた人形のように彼女は動きを止めた。

　ほぼ七秒間、ずっと固まっていた。それからテーブルに額を打ちつけるような勢いで、頭を抱え込んだ。

　注文を聞きに来たウエイトレスが、僕を責めでもするような目を向けたので、慌ててコーヒーふたつをオーダーした。

「サイテー。人間のクズ。超ウルトラバカ。本当にごめんなさい。姉さんのこと、おかしな名前で呼んで」

「顔を上げてください。姉がその名前を使っていたのは事実ですから」

　僕の言葉にあらためて驚いたような顔で、彼女はそろりと視線を上げた。

「でも、どうして……」

「姉の部屋を探ったんです、刑事みたいに。僕たち身内は、呆れるほどに姉のことを知らずにきた。姉に尋ねたいことが山のようにありながら、百万にひとつの奇跡でも起こらない限り、たぶん姉は僕らに何も答えてくれそうにない。だから、家捜しするしかなかった。最低なのは、あなたよりも僕たち身内のほうなんだ」

ちょうどコーヒーが運ばれてきたので、僕は込み上げる苦みを、出涸らしに近い別の苦みで押し流し、何とか平静さを保つことができた。

「姉に年賀状を出してくれて、ありがとう」

「ううん。礼を言うのは、こっちのほう。姉さんにはずいぶんと助けてもらった」

「助ける？」

「そう。今日のあなたと同じ。もっとも、姉さんのほうが威勢よかったけど」

何となく僕には姉と増田彩の関係が読めてきた。

「男運が悪いっていうより、男を見る目がなくて、もう目も当てられない有様。前の男、職場にまで金をたかりに来てね。で、姉さんが追っ払ってくれたの。一度はあたしと一緒に姉さんまで殴られたほどだった」

彼女の視線が落ちていったのを見て、僕は言った。

「姉は僕より打たれ強かったでしょ」

増田彩の腫れぼったそうな目がわずかに細められた。

「ホント。殴りたきゃ殴りなさいよってタンカ切って、何度でも立ち上がろうとするんだから。あたし、この人サイボーグかもしんないって、マジ思った」

「昔から何にでも一人で立ち向かっていく性分だったから。で、結果的に敵を作ってしまい、やむなく打たれ強くなるしかなかった。僕はずっと身内に守られながら、過保護で生きてきたから、姉の百万分の一の強さもない」

「あたしらの商売、普通お互いの生活には干渉しないって暗黙のルールがあるんだよね。なのに、姉さん、あたしと一緒に殴られてくれたんだ。そういう人ともっと早く会えてたらって……」

また視線が落ちかけたので、気合いづけのために僕は言った。

「君は姉より充分に若い。もちろんこの先、楽しいことばかりが待ってるわけじゃないだろうけど。いい大人なのに、ありきたりなことしか言えなくて、恥ずかしいな。姉と違って僕は、ありきたりの人生しか歩いてこなかったから、人の役に立ちそうな言葉を、恥ずかしいほどに持ち合わせちゃいない」

「わかるな。姉さん、ちょっと違ってたもの。腰の据わり方が、そこらのオバサン連中とは。あんな職場に来るような人じゃなかったし」

握りしめた拳をテーブルに置くと、彼女はひざを乗り出すような格好になった。

「ねえ、ホントに事故なの」

「どうして、そう思うのかな」

「だって、名字が違ってた。一緒になったわけでしょ、男の人と」

僕は頷き、彼女の言葉を待った。

「姉さん、何も言わなかったけど、絶対にワケありだった。たぶん、あたしと同じで男のせいだ、って睨んでたんだ。昼間はまともに働いてそうだったもの。脇目もふらず、無駄遣いもせず、懸命に働いてた。目的があるから、あんなとこでも働いていける。どんなパーでも姉さん見てれば、わかるって」

「姉がどんな男の人とつき合っていたのか、話は何も？」

「そういうのは、お互い詮索しないのがルールだから。自分から話すのは別だけど」

そこで初めて気づいたとばかりに、毛のない眉を持ち上げるようにして彼女は僕を見つめ返した。

「でも、一緒になったわけでしょ。なのに、どうして相手のことなんて、あたしに訊くの」

「すれ違いが続いてて、まだ会ったことがないからね」

「どういうことよ。姉さん入院したんでしょ」

そこまで言って、増田彩は背中に不意の一撃を食らったみたいに口をあんぐりと開けた。

「やっぱ、旦那のせいなんだね」

「そういう証拠は出てきていないみたいだ。警察がそう言ってた」

「出てないだけで、あんたも警察も、旦那のせいだと思ってるんだ。だって、逃げてるんでしょ。だから、まだ会ってないわけなんでしょ」

「もう少し声を落として」

「どうして冷静になってられんのよ。危険な状態なんでしょ」

「わめきたいのは僕も同じだ。でも、今は姉と一緒に綱渡りをしているような錯覚にとらわれてる。だから、声を張り上げた瞬間、何かのバランスが崩れて、姉もろともロープの上から落ちるんじゃないかと怖くて仕方がない」

「ゴメン」

増田彩は初対面だというのに、今日何度目になるかわからない謝罪の言葉を呟くと、また自分を恥じるかのように肩を落とした。

「そうだよね、わめきたいのは、あんたのほうだよね。なのに、わたしばっかヒスになって……」

「暗黙のルールがありながら、姉はあなたに住所と本名をあえて教えた。姉の昼間の勤め先の同僚より、あなたのほうが姉に近い場所にいたように思えてならない。あなたから見て気づいたことがあれば、何でもいいから教えてほしい」

前髪を軽く払って顔を上げると、増田彩は初めてコーヒーに口をつけ、僕ではないもっと前方を見据えながら言った。

「姉さん、何だか意地になってるように見えた」

「意地」

「そう。誰に対してなのかはわからなかったけど。わたしは男の人をこんなにも愛してる。だから何でもできる。それを誰かに見せつけてやりたい。——ほら、人って、たいして重要でもないことなのに、他人の目を気にして意地になってみせる時ってあるでしょ」

男を愛するなんて重要でもないことなのに……そう言いたそうな口調にも聞こえた。

「違うかな。もしかしたら昔の男と偶然に会ったのかもね。じゃなきゃ、ライバルだった女の幸せを知らされたとか」

どちらも姉の取る態度にしては、ふさわしくないような気がした。

姉がもとより他人の目を気にするようなタイプだったなら、僕ら親族は彼女を持てあましはしなかったろう。

でも、増田彩のひと言で、僕には少しだけわかったように思えることがあった。

「違うって言いたそうな顔をしてる。でしょ？」

黙っていると、彼女は演技たっぷりに腕組みして思案げな顔を作ってみせた。人差し指が顔の前に突き出された。

「もうひとつだけ、可能性があるかもしれない。その旦那になった人、姉さんから愛されるような男じゃないって、自分から身を引いたんじゃないかな」

正直な驚きが、僕の顔には出ていたと思う。

「でしょ？　だから姉さん、意地になったんじゃないかな。あたしはそんな女じゃない。ほら見て、こんな仕事だって平気でできるし、それなりの過去だってあるのよ。だから気にしないで、このお金を使って。姉さんなら、サイボーグばりの無表情で、男の人にそんなこと、さらっと言えそうな気がする」

やはり増田彩は、誰よりも姉に近い場所にいて、誰よりも親身になって姉のことを見ていたのだ。僕の想像も同じだった。

彼女にだけは言ってもいいような気がした。姉もきっと怒りはしない。

僕は彼女を見つめた。

「実は、姉が結婚した相手というのは、前科がある人だったんだ。それも、自分の妻を手にかけたという前科が」

小声で言うと、彼女はまた背中に詰めた電池が切れたかのように、ぴたりと動きを止めた。見る間に、彼女の見開かれたふたつの目から大粒の涙があふれ出した。

三十秒近く、彼女はそうしていたと思う。

それから顔を両手で覆うなり、人目もはばからずに声を上げて泣き始めた。幼い子供が母親にきつく叱られながらも、その背中を追いかけるのにも似た懸命さで、彼女は泣いた。これほど手放しで泣く人を見るのは、もしかしたら初めてだったかもしれない。

僕は彼女と姉のつき合いを想像した。時たま一緒に酒を飲む程度の接し方だったのかもしれない。けれど、彼女ほど姉の真の姿を見ていた人はいなかったろう。おそらく二人の仕事先を訪ねてみたところで、ほかに得られるものはきっとない。姉は他人を寄せつけず、それでいて一人の若い仕事仲間にだけは心を開いていた。つらい職場だからこそ、心を許せる仲間が必要だった。おそらく、二人ともに。

増田彩が涙声をすすり上げ、小声で言った。

「……姉さん、その人のこと、本当に愛してたんだね」

たぶんそうだと僕も思う。

「幸せだったんだろうね、きっと……」

そうであれば、と僕は祈った。

9

涙は心に積もったものを洗い流す効果がある。

雨が都会の汚れた空気を多少は浄化してくれるように、涙をぬぐって顔を上げた増田彩は、それまでの曇ったような表情が消えて見えた。伊吹正典という男について彼女は何も知らされていなかったが、姉が精一杯に生きていたという確信だけは得られていた。

「あの……姉さんの顔を見に行ってもいいでしょうか」

「いいに決まってる。友達のお見舞いを断る権利なんか、どんな親族にだってない」

「すぐに行きたいけど、少し時間がかかるかもしれません」

目で尋ね返したが、増田彩はそれに答えず、一人で頷き返した。

きっと彼女には、姉の顔を見に行く前にぜひとも解決しておきたい問題があるのだ。想像はできたが、僕はそれ以上尋ねず、ただ黙って彼女を見返した。力強い目の輝きが僕にそそがれた。

「そうと決まったら、腹ごしらえしとかないと」

彼女は手を上げてウエイトレスを呼び寄せると、ランチの大盛りセットを注文した。

僕は彼女の食べっぷりに少しつき合ってから、伝票をつかんで席を立とうとした。が、彼女の手の動きのほうが少しだけ早かった。

「姉さんにはずいぶん世話になったからさ。あなたにも迷惑をかけたし」

僕はごちそうさまと笑顔を返した。

携帯電話の番号を交換してから彼女に手を振った。

「やっぱり姉弟なんだね」

「え?」

「姉さんほどじゃないけど、あなたも打たれ強そうだもの。あたしだったら、ただ病院でうろたえてるだけだと思う」

その言葉は、今の僕にとって少しも褒め言葉にはなっていなかった。

気持ちが顔に出ていたらしい。彼女は自分の口にした禁句が何かを考えるような頼りない目で僕を見返した。

「ありがとう。病院で姉と一緒に待ってます」

「必ず行くから」

返ってきた声の力強さは衰えていなかった。

増田彩と別れてファミリー・レストランを出た。タクシーを探しながら通りを歩いた。初めての街なので、駅の方向がわからなかった。

次にどうしたらいいのか、当てはなかった。住民票から判明した伊吹正典の本籍地へ向かえば、彼の親族の所在をつかめる可能性はある。警察も親族には連絡を取ったはずで、それでも伊吹は姉のもとへ現れずにいるのだとすれば、ただの空振りに終わる確率は高そうだった。

ポケットの携帯電話が震えて僕を呼んだ。病院に詰めてくれている良輔からの電話だった。

「はい、悟郎です」

兄はすぐ答えなかった。数秒間、荒い息づかいが聞こえていた。沈黙は人の心に不安を呼ぶ。

「何かあったのか」

「……今、警察を呼んだところだ」

「どうして——」

「おれにもよくわからないから、警察を呼ぶしかなかった」

「姉さんのことかい」

「そうだと思う。まだ動悸が収まらない。痛みのほうはたいしたことないのに、心臓のほうが悲鳴を上げてる」

「痛みって……」

「千賀ちゃん、どうなってんだよ。ああいう連中とつき合ってたのか。事故だなんて、本当なのかよ」

「兄さん、何があった」

「おかしな連中に取り囲まれた。あいつら、おれの社員証まで持っていきやがった。もう勘弁してくれよ。家族にまでどうしてこう迷惑をかけるんだよ」

タクシーで病院へ駆けつけると、すでに警察も到着し、また応接室を借りての聴取がおこなわれていた。

僕は耐性黄色ブドウ球菌でも撒《ま》き散らす患者と見られているのか、病院職員は誰一人として近づこうとせず、彼らから詳しい話は聞けなかった。仕方なく応接室へ入ったが、兄までが僕から目をそらして刑事への受け答えに専念した。

それもそのはずで、兄の頬には明らかに殴打されたあととおぼしき痣《あざ》があった。シャツのボタンも上からふたつが千切れ飛んでいた。

しばらく一人で待った。やがて良輔がソファから立ち、僕の前に歩いてきた。今度は僕が兄の顔を見られず、目をそらしてうつむいた。

「あとは任せたぞ。今日一杯は、警察が人を残してくれるそうだ。おれは正式な被害届を出しに行ってくる」

「父さんには」

「言えるわけがないだろ」

良輔の声が高まり、苦しげにかすれた。

「悟郎。おまえはいつまで休める」

「明日までは休みをもらった」

「あとは病院と相談して決めろよな」

兄は長引く場合のことを言っていた。

もう自分たちは手を貸せそうにない。介添人が必要とされるのなら、おまえが仕事を休むか、誰かを雇え。これ以上の迷惑は身の危険につながるかもしれず、いくら親族でもつき合えはしない。

「彼らの目当ては……」

「千賀ちゃんの旦那に決まってる。隠したって無駄だと凄まれたあげく、この有様だよ」

僕は初めて見る中年の刑事に視線を転じた。

「警察の調べは――」

「生憎《あいにく》と部署が違うもので、わたしには何とも……」

「じゃあな、任せたからな」

肩をつかまれ、揺すぶられた。あとはおまえたち姉弟で何とかしろ。

どれほど親族への情に篤い者でも、身に危険が迫れば尻込みする。兄がことさら冷たいわけではなかった。姉はずっと一人でこういう親戚の眼差しに耐え、だから孤高を保っているしかなかったのだ、と実感できた。

警察官と良輔が出ていくと、足は自然と姉の横たわる集中治療室へ向かった。

廊下には制服警官が二人配されていた。歩み寄ると、二人は真顔に戻って僕の素性を問いただした。免許証で名前を確認すると、我々はここにおりますのでご安心を、と踵を合わせて胸を張った。いつも警察は、事が起こってからでないと動いてくれない。

姉の容態は悪いなりに安定してしまい、生への執着心を手放しかけているかのようだった。脳波が戻らないまま呼吸器によって血圧が保たれていけば、さらに脳死へと近づいていく。

姉さん。本当に幸せだったんだろうな。

ガラス越しに呼びかけたが、姉の表情は変わらなかった。昨日よりも肌の色が青く、三十六歳になった今の姉の笑顔を想像できなかった。

病院に押しかけてきた男たちは、姉と一緒に被害者となった金融業者の仲間だろう。連中は伊吹の居場所を探しており、だから彼は新妻が重体でも病院へ近づけずに身を隠しているのだ。

やはり姉が金融会社へ乗り込んでいった裏には、伊吹正典が関係している。

売店で買った菓子パンを缶コーヒーで流し込み、遅い昼食を終えた。その途中で、真尋の声を聞きたい衝動に駆られたが、呼吸器につながれた姉の顔を思い出してその誘惑に耐え、自分を縛る思いで待合室に座り続けた。

四時まで待って、また姉に年賀状をくれた三人に電話を入れた。

どこも電子音声のメッセージが答えた。五時前になって携帯が震え、着信を確認すると養父からの電話だった。

「どうだ、そっちの様子は」

「ごめん。兄さんにも迷惑をかけて」

「何だ、どうかしたのか」

たちまち養父の声が上擦った。血のつながりが少し薄かろうと、弟思いの兄は交替のことだけしか父に伝えなかったらしい。

養父に問われて、仕方なく兄が巻き込まれた一件を打ち明けた。

「母さんには内緒にしておいてほしい」

僕が頼むと、養父のほうが堅苦しい謝罪の言葉を告げた。

「すまんな、悟郎」

「いいんだよ。母さんは悪くない。ただ僕を案じてくれてるんだと思う」

「そう言ってもらえると、心苦しさが少しは薄れる」

「今日は帰らないから」

「わかった。明日には交替しよう」

「いいって」

「よくない。わたしらがもう少し気を配って千賀ちゃんまで引き取っていれば、こんなふうにはならなかった……」

養父が今さらながら、あまりに遅すぎる言葉を口にした。事が起こったあとでなければ動けないのは、何も警察だけではなかった。

今さら聞きたくない言葉を口にした養父を非難する代わりに、僕は言った。

「じゃあ。明日、朝から頼めるかな。住民票を調べて伊吹の本籍地が土浦市内にあるとわかった。午前中に土浦まで足を伸ばしてみたいと思ってるんだ」

10

人は時の流れに逆らえない。

僕と姉の両親が突然の事故で逝ってしまった時、養父も伯母も決して裕福とは言えない暮らしの中、それぞれ二人の子供を育てていた。

世の中はちょうどオイルショックのあとの不況とインフレの同時襲来に翻弄されていた。養父には病を抱えた両親がいたし、伯母の夫は職をなくした時期でもあり、僕たちを施設に預けるしかないという話さえあったと聞いた。

あの時、離ればなれになっていなければ、また道は変わっていたと言ったのでは、幼子に家庭の団欒を与えようとしてくれた養父母や伯母夫婦の気持ちを踏みにじることになる。

だが、僕たちが引き取られた直後に祖父が、その後しばらくして祖母が相次いで亡くなった。伯母は残されたわずかな預貯金に飛びつき、僕の養父は仕方なく古家を押しつけられた。ところが、時代の波は急激に土地の価格を押し上げ、伯母の妬みが噴出することとなる。

人は時の流れに逆らえない。ましてや僕らは幼子にすぎなかった。養父や伯母たちを恨んではいけない。わかっているつもりでも、口惜しさが胸に爪痕を残した。

午後六時四十八分。残酷な時間に耐えていると、携帯電話が震えた。

覚えのない番号からの着信だった。

期待と不安を隠しながら長椅子から立ち、通話ボタンを押した。

「あ、えーと……お電話をもらいました、越川ですが」

僕は携帯電話をあごに挟み、ポケットに入れてあった姉宛の年賀状を探り出した。子供二人と一緒の写真を添えたほうの女性からだった。

「わざわざお電話をいただき、ありがとうございます。突然、留守番電話に驚かすような話を残してしまい、大変失礼しました」

「千賀子さん、大丈夫なんでしょうか」

足元に子供がまとわりついているのか、ママ、ママと幼い呼び声が後ろで跳ね回っていた。

「正直言って、容態はよくありません。実はあまり連絡を取っていなかったもので、最近の姉の様子を知る方がいないかと思い、姉宛に届いた年賀状を見て、電話を差し上げた次第です」

知り合いの危篤を突然告げられれば、誰でもどう答え返していいかわからなくなる。僕は子供たちの弾むような声をせめてもの慰めにしながら、事件の概要は曖昧にしたまま簡単な説明をした。

「最近の様子といっても、ほとんど年賀状のやり取りだけで……」

「姉とはいつごろからのおつきあいだったのですか」

「小学校の五年と六年の時、同じクラスでした。そのあとで、わたしは千葉へ越してしまったもので。たまたま四年ほど前に、偶然再会して――」

そこで越川範子の声がまた沈み、語尾がかすれた。

僕は呼吸を整え直してから、彼女に尋ねた。

「どういうきっかけで姉と再会を?」

「それが……実を言いますと、彼女が地下鉄のホームで、男の人とケンカのようなことになっていて」

「ケンカを」

確かに言いよどんでしまうような出会い方だ。今にもその男の容貌を確かめたかったが、越川範子の相槌のほうが少しだけ早かった。

「ええ。こんなこと言ったら失礼ですけど……その時は子供を連れていたので、さけて通ろうとしたんです。でも、つい横目でうかがうと、顔に覚えがあったし、名前も千賀子っていうから驚いてしまい」

「相手の人は、どういう——」

「彼女に聞いたら、その時、つき合ってる人だと」

「名前は聞きましたか」

「あの時は聞いたと思うんですけど」

「伊吹正典。そういう名前ではなかったですか」

「違ったと思います。タカシとかタケシとか、そんな感じの名前だったと」

「不躾《ぶしつけ》なお願いですが、会って話を聞かせてはもらえませんか」

こちらからうながさないと遅くなりがちだった返事が、その時だけは打てば響くような素早さで返ってきた。

「ごめんなさい。今、保育所なんです。これからうちに戻って食事の支度をしないと」

「わかりました。お子さんたちがお休みになったあとでは、いかがでしょうか」

返事はなかった。彼女は明らかに困惑していた。

「実は、かなり危険な状態なのです。一昨日から意識はなく、脳死の一歩手前だと言っていいと思います」

息を呑むような気配があった。

切羽詰まった身内の心情を盾に、僕は頼み込んだ。

「突然こんな話を切り出されて戸惑うのは無理もありませんが、我々としては、今できる限りのことをしてやりたいと思ってます。電話でもかまいません。お子さんたちが寝たころ合いを見て、こちらからまた電話をさせてください」

そこまで言われて断れる者は、そういない。九時すぎになったら、彼女のほうから電話をすると約束してくれた。

礼の言葉を重ねて通話ボタンを切った。

僕は九時までまた苦い思い出にひたりながら時間をつぶした。どこからもほかに電話は入らず、姉に年賀状をくれた残る二人は相変わらず留守番電話のままだった。誰もいなくなった待合室を独り占めして、僕はコンビニで買ったパンをかじりつつ、ただひたすら電話を待った。

九時十八分に越川範子からの電話が入った。

「千賀子さんは、まだ……」

「ありがとうございます。悪いなりに安定はしているようです」

長い話になるかもしれない。電話代のことを考えて僕のほうからかけ直すと提案したが、越川範子は気にしないでほしいと言った。

「本当なら駆けつけたいんです。でも、子供がいますから……。いいえ、ごめんなさい。子供を理由にして、本当は面倒事をさけたがっているんです」

投げ出すような勢いでひと息に言うと、彼女はまた「ごめんなさい」とくり返した。

「時間を見つけて、必ずお見舞いに行きます。そうしないと、千賀子に怒られそうだもの」

できれば早く顔を見に来てほしい。でないと間に合わなくなる。そう言ったのでは、さらに越川範子に負担をかける。僕は病院の名前と住所を問われるままに伝えた。

「あれから思い出そうとしてたんですけど、やっぱりタカシかタケシのどちらかだったと思います」

「そうですか」

僕の声から落胆の響きを感じ取ったのか、越川範子は声を低めて言った。

「千賀子の、交際相手の方をお捜しなんですか」

「ええ、まあ……」

「こんなこと言っていいのかわかりませんけど——あの時の男の人とは、別れてよかったような気がします」

「そう思える相手でしたか」

「ええ」

迷いを感じさせない即答だった。

「だってあの時、地下鉄のホームであの男、千賀子のことを殴りつけていたんです」

驚きに声が出せなかった。姉のことだから、人の目を気にせず、どこででも誰とでもケンカはできたろう。だが、今日の昼すぎ、僕は増田彩から、姉が彼女と一緒に男から殴られた逸話を聞かされたばかりだった。

「姉がただ殴られていただけとは思いにくいのですが」

「さすがに弟さんですね」

ほんのわずかだが、越川範子の語尾が跳ね上がった。

「それはもう凄いケンカで……。相手の男の人は思いきり千賀子を平手で殴りつけるし、千賀子も手に持ってたバッグの柄が千切れ飛ぶほどに相手をたたきつけてました」

みっともないのを通り越して醜悪としか思えない修羅場の目撃談だったが、越川範子の口調は何か痛快な出来事に遭遇したかのような歯切れの良さがあった。

「わたし、千賀子を見かけて、すぐに思い出したんです。小学校の時の千賀子を」

彼女は明らかに思い出話を楽しんでいた。

「うちのクラスに、あまり裕福じゃなくて、いつも同じ服ばかり着てる女の子がいたんです。髪の毛がにおったりすることもあって、女の子の間でも敬遠する人がいたと思います。千賀子はその子と特に仲がよかったわけじゃなかったけど、男の子からいじめられてる現場をたまたま見かけて、黙ってられなくなったんでしょうね。いきなり男の子たちの背中を思いっきり蹴り飛ばして——」

小学校高学年のころの姉。

もうその時には、僕の養父母と伯母の仲は修復できそうにない状況だったと思う。

「向こうは三人だったかな。いくら千賀子でも、男の子三人を相手にするなんて、ちょっと無茶でした。すぐ殴り返されて……。でも彼女、泣き声ひとつ上げずに、石を握りしめて彼らに立ち向かっていったんです」

たぶん姉は、クラスメートをいじめる男の子に向かっていったのではない。僕にはわかる。両親を突然に亡くした過酷さや、血を分けた姉弟でありながらいがみ合っていた伯母たち身内や、その犠牲にならざるをえなかった理不尽さに、本当は殴りかかっていきたかったのだろう。

「わたしが先生を呼んでくるまで、千賀子は一人で三人の男の子相手に一歩も引かず、殴り合ってました。その時と、まったく同じ顔をしてたんです、彼女。だから、千賀子だって、すぐにわかりました」

もしそれが事実ならば、姉はその時、相手の男に対してだけ怒りを感じていたのではなかったのだろう。そう僕には思えた。

「姉は、その男の人について、何か言ってましたか」

「ええ……」

滑らかだった彼女の口調が、急に重みを増した。

「でもそれは、わたしと千賀子の間の話ですから」

「お願いします。聞かせてください。たぶん姉も怒らないと思うんです。いいえ、このままでは、僕を怒ったりもできない、と」

「そんなに悪いんですか……」

「いや、姉のことですから、頑張ってくれるとは思います」

僕はずるい言い方をしていた。越川範子に負担をかけまいとしたかったのではない。姉がなぜ伊吹正典という男と結婚するにいたったのか。その手がかりを得たかった。だから、泣き落としに近い言い方で、無理やり姉の過去を引き出そうとしていた。

越川範子は電話口で大きく息をついた。

「どうしようもない人だって言ってました。弱いくせに博打が好きで、酒と女にだらしない男だって。――顔の腫《は》れをハンカチで押さえながら。あの時も泣き顔ひとつ見せようともせずに……。痛くないのかなって、不思議に思ったのを今でも覚えてます」

増田彩も同じようなことを言っていた。無表情で痛みを感じさせず、サイボーグなのかなって思った、と。痛みを忘れさせるほどの、怒りのアドレナリンが姉を突き動かしていたのだ、と僕にはわかる。

「姉はその男の人と当時、交際していたわけですよね」

「別れたって聞いたのは、それから一年以上経ってからだったと思います」

「殴り合いを演じてから一年以上も」

「わたしも驚いたんです。あのあと、すぐあの人とは別れたんだろうって思ってました。でも、そうじゃなかったみたいで。翌々年の年賀状に、あのバカを解放してやった。そう書いてあって。それで連絡を取ってみたら……」

「何て言ってましたか、姉は」

「もう一人でも大丈夫そうだから、部屋から放り出してやった、って。まるで強がるみたいに言って。それを聞いて思ったんです。千賀子はあの男の人のこと、本当に好きだったんだなって。あの――わたしが言ったなんて、千賀子に言わないでください」

「僕だって姉に蹴飛ばされたくはありませんから。僕らがもっと歳を取ってからの笑い話になるまで、我慢しておきます」

「あの――先ほど言っていた伊吹さんという方が、千賀子の……」

「はい。交際相手というか――実は、結婚相手なんですが、どうも連絡が取れなくなっていました」

「結婚したんですか」

つい三日前に、とは言えなかった。言えば、なぜ夫と連絡が取れなくなっているのか、事情を問われてしまう。

「そうでしたか。だから、年賀状が来なかったんですね」

彼女は期待どおりの誤解をしてくれた。結婚しながらも、すぐ相手とうまくいかなくなっていた。だから、年賀状も来ず、今も夫と連絡が取れないのだろう、と。

「本当に近いうちに、そちらへ参ります」

「ありがとうございます」

「いいえ。お礼を言わなければならないのは、わたしのほうですから」

「あなたのほう？」

「はい。一人で子供たちを育てていこうと踏ん切りをつけられたのは、千賀子のおかげですから」

驚くような話ばかりで、すぐには言葉が出てこなかった。

「二十年ぶりに再会したのが、あんなきっかけだったこともあって、わたしも千賀子に悩みをいろいろ聞いてもらってました。元の夫とも彼女に会ってもらったんです」

「あなたの旦那さんと、ですか」

「会ってもらったというより、会わせろ、と千賀子に迫られたんです。だめな男は嫌というほど見てきたから、自分の目に狂いはないって。冗談のような本気のような言い方をされて」

「それであなたは、離婚を決めた？」

「離婚はもう、どうしようもなくなっていて。ただ、子供を理由に一人相撲を取っていただけでした。向こうには女がいたし、その相手の女も子供を引き取ってもいいとか言い出していて……。でも、もう少しで間違った選択をするところでした。今は二人を引き取って、本当によかったと思ってます。二年も経たないうちに、あの男、また同じことをくり返して別れたんです」

甦った怒りを静めるような間があいた。

「どうしてあんなバカだって、もっと早く気づけなかったんだろう。そうこぼしたら、千賀子に言われました。寄生虫っていうのは、宿主がいなくなったら生きていけないと本能で理解してるものだって。だから、驚くほど優しい言葉をかけたりもする。相手が死なないように栄養分だけ吸い取り、楽しいことだけを考えて生きていこうって、自分に都合のいいよう懸命に努力するのだけが取り柄なんだって。本当にそう。でも……」

　彼女の言いたいことは理解できた。姉はタカシもしくはタケシという男を、我が身に寄生する虫のようなものだと自覚しつつ、当時は本気で愛していたのだ。越川範子という友人に、何より自分へ向けるべき忠告を与えておきながら。

　僕はまた同じことを連想した。もしかしたら姉は、タカシもしくはタケシという男に、死んだ父とよく似たにおいを感じ取っていたのではなかったろうか、と。

　もちろん、父がだらしない男だったと聞いたことはない。ただ、たとえば物思いにふける時の横顔や、煙草を吸うなどのふとした仕草に、忘れかけていた父の面影を重ね見るようなことがあったのではないか。

「どういう見かけの男の人でしたか。そのタカシもしくはタケシというのは」

「これといって特徴はなかったかと……。ごめんなさい。あまり覚えてないんです。それに、あんまり彼氏のことを家族の人にバラしたら、あとで千賀子に怒られそうですし」

「そうですね。本当に僕もこの歳になって姉の蹴りを浴びたくはありませんから」

　また冗談めかすと、越川範子は小さくくすりと笑ったあと、必ずお見舞いに行きます、ともう一度言ってから電話を切った。

　時刻は九時半になろうとしていた。そろそろ新井宗太も帰っているかもしれない。

　年賀状を見ながらダイヤルボタンを押した。

二度のコールで相手が出た。

僕や矢部弘久とは比べものにならないほど落ち着きある声を持つ男性が、新井です、と名乗った。

「突然お電話してすみません。わたしは押村千賀子の弟で悟郎といいます」

「はい、どういうご用件でしょうか」

わずかな警戒心を感じさせる間が空いたが、すぐ返ってきた声には銀行の窓口係みたいな作り物めいた雰囲気はなかった。

僕は突然の電話の非礼を詫び、姉が入院した事実と連絡を入れた理由について短く伝えた。

「どこの病院でしょうか」

新井宗太は少しも迷いを感じさせない口調で訊いた。

問われるままに、僕は病院名と所在地を告げた。またも迷いのない声が返ってきた。

「今から行きます。一時間ほどでそちらに着けると思います」


姉の入院を聞くなり、夜中であろうと病院に駆けつけようとする男性。新井宗太を待ちながら、僕は姉と彼との交友関係に思いをめぐらせた。

元の同僚や、一度や二度食事をともにした女性のもとへ、自分は夜に駆けつけるだろうか。入院した彼女が会いたがっていると言われれば、願いを叶えてやりたいという優しい気持ちにはなるだろうが、僕はそれに類する言葉を新井に告げてはいなかった。

すでに面会時間は終わっていたが、急を要する容態の患者は例外だと看護師には言われていた。僕は一階の夜間受付の前で、新井宗太を待った。

彼が言ったとおり、五十分ほどで一台のタクシーが病院の門を抜けて到着した。

僕はその人影にまったく気づかなかった。気づいたのは、タクシーから降りて歩きかけた新井宗太のほうだった。

彼の動きが僕の後ろを見て、急に止まった。新井さんですね、と呼びかける暇もなかった。

人影が僕の後ろから飛び出し、横を通りすぎていったかと思うと、予想もしなかった声が夜の闇を裂いて響いた。

「もう逃げられないぞ」

11

何が起こったのか、僕も新井宗太と思われる男性も理解していなかった。僕を追い越していった人影が、走りだしたタクシーに負けない勢いで突進していった。

後ろから見ても、レスラーのように肉付きのいい男だとわかった。彼は手にしたコートをその場に投げ出すなり、あっけに取られて立ちつくす男性に真正面から体当たりした。ラグビー選手が敵チームの快足ウイングに食らわすような猛然たるタックルだった。

男性は声もなくそのまま暗いアスファルトに横から倒れた。腰にしがみついた逞しい男が素早く動き、彼を組み伏せにかかるまで、僕はリング外の乱闘を見すごす役立たずのレフェリーみたいに立っていた。

「何するんですか」

やっと絞り出した声は弱々しく、態度はもっとおどおどしていたと思う。

「おい、よせ。何だよ、これは」

あらがう男性の声は、確かに先ほど聞いた電話の声と同じものに思えた。新井宗太に間違いなかった。

「待ってください。その人は新井さんという方です。伊吹じゃありません」

叫ぶよりわずかに早く、肉付きのいい男の背中が動きを止めた。

僕はとっさに駆け、男たちの横に回り込んだ。

「よく見てください。この人は伊吹じゃない。そうですよね、新井さん」

「どういうことですか、これは……」

僕とさして体格の違わない新井宗太は、男にのしかかられ、襟首をつかまれていた。それでも怒りの声を放ち、懸命にもがこうとした。

「新井さん、すみません。誤解です。この刑事さんが勝手に誤解して――」

「どいてくれ。僕が何をした」

それでも男は新井の襟首にかけた手を離さなかった。組み伏せた男の顔を見定めようとするかのように、もがく彼を再びアスファルトに押しつけた。

その様子を見て、僕のほうが誤解しているのでは、という後悔が湧いた。だが、姉が乗り込んでいった金融会社を営む暴力団関係者が伊吹を待ち伏せしていたのなら、もっと手荒い手段に出てもおかしくはなかったろう。

僕は辺りを見回した。ほかに刑事らしき男はどこにもいない。刑事は二人一組で行動するものだと聞いた覚えがある。

男の横からあとずさり、僕は携帯電話を取り出した。素早く一一〇とダイヤルボタンを押した。

「よせ。警察だ。悪かった。人違いだったようだ」

男がやっと新井宗太の上から腰を上げて叫んだ。その態度も口調も、まったく悪びれたところがなかった。

不審な行動を見せたあんたらのほうが悪いんだぞ、と言いたがっているようなふて腐れ気味の仕草で、男が手を払って僕に向かった。

通用口の前には小さな明かりがひとつあるだけで、互いの顔はよく見えない状況だった。だが、彼の顔を先に見ていたなら、僕はもっと誤解していたろう。人を外見で判断するのはよくないとわかるが、彼はどこから見ても暴力団関係者として立派に通用した。

見事に整った角刈り頭に、薄い眉。開き直って胡座をかいた小鼻に、張り出した頬骨。人を威嚇するのが仕事のうちだと自覚しているとわかる目つき。

ただ、ヤクザ者とは違い、見るからに安そうで地味なスーツを着ていた。手首に金の鎖もなければ、靴も光ってはおらず、夜目にもささくれたような傷のほうが目立った。

「よせよ、携帯をしまってくれ。こちらの早合点だった」

いかにも渋々といった顔つきで、男はまだアスファルトに尻餅をついたままの新井宗太に向かってあごをわずかに引いた。ヤクザも警察官も、謝罪には慣れていない者たちだった。

「どういうことですか。説明してください」

新井宗太は優秀なサラリーマンなのかもしれない。突然地面に組み伏せられても、取り乱さずに苦情を言えるのだから、僕より遥かに大人の男であるのは間違いなかった。

コートの裾を手で払い、新井宗太は厳《いか》つい刑事の前に詰め寄った。

「本当に警察の人なんですか。身分証明書を見せてください」

角刈り頭の男は彼と視線を合わさず、しばらくあさってのほうを向いていた。まるで叱られた子供が拗《す》ねてみせるような態度だった。

「身分証明書を見せてください」

怒りのこもった声を聞き、やっと刑事が動いた。腰のポケットに手を差し入れ、金色のバッジのついた黒い手帳を軽く掲げてみせた。

「それだけじゃ本物かどうかわかりません。中を見せてください。あなたの名前も確認したい」

やはり彼は僕より遥かに大人だった。一人前の社会人としての良識から、どう見ても良識に欠けた公僕の諌《いさ》め方を熟知していた。

刑事は明らかに表情を変えた。狼狽するのならまだわかりもするが、彼は怒りを感じさせるに充分な目つきで新井宗太を見返した。

面と向かって市民から苦情を言われた経験が、彼には一度もなかったものと見える。

「中を見せてください」

新井宗太は表情を変えなかった。

「誤解したことは謝ります」

姿勢を正してはいたが、謝罪とは無縁の表情に見えた。体格はレスラー並みでも、性格のほうはまるで子供だった。

「あなたの名前を教えてください」

「元殺人犯の男と、あなたを間違えたんだ。この人と、その男が密かに会っていてもおかしくない状況だった、だから、つい……。それ以上は、捜査の内容にかかわりますので、ご勘弁ください」

「手帳を開いてください。でないと、あなたが刑事かどうかわかりません」

新井宗太は一歩も引かず、男を見据えた。どれほど礼儀を知らない者でも、新井のほうに理と分があるのは明らかだった。

刑事の鼻息が荒く聞こえた。自分のほうに非があるというのに、彼は明らかに憤っていた。

それでも刑事は、新井の眼前で仕方なさそうに手帳を開いた。部外者の僕に見られるのを嫌がっている仕草で。

「本所警察署のオダギリさん。よく覚えておきましょう」

警視庁捜査一課と王子署とは別に、本所署の刑事までが病院に配されていた。となれば、金融会社を営んでいたという暴力団の本拠地が本所署の管内にあるのだろう。

「参考のために、あなたの名前と住所も教えてください」

オダギリ刑事が差し出していた手帳を引き戻して言った。

「なぜですか」

「当然、捜査のためです。あなたが元殺人犯と連絡を取るかもしれない。どういう人物で、被害者とはどういう関係なのか。こんな夜中にわざわざ人目をさけるように駆けつけてくるわけですからね。名前と住所と生年月日を言ってください」

開き直るとはこのことだった。オダギリは腹いせを新井にぶつけ、あえて彼の素性をただしていた。刑事としての職権を笠に。

「僕は逃げも隠れもしませんよ。彼女とは、以前勤めていた会社で知り合ったんです」

「ほう。単なる知り合いが入院したと聞き、すぐさま飛んできたというわけですか。熱心なことだ」

「どう思われようとかまいません」

「こっちもどう思われようとかまいませんよ。我々の使命は、何より犯人逮捕にある。疑わしい事実や人物に遭遇した場合、職務上見逃すわけにはいきませんからね。さあ、名前と住所と生年月日を」

攻守逆転だと言いたげに、オダギリは軽くあごを振って問い詰めた。

新井の手が固く握りしめられていた。それでも彼は胸を張ったまま、自分の名前と住所と生年月日を告げた。

「お騒がせしました、新井さん。ご協力、感謝します」

オダギリが地面に落ちていた自分のコートを拾った。その態度で、彼は頭を下げたという行為も一緒にすませたつもりでいるように見えた。よくよくプライドの高い刑事だった。

「刑事さん。伊吹が指名手配されたという話は聞いてませんが」

横から尋ねた僕に、やはりオダギリは目を向けようともせずに答えた。

「捜査に関する情報は、身内の方にも教えられません。もしヤツから接触があった場合には、すみやかに連絡してください。よろしいですね。隠し立てをするとためになりませんよ」

最後のひと言を、まるで捨て台詞のような口調でつけ足し、彼は門へと歩きだした。その後ろ姿は、仕事への誇りを表すかのように、いたって堂々としていた。自分が何か悪いことをしたというのなら教えてもらいたい。おれたちは犯人逮捕のために、こんな夜中まで市民のために安月給で働いているんだから。そう全身で彼は間違いなく訴えていた。刑事にもいろいろなタイプの人間がいる。

揺れる後ろ姿を見送りながら、僕は考えた。今日はもう病院を張っても無駄だと思い、去っていこうとしているのでは、おそらくない。そうやって病院から離れたところを身内の者に見せておき、またこっそりと舞い戻って、どこからか見張る気でいるのだ。警察はそれほど甘くはない。悪びれるどころか開き直って胸を張る刑事が、簡単に監視の目を緩めるとは思えなかった。

「すみません。わざわざ来ていただいたのに、ご迷惑をおかけして。押村悟郎です」

まだ刑事の厳つい背中を睨みつけている新井宗太に向き直って、僕は頭を下げた。

「いったい彼女は何をしでかしたんです」

怒ったような口調を引きずったまま、彼は振り返った。

僕はあらためて彼を見返した。まだ何も伝えていなかったが、入院した姉にも原因があるのだと明らかに新井は信じていた。

「姉の顔を見てやってください」

病棟へ案内しながら、僕は新井宗太に事件のあらましを告げた。金融会社の事務所を訪ねた姉が誤って銃弾を浴びてしまった、と警察が発表したとおりのことを。

新井宗太の足取りが遅れ、僕を見つめる視線が大きく揺れた。

「まさか……ニュースを見て、千賀子さんと同じ名前の人が大変な事故に巻き込まれたなとは思ってましたが……」

「我々もまだ戸惑っています。姉とはいつからのお知り合いで」

オダギリがすでに同じことを訊いていたが、身内としてならごく自然な質問でもあるはずなのに、新井宗太は何も語らず、わずかにまた歩みを速めた。

担当の看護師に一礼してから、ガラス越しに姉を見舞った。

「助かりますよね」

「頑張ってくれると思います」

新井宗太の質問も僕の答えも、願望の響きのほうが強かった。

彼はガラスの前でたっぷり五分は立っていた。コートをつかむ手には、見た目にも力が入り、奥歯を噛みしめているらしく、こめかみが何度か大きくうねった。

新井宗太は視線を引きはがしでもするように姉から目をそらすと、やっとガラスの前を離れた。

廊下の先にあった長椅子へ彼が腰を下ろすまで、僕は喉まで出かかった質問を口にできなかった。それを拒む分厚いオーラのようなものが、彼の背中からは確実に醸し出されていた。

「僕がいけなかったのかもしれません」

ふいに顔を上げた新井宗太の口から、思いがけない言葉が放たれた。

「僕がもっと強い意志を持っていれば、こんなことにはならなかったんでしょうね」

意味がわからず、目で問いかけた。

新井宗太の眼差しに驚きがよぎった。

「彼女から聞いていたわけじゃなかったんですか」

「ええ。電話でも言ったように、姉とはあまり連絡を取っていなかったものですから。それで、姉宛の年賀状を見て、電話を差し上げました」

迂闊《うかつ》なことを口走った自分を恥じるかのように、新井宗太の視線が足元へと落ちた。

「すみません。僕は一時期、千賀子さんと――結婚の約束をしていました」

その時、僕の胸に走った感情は、たぶん嫉妬だったと思う。新井宗太はその言葉に、少なくない後悔の気持ちを込めていた。

彼はこう考えている。自分が彼女と結婚していたなら、金融会社へ足を運ぶような暮らしには絶対にならなかった。

それを気取るような響きがあったわけではない。だが、自分の仕事や暮らしぶりへの強固な自信が、その言葉からは感じられた。そして、姉を思う気持ちと、当時の姉から慕われていたという自負も。自分なら彼女を幸せにできたはずなのに、と。

僕は彼の左手に目を走らせた。薬指には、最近はめるようになったとは思いにくい、いくつか傷のできたマリッジリングが鈍く光っていた。

「もう、そろそろ十年になります」

新井宗太は思い入れたっぷりに口を開き、少しだけ胸を張るような格好になった。

「千賀子さんは、僕がよくお世話になっていた会社で経理の仕事をしていました。控え目でありながら意志の強そうな目をした人で、同僚たちからも信頼をされて——いや、信頼というよりは、一目置かれるといった表現が合っていたかもしれません。同性の若い子たちからは頼もしく見られ、同僚の男性社員はみな頭が上がらず、当時の上司は彼女を少しだけ敬遠してた。建設業界には、ちょっとした使途不明金が出たりすることがあります。というか、使途不明金として処理するほかはない、表に出せない金というのが、当時は特にありましたからね」

僕は軽く頷くにとどめて、彼に先をうながした。

「あのころの僕はまだ駆け出しみたいなもので、ビルの設計なんて仕事はまったく任せてもらえず、主に外構の細々とした工事をこなしてました。その仕事のひとつで、千賀子さんから発注書と納品書のミスを指摘され、怒鳴られたのがきっかけでした」

十年前の大切な思い出を、いかにも懐かしそうに語る男の横顔から目をそらすために、僕は彼の隣に腰を下ろした。

「せっかくいい仕事をするのに、詰めが甘い。だから自信が持てず、おどおどしてばかりで、うちみたいな中小企業の幹部にも見下される。そんなことを、ずけずけと彼女に言われました。ほとんど初対面だったというのに」

「わかります。姉は僕みたいに甘い考えの男を見ると、必ず何か言わなくては気がすまない人ですから」

「昔のことは関係ない。僕はそう彼女に言ったんです」

胸が締めつけられた。その先の話は聞きたくなかった。だが、僕は椅子から立てずにいた。

僕の横顔を見て、新井宗太は何かを誤解したようだった。

「あなたもご存じでしたか」

話の先が読めず、僕は彼を見返した。

新井宗太は一人で納得したような顔になり、髭《ひげ》の濃くなり始めた口元を盛んに撫で回した。

「困ったな。家族の人が知らなかったとなると、僕の口から言っていいものか……」

「姉との結婚を考え直したくなるような事情が出てきたというんですね」

「僕は気にしないと彼女に言いました」

気にはなるが、そう正直に言いはしなかった。わずかに弁解じみた響きが感じられた。

十年前というからには、越川範子が言っていたタカシもしくはタケシという男が相手ではない。

また別の相手なのだ。

「話しづらいのはわかります。ですが、教えてください。このままだと、僕らは姉のことを何も知らずに見送ることになってしまう」

見送るという言い方に反応して、新井宗太が顔を上げた。

「姉から聞いたことがありませんか。僕はこう見えても医者の端くれです。姉の置かれた状況は誰よりもよくわかっています。だから、姉のことを少しでも知りたくて電話を差し上げました」

新井宗太は迷いを振り切るように長椅子から腰を上げた。

「申し訳ない。やはり僕の口からは言えそうにありません。ただ、今でも僕はあの時の選択を後悔しています。そう彼女に告げたくて、今日はここへ来ました」

「今はご結婚をなさっているんですよね」

彼の指輪を見てから、僕は少し意地の悪い質問をぶつけた。

新井は刑事と相対した時と同じく、胸を張ったままだった。

「ええ。何とか仲良くやっています。千賀子さんと婚約していた件は、妻にも伝えてあります」

それが当然の誠意だ、と彼は言いたかったのかもしれない。

「東海工作機械という会社にいたムラジという人をご存じですか」

ある程度の予想はしていた。栄建設の矢部弘久から聞いた名前を出すと、新井の表情がにわかに固まっていった。

「彼から話を聞けば、姉とあなたの事情は、きっとわかるでしょうね」

「すみません。僕の口からは、やはり――」

「十年も前に捨てた女へ年賀状を出したり、瀕死の重傷を負ったと聞いて慌てて頭を下げに来たりするなんて、ただの自己満足じゃないですかね」

こらえきれずに僕は口走っていた。

それでも新井宗太は表情を変えなかった。やはり彼は大人だ。僕よりも遥かに。

「ご連絡をいただき、ありがとうございました。今日はこれで失礼させていただきます」

「こちらこそ。姉の夫と会えたら、あなたが見舞いに来てくれたことを伝えておきます」

「失礼しました。旦那さんのご容態について、うかがっていませんでした」

またも彼は誤解していた。妻のそばに夫がいないのだから、その人も妻ともども被害にあったと考えていたのだろう。

「姉の夫は行方不明なんです。連絡がついていません」

「は?」

「さっきの刑事があなたと誤解しましたよね。その人が、姉の夫です」

「しかし……」

譫言《うわごと》を放つかのように、新井宗太の唇が震えた。

「はい、元殺人犯だと聞いています。姉はあなたと別れたあと、やっと幸せをつかんだのだ、と僕は信じています」

12

幸せな家庭を持っているであろう新井宗太へ恨みをぶつけるのは、ただの八つ当たりにすぎなかった。それでも、十年も前に別れた女性との思い出を、今もそっと胸で温め続けていられる男への嫉妬が根深く渦巻いていた。

姉が手にしかけていた幸福は、元殺人犯の男との新たな生活だった。もちろん、幸福の形は人によって異なる。だが、新井宗太と結婚していれば、彼が考えたように姉はヤクザ者から頭に銃弾を撃ち込まれることはなかった、と断言できる気はした。

新井を見送ったあと、僕は自己嫌悪に包まれながら薄ら寒いロビーでいつしかうたた寝をしていた。夢の中で姉とは会えず、なぜかほとんど記憶にもない実の父と母に再会できた。写真の中にいる二人の姿そのままに歳を取らない両親は、僕の手を握って慈愛に満ちた笑顔を送ってくれた。

そこに姉の姿がないことを、僕だけが気に病み、両親に笑顔を返せなくて困るという夢だった。

廊下を通りすぎた看護師の足音で、僕は目を覚ました。長椅子の上で子供のようにひざを丸めて横になり、泣いていた。時刻は午前一時。

意識が戻らない間にも、人は夢を見るものなのか。昏睡《こんすい》状態のさなか、懐かしい親族に出会った夢のエピソードを語る人はいた。姉も今はせめて安らかな夢を見ていてほしい。

頬を伝う涙を手でぬぐった。我慢できなくなり、僕は携帯電話にすがりついた。

「どうなの、お姉さんの容態は」

深夜の電話だというのに、真尋は二度のコールで応えてくれた。

「ごめん、こんな時間に」

「まだ寝てなかったから。明日に備えて肌のマッサージをしてたところ。そろそろ気をつけておかないと、あとが怖いでしょ」

真尋は無理して明るく言い、それから声を低めた。

「どうなの、そっちは?」

「ありがとう。変わらないよ。回復の兆しはまったくない」

「医者の言葉とは思えないわね」

「医者だから、こうして少しは冷静さを保っていられる」

「医長がよく言ってたでしょ。意志の強さが足りないのを、冷静という言葉に置き換えてごまかすような医者にはなるなって。その反対に、若気の至りを情熱という言葉に換えてごまかすのも許されないって」

しかりつけるような響きが耳と胸に心地よかった。

僕は自分を理解していた。昔の姉のように、誰でもいいから叱咤してほしくて、この電話をかけていた。子供のように責任とは無縁のところに身を置きたがっていたにすぎない。

「聞いてくれ。姉は結婚していた。夫は二十八歳の時に妻を手にかけた元殺人犯だった。その男のために、姉は体を売って金を渡してたみたいだ」

一人で抱えるのが苦しいから、僕はいきなり真尋に投げつけた。

彼女は驚きを表さずに、ルールを無視したビンボールまがいの投球を受け止めた。

「で、あなたはそんなお姉さんが嫌いになったわけ？」

「いや……もしかしたら、前よりもっともっと愛おしくなったかもしれない」

「強い人なんでしょうね、きっと、お姉さんは」

「僕なんか逆立ちしたって敵わない。誰に何を言われようと、姉は自分の信じた道を堂々と顔を上げて歩いていける」

「待ってよ。あなたは自分の信じた道なのに、顔を上げて歩いていけないの？」

迂闊な質問を返しそうになった。君なら夫となる男のために体を売っても堂々としていられるのか、と。

言えるわけがなかった。我が身に跳ね返ってきそうな問いは、怖くて口にできない。だから僕は自分を見下して言った。

「僕は無理だな。てんで自信がない。自分の信じることが、世間一般の信じることと違っていたら、なおさらだ」

「そうね。独りよがりと、自分を信じるってことは違うものね」

「姉は今年、たった八枚の年賀状しかもらえなかった。たぶん、姉のほうからは一枚も出してなかったと思う。そういう生き方のできる人なんだよ、姉は」

「何だかわたしもあなたのお姉さんに会いたくなった。あ——お見舞いに行きたいっていう意味だから」

慌てたようにつけ足して、真尋は小さく息をついた。

最も近い肉親にぜひとも挨拶したい。そう考えたわけではない。

彼女は正直な思いを告げたにすぎない。悪いのは僕のほうだとわかっていた。彼女をろくに受け止めず、今日までずっとはぐらかしてきた。

僕はまたはぐらかしの言葉しか口にできなかった。

「ありがとう。声を聞けて嬉しかった。病院に出るのは、もう少し遅れそうだ」

真尋の声には、胸に押し込めきれなかった落胆が顔を出していた。

「お姉さんの傷が早く癒えるように祈ってる。じゃあ」


微睡《まどろ》みの中で姉の安らかな夢を願いながら、誰もいないロビーで朝を迎えた。

気を使いすぎる養父は、約束していたとはいえ、驚くような早さで病院に現れた。午前六時十分。いつもの笑顔で多くを語らず、ただ頷き、血のつながりが薄い息子を送り出してくれた。

僕は本当に恵まれていた。また後ろ暗さに足が重くなった。

自己嫌悪を道連れに、JR常磐線で土浦駅へ向かった。その途中、年賀状をくれた残る一人の大和田はつみに電話を入れた。まだ留守番電話になっていた。だが、留守電機能につながるまでの呼び出し音の回数が、昨夜に比べて少し長くなっていた。

僕の部屋の電話も、メッセージの吹き込みがあった場合は、外出先から確認しやすいよう、留守電機能につながるまでの呼び出し音が自動的に短くなる。つまり、大和田はつみは家に戻ってくるか、外出先から留守電の内容を確認したのだ。

それでも彼女は、年賀状を出した知り合いが入院したというのに、その家族のもとへ電話を入れなかった。

人には、その人が考えるプライオリティーとルールがある。彼女にとって、押村千賀子という知り合いは、年賀状を出しはしても、容態を今すぐ確かめずにはいられない相手ではない。それだけのことなのだろう。

深く考えず、この先どうすべきかに集中した。

姉と伊吹の住民票には、本籍地として土浦市の番地が記載されていた。

刑務所から出てきた伊吹が、姉の前にも誰かと結婚していたとは考えにくい。転籍は可能だったろうが、彼は東京で仕事をしながらも、本籍地を茨城県下に置いていた。

いくら殺人の過去から離れた場所で暮らしたいと考えようと、仕事先とは別の地にわざわざ本籍地を移す理由はないだろう。それでは、戸籍を取る必要が生じた時、わざわざ土浦まで足を伸ばさねばならなくなる。となれば、少なくとも伊吹は刑務所から出てきた時、すでに本籍地を土浦市内に置いていた、そう考えていいように思えた。

刑事の話によれば、伊吹は懲役十二年の判決を受け、九年の服役経験を持つという。仮釈放で早めに出所したのなら、身元引受人が必要で、両親もしくは親族が本籍地の近くに住んでいた可能性は高い。だから彼は東京へ出たあとも、本籍地を変える必要が生じなかった。そういうことではないのか。

土浦へ到着すると、市役所へは向かわず、駅で公衆電話と電話帳を探した。

伊吹という、そう多くはないであろう名前だけが頼りだった。

コンコースで見つけた公衆電話の下に電話帳が置いてあった。市内で登録されている伊吹という名字は、五軒しかなかった。

「突然お電話を差し上げて失礼いたします。実は、伊吹正典さんの連絡先を探しております。わたしは、伊吹正典さんと結婚した押村千賀子の弟で、悟郎といいます」

電話がつながると、ひと息にそこまで言った。

身内の恥を隠したがる家族は多い。結婚相手の親族だと先に伝えておけば、そう冷たくはされないだろう、と踏んでの言葉だった。

——うちの親戚にマサノリなんて男の子はいないわね。

——マサノリ？　聞いたことないなあ。

一軒の不在を挟んで、ふたつの空振りが続いた。

伊吹が妻を殺害したのは、今から十四年前になる。同じ名字の男が地元で殺人を犯したのだ。多少は記憶に残っていてもいいように思えた。となると、伊吹の事件後、家族共々転籍していたのか。

弱気が指の動きをぎこちなくさせた。

だが、四軒目で手応えがあった。僕がひと息に用件を告げても、電話に出た女性は相槌ひとつ返さなかった。

「もしもし。押村千賀子の弟で、悟郎といいます。伊吹正典さんと連絡が取れなくなって困っています。実は姉が入院しました。それを正典さんに伝えたいのです」

それでも返事はなかった。

僕は勤め先の病院名と電話番号を早口に告げた。

「そこに電話していただければ、わたしが千賀子の弟であることはすぐにわかります。失礼ですが、お身内の方でしょうか」

「……悪いけど、正典のことはほとんど知りませんよ」

電話に出た女性は、聞き取りにくい早口で、伊吹正典の叔母だと名乗った。彼女は今なお身内の事件に悩まされているのだという気持ちを隠さず、突き放すような口調を織り込みながら僕の質問に答えてくれた。

「おとといだったかな、うちにも警察の人が来ましたよ。でも、もう連絡は誰も取ってないからね。正典のほうからも、わたしらには一度として連絡してこないし。当然でしょ、そんなのは。さんざ迷惑かけて、親戚中に肩身の狭い思いをさせたんだから」

「正典さんが仮釈放になった時、どなたが身元引受人になったのでしょうか」

「そりゃ、兄さんですよ。実の子なんだから、当然でしょ」

「お兄さんは今どちらに?」

「死にましたよ、三年前に。肝臓癌でね。かわいそうな死に方でしたよ。あちこち頭下げ回って、家まで手放し、隠れるような暮らしをしたあげくに、苦しんだって話でね」

なるほど。兄の死だというのに、彼女の話は伝聞だった。ろくに見舞いにも行かなかったものと見える。

「親が死んだっていうのに、正典は顔も見せなかったわね。葬儀のあとで、こっそり手を合わせに来たっていうけど」

「では、ほかにご家族の方は……」

「母親がいますよ。それと出戻りの姉が」

わざわざ出戻りという肩書きをつけた言い方に、彼女の恥ずべき身内への正直な気持ちがうかがえた。

「住所を教えていただけますか」

「いいですよ」

あっさりと言われた。厄介事を早く人へ預けたがっているような軽さだった。

伊吹正典の母親と姉は、土浦市に隣接するつくば市内のアパートに住んでいた。

タクシーの車内から、各種研究機関の近代的な建物が散在する街の様子を眺めながら、僕は思った。緑は多くとも、こういう人工的な配置の街に住んでいれば、人は他人の過去をとやかく詮索せず、割り切ったつき合い方ができるのではないか。

ここに住む人がみな乾いた考え方をしていそうだというのではなく、伊吹の家族がそういう誤解や幻想を抱き、この街へ移り住んだのではないか、そう思えてきたのだ。血のつながりが薄い家族との息苦しい暮らしから離れるため、僕が白い壁に囲われた世界へ逃げ出したのと同じように。

きっちりと区画整理された住宅街の一角に、プレハブ小屋を思わせる小さなアパートが建っていた。姉たちのアパートより、いくらか築年数は若いだろう。

古びた洗濯機がドアの横に置かれ、表札は紙片にただ名前を記してあるだけだった。伊吹照子《てるこ》、美由紀《みゆき》、とある。

チャイムを押すと、すぐに中から落ち着いた女性の声で返事があった。

「どなたです？」

「突然お邪魔してすみません。押村千賀子の弟で、悟郎といいます」

わずかな静寂のあと、ガタンと何かを蹴飛ばすような音が響き、ドアが開いた。

背の低い老婆が目を見開き、立っていた。

四十二歳になる息子がいるのだから、七十歳に手が届こうともおかしくはなかった。だが、僕は彼女のしぼんだような顔と背格好を目にして、自分でも驚くほどにうろたえていた。

僕は、養母と変わらない年格好の女性を漠然と想像していた自分を恥じた。都会の暮らしに慣れた養母は、今なお肌の手入れを怠ってはいない。だが、目の前にいる女性は、実年齢より老けてしまってもおかしくはない経験を積んでいたのだ。

言葉もなくその場に立っていると、もっとうろたえる事態が襲った。

伊吹照子が急に腰を折ると同時に、その場に——玄関先の土間に——ひざまずいて頭を下げたのだった。

「申し訳ありません。うちの息子がご迷惑をおかけしまして」

あまりにも手慣れた、その早すぎる身のこなしに、胸を突かれた。

僕は慌てて彼女のそばにしゃがみ、細い肩に手をかけた。

「どうか頭を上げてください」

「すみません。こちらからすぐ病院にうかがうべきなのに……こうしてただうちにいるばかりで……本当に申し訳ありません」

コンクリートの土間に額を押しつけんばかりに老婆は何度も、何度も頭を下げた。そうすることが、嵐をやりすごす最も手っ取り早い方法だと彼女は過去の経験から信じているのだ。

「お願いですから頭を上げてください。ご家族を責めるために来たわけではありません」

「千賀子さんにはどれほど迷惑をかけたかわかりません。そのうえに結婚までしていただきながら、こんなことにまで巻き込んでしまい……」

「まだ正典さんのせいだとは——」

「あの馬鹿のせいに決まっとります。でなきゃ、千賀子さんの前に姿を見せん理由がないでしょうが。本当に申し訳ありません」

小さな体を折り畳むようにして、老婆は初対面の僕に涙声でまた頭を下げた。こうやってひたすら頭を下げることで、彼女はほんのわずかな納得を自分に与えてきたのだろう。

「よしてくださいよ、お義母《かあ》さん」

僕が口にすると、彼女が涙ながらの顔を上げた。皺に囲まれた小さな目をまた見開き、僕を凝視した。

「あれ……。姉の結婚相手のお母さんなんだから、僕にとっても義理のお母さんということに、えーと、なりますよね。違ったかな」

「あんた。正典は人を殺しとるんですよ」

「ええ。警察からも、そう聞きました。けど、姉も知ってて結婚したんですよね」

「そりゃ、そうかもしれんけど……」

僕は笑顔を作って彼女に言った。

「取っておきの情報をお教えしましょう。姉は正典さんが反対するのを押し切って、強引に婚姻届けを役所に出したんです」

「そんな……どうして、あんな馬鹿な息子のために」

「僕の大切な姉が選んだ人を、そう馬鹿呼ばわりしないでください」

笑いながら言うと、彼女は皺だらけの小さな手で顔を覆い、声を押し殺すようにしてまた泣いた。

「さあ、立ってください、お義母さん」

肩を抱いて、いたわりながら彼女を立たせた。そう広くもない部屋へ上がらせてもらうと、奥の間に仏壇が見えた。会ったことのない人でも、手を合わせるのが礼儀のように思えた。

一歩踏み出したところで、足が止まった。

仏壇の真ん中に、二十代半ばと見られる女性の写真が置かれていた。

美人と言っていい。五分咲きぐらいの桜の木の前だった。桜の花と競うようなピンクのアンサンブルに、ブランドものとおぼしきスカーフを首に巻き、作り物ではない笑みが頬に刻まれていた。はっきりとした顔立ちは、化粧のうまさも多少は手伝っていそうだった。

僕はつい姉の容姿と比べようとしている自分に気づき、視線を無理やり引きはがした。

「あの子の嫁だった人です」

キッチンから姿を見せた伊吹照子が、僕の視線の先を見て答えた。

彼女は死んだ夫よりもこの女性の写真を中央に置き、今日までずっと手を合わせてきたのだ。

「綺麗な人ですね」

正直な感想を口にすると、彼女の視線がにわかに足元へと落ちた。皺だらけの手が握りしめられ、もっと深い皺が手の甲に刻まれた。

「少し派手なところがある人だったから、心配はしてたんです。うちの子には不釣り合いじゃないかって。でも、まさか、あんな形で不安が的中するとは……」

もっと詳しく聞きたかったが、いくら親戚になったとはいえ、初対面の者が軽はずみに訊いていい話ではなかった。だから、僕は黙って仏壇の前に座り、手を合わせた。

「――もちろん、あの子がすべていけなかったんです。それはわかってます。でも、あの子は心底好いていたんです、その人を。だから、突然の心変わりを知らされて」

あまりにありふれていて、多くの人が関心さえ持てそうにない動機だった。

「でもね、押村さん。五年間、ずっとですよ。結婚してからずっと、その人はあの子を裏切ってたんです。裁判では、結婚前からだと言ってたんで、五年以上にもなるんでしょう。ふしだらな関係を断ち切るためにも、あの子を選んだなんて誰か言ってましたけど、利用されたようなあの子の気持ちは、どうなるんですかね」

慰めの言葉を思いつけず、僕は伊吹照子の皺深き目元を見返した。彼女はにじみかけた涙を袖口でそっとぬぐった。

「あの子は精一杯、その人につくしてました。休暇のたびに二人して旅行へ出かけてたし、誕生日には必ず高価な贈り物までしてたといいますから。なのに、その人は家の中にまで男を……。そのうえにあの子を罵り……。好いておったからこそ憎くなるってのは、人として当然の感情ではないでしょうかね」

苦しげな声が嗚咽《おえつ》に呑まれて、聞こえなくなった。

たとえありきたりにしか思えない動機だろうと、そこには当事者でなければわかりえない事情と気持ちの揺れがある。部外者が彼らを断罪するのは簡単だったが。

伊吹照子は手の甲で目元を押さえると、大きく息を吸って首を深く垂れた。

「すみません。初めてお会いした人に、言うことじゃなかったですね」

「いえ。聞きたいと思ってました」

「ありがとうございます。千賀子さんも、年寄りの愚痴を一緒になって涙をこぼしながら聞いてくれました」

たぶん姉の涙は、怒りのためにこぼれたものだっただろう。

「あの……」

仏壇の前から腰を上げ、僕はずっと願っていたことを切り出した。

「失礼ですが、最近の正典さんの写真がありますでしょうか」

「あの子の写真、ですか」

「実を言いますと、我々家族はまだ正典さんと会ったことがありません。姉は僕ら身内にひと言の相談もなく、結婚を決めました。姉らしいと言えば、言えるんですけど」

伊吹照子はまた申し訳なさそうに肩をすぼめた。昔のものでよかったら、と押入の中から小さな菓子箱を取り出した。

「失礼させていただきます」

わずかな緊張感を覚えながら蓋を開けた。中には、フィルムを現像した時にもらえる紙製のアルバムに収められた写真が詰まっていた。

そのひとつを手にして、ページをめくった。

妻を寝取られた夫という先入観から、線の細い病弱そうに見える男を想像していた。目の前にいる伊吹照子の体格も、その想像に手を貸していた。

確かに、逞しいとは言えそうにない男だった。だが、ひ弱さも感じられない。縁なしのデザイングラスをかけた男が、白い猫を抱いて満面の笑みを浮かべていた。優秀なコンピューター・プログラマーだと言われても納得できたろう。

「失礼ですが、正典さんはどんな仕事を？」

「何ですか、工作機械の設計を手がけてたとか……」

「優秀な技術者だったんですね」

「いえ、たいした大学も出ていませんし、あの子なりに苦労はしたと思います。昔から機械いじりが好きで、玩具《おもちゃ》さえ与えておけばいつまでも一人で遊んでいるような、手のかからない子でした」

心変わりを知らされて、逆上したあげくに妻を殺しそうな男には、とても見えなかった。どちらかと言えばやせ気味だろうが、神経質そうな印象もない。

僕は何を考えていたのか。卑屈そうな目をした小男がそこに写っていれば、納得ができたというのだろうか。そういう男を、姉が選ぶはずはない、と誰よりもわかっていそうなものだというのに。

事件が起こったあとで、世間の罪なき隣人たちは軽々しく口にする。とても大それたことをしでかす人には見えなかった、と。

そこには誤解と偏見と、悪意に満ちた刷り込みがふくまれている。罪を犯す者は、だいたいにおいて悪相で挙動不審と決まっている。だから自分たちは彼や彼女の真の姿に気づかずにいた。マスコミも犯人の異常な行動を探して報道したがる。自分らは、罪を犯すような連中とは違うのだ、と誰もが思いたがっている。

僕も同じだった。伊吹正典は、僕とは違う大きな罪を感じさせる人だったに違いない。もしかしたら姉は、その罪と背中合わせにある危険な香りに惹かれたのではないか。だから、殺人という罪を犯した男との結婚を考えるようになったのではないか。

姉は錯覚や誤解から、伊吹正典との結婚を決めたのだ。そうどこかで思いたがっていた。

だが、写真の中にいる伊吹正典は、僕と同じく平凡な、どこにでもいる男にすぎなかった。人は平凡な人生を歩んでいるつもりでも、ふとした弾みから激情に駆られ、取り返しのつかない過ちを犯してしまいかねないのだ。

さらに、もうひとつの事実に僕は気づいた。伊吹の面影は、どこか新井宗太に似ていなくもなかった。

写真だけではわかりづらいが、おそらく体格もそう変わらないのではないだろうか。そうだとすれば、オダギリという刑事が夜目に新井宗太を伊吹と錯覚したのは無理もなかったと思えてくる。

「あの、千賀子さんのご容態は、いかがでしょうか。警察の人は、何も教えてくれなくて……」

伊吹照子が背中を丸めるようにしてお茶を運んできた。

僕は正直に言えず、曖昧な表現で答えた。

「まだ意識は戻っていません。ですけど、悪いなりに安定はしてきています」

「本当に何と言ったらいいのか。あんな馬鹿な息子の嫁になってくれて……。わたしらにも手を差し伸べてくれたうえに……」

「手を差し伸べる?」

伊吹照子はまたひざまずいて背中を丸めた。

「どれほど感謝していいか、わかりません。千賀子さんは、わざわざわたしらのところにまで来てくれて。おおかた正典がこぼしたんでしょうね、千賀子さんに。正典には何も言わず、千賀子さんはわたしらにお金を置いていき……。受け取れないって言ったんですけど。あとで正典から返してもらうって、無理やりに」

「もしかしたら、昨年の十月中旬と、年末のことですか」

「はい」

手を畳についたまま、また伊吹照子は頭を下げた。

これで通帳から消えた七百五十万円の使い道は判明した。

借金の理由は尋ねるまでもないだろう。彼女たち一家はすでに家を手放していた。殺した相手への賠償金と裁判費用を捻出するには、それだけでは足りなかった可能性もある。そのうえに、伊吹の父親は病に倒れたのだ。

「わたしらは本当に驚いて、正典を問いただしたんです。ちょっとした知り合いにすぎないから、その金は絶対に手をつけるな、と言われまして」

「それでもまた、姉が年末にお金を持ってきた」

「ええ……正典と結婚の約束をしてるから、どうぞ使ってくれ、と。そうしないと、いつまでも正典がわたしらに顔向けできないから、と言ってくれました」

僕はそこで、ある事実に気づいた。家を売り払った彼女たちが、銀行から無担保でお金を借りられるはずはなかった。親戚に頭を下げて回り、それでも足りない分は、消費者金融に頼ったかもしれない。

「大変不躾な質問をさせていただきますが、消費者金融からの借り入れはあったのでしょうか」

ますます伊吹照子の体が細っていくようだった。これ以上は身を縮められないと思えるほどに、彼女は肩をすぼめて頭を下げた。

「お恥ずかしい話ですが……」

「その会社の名前を教えていただけませんか」

「はあ……」

「実は、姉が事故にあった先が、ある金融会社の事務所でした」

理解が及ばないという顔で、伊吹照子は動きを止めた。

「だからといって、姉がお金を借りて、あなた方に用立てていたわけではありません。ご心配なく。どうして姉が金融会社の事務所に行ったのか、身内もよくわからずにいるのです」

彼女をうながすと、また身を細めるようにして、ある大手の消費者金融会社名を二軒告げた。

「失礼ですが、ほかには？」

「ありません。娘とともども、それぞれの返済が滞ってしまったもので、ほかはどこも貸してくれなくて……」

「では、怪しい業者に金を借りたことはなかった、と」

「はい。それもこれも、千賀子さんのおかげです」

設計技師の経験を持っていようと、殺人の前科がある伊吹に、家族の借金を返すほどの収入は期待できなかったろう。このつくば市にいるより東京へ出たほうが、まだ金になる仕事はある。そう考えて、伊吹は一人で東京へ出ていったのだろう。

姉は伊吹と知り合い、彼の一家の窮状を知り、手を貸さずにはいられなくなった。

僕はまた、姉を誇っていいと思えた。愛する人の家族のために、姉は最大限の努力をしたのだ。それも、人には言えないような仕事に就いてまで。

しかし、怪しげな金融会社の手を借りていなかったとなれば、姉が北進ファイナンスの事務所へ乗り込んでいった理由は謎のままとして残る。

伊吹正典本人が金を借りていたのなら、警察もそう発表しそうなものだ。記者会見でも警察は、姉が客として立ち寄ったらしい、という見解を述べ、それがそのまま新聞記事になっていた。

だが、姉の通帳を見た限り、金に困っていた形跡はない。何しろ姉はつい最近まで、そこらの派遣小児科医に負けないほどの収入があったのだ。

僕が黙りこくっていると、伊吹照子が不安に襲われたような顔になり、また畳に両手をついた。

「千賀子さんから借りたお金は、必ずわたしらでお返しいたします」

「姉のことですから、まず受け取らないでしょうね」

「ですけど……」

「姉は正典さんを生涯の伴侶として選んだんです。その家族に手を貸すのは、当たり前だと考えたにすぎません。僕はそんな姉を全面的に支持し、応援します」

「そこまで甘えるわけには……」

「甘えてください。姉って人は、身内に甘えられるのを無上に喜ぶ人なんです。それに姉はきっと、もう正典さんにたっぷり甘えていたはずですし」

「でも、あの馬鹿息子は、今も警察から逃げ回っている、と……」

「誤解しないでください。警察だって、追っているとは言わなかったはずです。正典さんが何か犯罪に手を出したらしいという話は聞いていません。ですから、逃げているわけではない、と思うんです」

「そうだといいんですけど」

「よくはありませんよ」

即座に否定すると、伊吹照子の薄い眉が跳ね上がった。

「逃げているわけでもないのに、入院した妻のもとへ駆けつけられないでいる。そうだとしたら、正典さんは何か厄介なトラブルに巻き込まれている。そうも考えられます」

「まさかあの子――馬鹿なことを考えているんじゃ」

我が子を案じる老婆の瞳が揺れた。

彼女は息子の自殺を恐れているのだ。新妻が巻き込まれた事件に、自分が大きくかかわっていたため、その責任を感じているのではないか、と。

だが、自分を想って強引に籍を入れた女性を見舞わず、ましてやその人もまだ死んではいない状況で、自ら命を絶とうとするとは少し考えにくい。それではあまりに、早とちりすぎる。

さらには、病院で良輔に迫った男たちの存在がある。

彼らは何らかの理由から伊吹正典の行方を追っていた。つまり、伊吹は彼らから逃げている可能性が高い。だから、妻のもとへ駆けつけられずにいる。

しかし、警察へも助けを求めてはいない。

となれば、犯罪がらみの事情と見て間違いはなさそうだった。

伊吹はまた何らかの犯罪に手を染めた。警察もそう考えているが、確たる証拠がどこにもなく、指名手配などの手段を執れずにいる。

「正典さんは携帯電話を持っていましたか」

「はい。警察にも訊かれたので、お伝えしましたが」

僕は手帳を取り出し、教えられた番号を書き留めた。

「お母さんから、この電話にかけてはみたんですよね」

警察がそう依頼しないわけはなかった。

「ええ。留守番電話サービスですか、そこにも、早く連絡をくれ、と伝言を残してはおいたんですが」

「失礼します」

僕は自分の携帯電話をつかみ、ダイヤルボタンを押した。

呼び出し音が鳴り続け、やがて留守番電話サービスにつながった。

「押村千賀子の弟で、悟郎といいます。この番号は、あなたのお母さんから聞きました。警察はまだ姉の手帳や携帯電話を返してくれないものでして。姉の容態は悪いなりに安定しています。何か僕で力になれることがあれば、遠慮なく連絡をください。どうか僕には何でも言ってください。姉がどうやってお金を作ったのかも、僕は知っています。そんな姉を僕は誇りに思っています。お願いです。どうか連絡をください」

警察とは無関係であることを伝え、彼の姉への想いに頼ってメッセージを残した。

伊吹としても、姉の容態は案じているはずだ。ただヤクザ者から逃げているだけであれば、必ず連絡をくれるのではないか。

「あの、千賀子さんがお金を作ったというのは……」

「どうかご心配なく。姉は預金をはたいたうえに、折り合いの悪かった親戚にちょっと頭を下げただけですから」

嘘も方便。ここで真実を打ち明けたのでは、姉の本意に反する。

「あとは正典さんを信じましょう。何しろ、僕の姉が結婚相手に選んだ人ですからね」

伊吹照子の案じるような目の色は変わらず、待っても、深い同意の頷きは返ってこなかった。

伊吹照子は、息子がどういう経緯で押村千賀子という女性と知り合ったのか、まったく聞いてはいなかった。そこで僕は、伊吹正典の友人について尋ねた。

「警察にも聞かれたんですけど……。事件のあとで、あの子宛に手紙が二、三届いたような覚えはあります。でも、学生時代からずっと続いていた人がいたようには……。ただ、何度か同窓会のための問い合わせですか、そういう電話はあったかと」

電話をかけるほうも受けるほうも、かなりつらいものだったに違いない。事件は同級生にも知れ渡り、だからといって伊吹一人をのけ者にするわけにもいかず、悩みながら最低限の問い合わせをしてみたのだろう。

だが、伊吹にとっては残酷な連絡でもある。

「正典さんが仮釈放になったのは、五年ほど前のことですよね」

「はい」

「その五年で、どなたか友人ができたふうには見えませんでしたか。たとえば、勤め先の同僚とか」

「どうでしょうか。あの子がやりたいような仕事はなかなか見つからず……建設現場やパチンコ屋で働いてましたが、どこも長続きはしませんで」

「東京での勤め先は、ご存じでしたか」

「ええ。ですが、そこも去年の夏まででしか」

姉の一週間ごとの預金は、去年の六月から始まっていた。つまり、もうその時には、伊吹正典と出会っていたと見ていい。

その直後の七月に、伊吹は仕事を辞めていた。

都合のいい女が見つかったから、もう働く必要はなくなった。女に寄生して働かないクズのような男の話はよく聞く。つい想像は悪いほうへと転がりたがる。

伊吹が昨年の七月まで勤めていたという会社の名前と住所を教えてもらった。

アサヒ工芸株式会社。住所は足立区足立二丁目。

次のサイコロの目は、また東京だった。


伊吹照子は必ず姉の見舞いに足を運ぶと約束してくれた。僕は、無理をしないでくれと言い添え、礼を告げると伊吹家を辞去した。

大和田はつみに電話を入れたが、変わらぬ留守番電話の声が答えた。姉の容態が悪いなりに安定したことと、また電話をさせてもらうとメッセージを残した。

綾瀬駅からタクシーで足立二丁目に到着すると、ちょうど昼休みになろうとする時間が迫っていた。

アサヒ工芸株式会社は、飲食店用と見られる様々なデザインの椅子を作る会社だった。倉庫のような作業場の前には、出荷を待つ脚の長いストゥールが並べられ、作業服姿の男たちが忙しなく出入りしていた。

本当なら、まず二階に見えた事務所へ顔を出すべきなのはわかっていたが、僕はストゥールを運び出す従業員に声をかけた。

「突然お邪魔します。こちらに去年の七月まで、伊吹正典さんという方が勤めていたと思うのですが」

声をかけた瞬間、男たちの動きが見事に止まった。奥の作業場にいた従業員までが、合成皮革とおぼしきシートをビス止めする手を止め、僕を振り返った。

彼らの顔には驚きを通り越した緊張感が走り、まるで殺人犯を前にしたような視線が僕に集中した。

彼らは知っていたのだ。伊吹の前科について。

「何ですか。まだ何かあるんですか」

僕より少し歳下に見える若者が、運んでいたストゥールを脇にどけ、近づいてきた。睨むと言っていい目つきで。

「昼休みに少し話をうかがわせてもらえませんか――」

言いかけると、彼がまた一歩詰め寄った。

「もう話すことありません。みんな、知ってることは話しました。もう勘弁してくださいよ」

彼の視線が僕の持っていた手帳に向けられたのを見て、ようやくこの場の違和感の理由がつかめた。

僕は安物の手帳を畳んで、頭を下げた。

「伊吹正典の義理の弟で、押村と言います」

名乗りを上げると、僕を見ていた五人の従業員が、そろって目と口を全開にした。

「義理の弟って……」

「僕の姉はつい先日、伊吹正典と結婚しました」

「じゃあ本当に……あの人、結婚したのか」

「ホントに本気だったのかよ」

後ろにいた三十代の男が、想像を超えた奇跡を知らされた者の目で、仲間たちの顔を見回した。

「驚いたな、こりゃ……」

急に男たちが日陰に置かれた切り花のようにうなだれ、視線を床に落とした。

「あの人が言ってたのは、嘘じゃなかったってわけだ」

「スゲーな、あの人」

「すごい？」

彼らの驚きぶりが腑に落ちず、僕は尋ねた。

「ああ。あんたの姉さんだよ」

「姉のことをご存じなのですか」

理解がついていかず、僕は彼らを見回した。

答えたのは、最初に僕を睨みつけた若者だった。

「ご存じも何も、あれだけ威勢よく怒鳴り込まれたら、忘れろってほうが無理だよ」

今度は僕のほうが驚かされる番だった。

ちょうどそこに配送のトラックが到着した。一刻も早く話の続きを聞きたかったが、彼らは当然のような顔で仕事に戻った。僕を遠ざけたがる視線と態度から、彼らのほうにはあまり話をしたくない理由があるように見受けられた。

五つも六つも積み重ねられたストゥールを、彼らはバトンリレーのような流れ作業で三分もかからず運び終えた。出発するトラックを見送ると、軍手を外して腰を伸ばした。

僕がまた近寄ると、三人がそれとなく目を合わせないように作業場から出ていき、年輩の男が二階の事務所へと上がっていった。

最初に睨んできた若者だけが、僕の前に残された。

彼は黙ったまま作業場の奥にあった棚から、保温式の大きな弁当箱を取り出し、作りかけのストゥールの上に置いた。それから僕に向かってあごをしゃくった。そこらの椅子に腰かけたら、と言いたかったようだ。

彼も僕との会話をさけたがっていた。それでも、従業員の間では何かしら暗黙の了解があったらしく、彼が応対役を引き受けることになったと見える。

広げられた弁当は、驚くほどの彩りに満ち、そこに費やされた時間が想像できた。野菜の肉巻き、煮物。どれも冷凍食品とは思えない具の大きさだ。サラダに添えられたリンゴには飾り包丁が入れられていた。

胡麻のふられた白米をまずかき込み、よく嚙んでから、彼はやっと口を開いた。

「おれら、あの人の前科のこと、ちっとも知らなかった。設計助手ってことで、うちに入ってきたんだけど、誰にも優しかったしな」

それが最大の短所だったと言いたそうな口調で、彼は声のトーンを落とした。

「ひと口ビール飲んだだけで、顔が真っ赤になって。口数は少なかったけど、わりと人の話を聞いてくれたね。大学出でもあるから、みんな、ちょっとは頼りにしてたかな。若い連中は、あの人に悩み事を打ち明けたりしてね」

「そうですか」

「ずいぶんと真剣に話を聞いてくれてたっていうな。そうやって、あの人なりに打ち解けようと努力してたのかもしれない。ああいう過去があったわけだから」

その先の言葉を嫌がるように、彼は箸の先でジャガイモを少しつつき、口に放り込んだ。

「一度、小さな設計ミスのことで社長にずいぶんと怒鳴られたことがあったよ。でも、それ、ブキさんのミスじゃなかったんだ。修正前の設計図が、手違いでおれたちのほうに回ってきてね。なのにブキさん、一度も反論せず、ずっと頭を下げてた」

今でも思い出すと胸が痛むというかのように、若者は箸の先をじっと見つめた。

「どうして言い返さなかったのかって、おれたちあとで言ったんだよ。そしたら、真剣な顔で言うんだよ。修正した設計図がある、と誰が見てもわかるような処置をしておくべきだった。だから、自分のミスだって。何度もくり返して言うんだ。自分を責めるように」

真剣さや一途さの裏返しが、やがては自分自身を追い詰めていく。妻を手にかけてしまった裏にも、似たような事情があったのではないか。そう彼は感じ取っていたように見える。

「でも、本気だとは思わなかったな」

急に口調を変えて、若者は視線を上げた。

「ブキさんからは以前、バツイチだって聞いてはいたけど……。まさか、って思うじゃないか。ああいうことがあったわけだからね。どうして女の人が怒鳴り込んできたのか、わからなかったよ。でも、あんたの姉さん、おれらの前で、それは威勢よくタンカ切って、さあ。あんたたちのほうがよっぽどクズだ。あんたたちが結婚してられるなんて信じられない。わたしは殺されたって、あんたたちみたいな男よりあの人のほうを選ぶって」

彼の話を聞き、どうも僕は微笑んでいたらしい。弟にまで愚弄されたのかと誤解するような棘のある視線が返ってきた。

「本当にお騒がせしました。姉は昔から熱くなると、ちょっと前後の見境がつかなくなるんです」

僕は笑顔を心がけて言った。若者の視線がまた落ちた。彼の口と表情を重いものにしているのは、ある種の罪悪感に思えた。姉はただ正直な気持ちを打ち明けたのだ。そのことを彼もわかっている。

弁当箱から細長い水筒を抜き出し、一口ふくんでから、若者は言った。

「確かにおれらも褒められたものじゃなかったと思うよ。ブキさんだって、そう軽々しく昔の一件を言えるわけはないだろうし、過去を隠しておきたいって気持ちは当然だしね。でも、おれらだけの責任なのかね」

「戸惑うのは当たり前だと思います。僕だって、いまだに姉の本心がわからず、驚きが続いています」

「頭ではわかっちゃいるんだよ。あの人はもう罪を償ってきたって。けど、前のように肩をたたき合うなんて空々しいこと、おれはできなかった。凡人だからな。笑顔を作ろうとしたって、下手な似顔絵描きのように崩れてくるのが自分でわかるんだよ。意識すればするほど、頬が思ったように動かなくなる。それを見て、あの人が身を縮めるたびに、おれは了見の狭い男なんだって言われてるみたいに思えて、ますますおかしな態度になってくる」

「わかります」

「なあ。あんたはどういう顔して姉さんの旦那と会ってるんだい」

「まだ会ってないんです。だから、こうやって知り合いの方を探しています」

箸の動きが止まった。

「どういうことよ、それ？」

「警察から聞いてませんか。伊吹の行方が……ちょっとわからなくなってます」

その答えをどう胸に納めたらいいのか、彼は答えを見つけられなかったようだ。弁当箱の中身に視線を落とし、わずかに首を傾げてみせた。

「警察は何も言ってませんでしたか」

「ああ、おれは聞いてないね」

「では、警察は何しに、ここへ」

「何って。ブキさんが何かしたんじゃないのか。だから、ここに勤めてた時のことを訊きに来たのかと」

それがごく自然な受け取り方だ。伊吹には殺人の前科がある。善良な市民なら誰でも、一切の疑いなく警察に協力しようと思う。

きっと僕だって、そうする。姉のようには、できっこない。

「伊吹さんの昔のことは、どこから耳にしたんです」

胸に湧いた疑問を口にすると、また彼は僕から視線を外し、弁当に箸を伸ばした。

「警察ってのは怖いよね」

「怖い、ですか?」

「ああ。市民のために頑張ってるってのはわかるよ。でも、何かおれは釈然としなかったな」

そのひと言で想像がついた。伊吹は殺人の前科を隠して、この会社に就職した。設計技師だった腕を生かして。だが、警察が何らかの捜査の過程で、前科を持つ者の追跡調査をおこない、伊吹のもとへも訪れたのだ。

「どう見たって、ありゃ嫌がらせだよ」

口調の厳しさに違和感を覚え、僕は目で問い返した。

「何度も何度も、しつこく来るんだ。あれじゃあ、おれらにまであの人の過去を広めようとしてたとしか思えない。なのに、捜査のためだ、の一点張りだ」

「それほど頻繁に……」

「一時期はほぼ毎日だったな。わざと声もかけず、じっと道路の先に立ってるんだ。おれは見てるぞ。見逃しはしないぞ。すべてお見通しだぞ。そう言うみたいに。あんなふうにされたら、誰だって滅入ってくる」

刑を果たし終えれば、殺人者にも再び自由が与えられる。法律では、そう決められている。しかし、罪を摘発する側に立つ者たちは、市民のためという錦の御旗を掲げ、前科を持つ者に厳しい監視の目をそそぐ。

そうすることが治安維持のためには手っ取り早いのだろう。彼らは過去の経験から、自分たちなりにルールを解釈して犯罪者摘発のために日夜汗を流している。

「そりゃあ、あの人はとんでもない罪を犯したんだろうね。自分の奥さんを手にかけたっていうんだから。だから仕方ないのかもしれないよ。でも、ああ毎日刑事に顔を出されたら、おれたちだって鬱陶しくなるし、ついあの人に冷たくしちまう。うちのテツさんなんか――あ、ちょっと頭の薄くなったオジサンがいたろ」

「はい」

「テツさん、刑事に凄まれたんだよ。そう毎日来られたんじゃ、こっちまで迷惑だって、それとなく不満を漏らしただけで。捜査の邪魔をする気かって。あんたも伊吹の仲間なのか。だったら遠慮はしないぞって」

刑事たちは使命感から前科者を追い立てているにすぎない。

理解はできた。が、怒りは湧いた。

彼らがもう少し配慮ある捜査をしていれば、伊吹は会社の仲間に過去を知られず、平穏な暮らしを続けられた。

殺人という大罪を犯した者は、刑を終えてようやく取り戻した日常を、捜査のために乱されようと、ある程度は仕方がない。そういう考え方はあっていいのかもしれない。僕にはわからなかった。だが姉は、彼女の信念から、違う、と結論づけた。だから、急に伊吹を遠ざけ、警察の側にすり寄った者たちを許せなかった。

おそらくは、伊吹を受け入れてくれ、と説得するつもりできたのだろう。だが、同僚の反応を見て、姉の感情が爆発した。過去の罪しか見ようとせず、今の伊吹の働きぶりから目をそらす者たちを非難せずにはいられなかった。今の伊吹がどれだけあなたたちに迷惑をかけていたのか、と。

「すみません。姉はなじる相手を間違ったみたいです。怒りをぶつける先は、あなたたちではなく、警察のほうだとしか思えない」

「そうでもないさ。みんな、社長に言われてあの人を無視して、ここから追い出したようなものだからね。それはないだろって言ったんだけど。みんな臆病だから。仕事をなくしたくはないし、ね」

「お気持ちは想像できます。――では、伊吹さんがここを辞めたあとも、連絡を取っている方は……」

「いないでしょうね、まず」

「彼が頼りにしていたような方も……」

小さく首を振り、彼は弁当の残りを一気にかき込んだ。

僕は礼を言い、作りかけのストゥールから腰を上げた。

若者が水筒のお茶を飲み、僕を見上げた。

「あんたの姉さん、そうとう怒ってたよ。やりすぎだと言われても仕方なかったからね。ホント警察ってのは怖いもんだって教えられたよ。もしかしたらブキさん、あの刑事から逃げてるのかな」

意味がわからず、僕は彼を見返した。

「いや、でなきゃ、姿を隠すなんて……。ああいう過去があっても結婚しようって人がいてくれたのに、黙って行方をくらますなんて、人として許されないっていうか――」

「刑事から逃げる、ですか？」

「何かワケありに見えたけどね、おれには。だって、毎日一人で嫌がらせのように顔を出すんだものな。で、一昨日になって急に別の刑事が来て、その時のことを根掘り葉掘り訊いていった。ワケありなのかと思うじゃないか」

「確認させてください。一昨日来た刑事は、伊吹さんのことについて訊いていったんですよね」

僕はあらためて尋ね直した。いつだって思い込みというやつは、肝心なものを視界から隠してしまう。

「まあ、ブキさんのことってよりも、刑事の捜査の進め方のほうを問題にしてたようにも思えたけどね」

僕は目の間を揉み、勝手に暴れたがる頭を整理にかかった。

一昨日ここへ来た刑事は、彼ら従業員に伊吹の消息を尋ねなかったらしい。それは、事件性がまだどこまであるかわからないからだ、と僕は勝手に判断していた。

が、刑事たちは今になって、去年の七月のことを問題にしていったという。

彼らが気にかけていたのは、姿を隠している前科者ではなく、その彼を追い回していた刑事の存在のほうだった、と確かに思えてくる。

「伊吹さんを追い回していた刑事というのは、いつも同じ人だったのですね」

彼は当然のように頷いた。

「ひと月近くも顔を見せてね。しつこかったな。もしかしたら、ブキさんの昔の事件のことをよく知ってる人かも。こないだ来た刑事にも、そう言ったんだけど、まったく相手にされなかったな」

少し事情が読めてきた。

一昨日ここへ来た刑事たちは、捜査の進め方に強引さがあったことを、やはり問題にしていたのだ。そうとしか思えない。

個人情報の保護が叫ばれる昨今、前科や服役経験の有無は、慎重な取り扱いを求められる情報のひとつだと言える。それを利用しての捜査に行きすぎがあったとなれば、警察への風当たりは強まりかねない。

姉が事件に巻き込まれ、その捜査の過程で、ある刑事の強引すぎる捜査がクローズアップされた。だから、警察は慌てて事後処理に当たろうとしているのだ。

殺人の前科を持つ者が行方をくらませているというのに、警察の視線は身内の不始末のほうへと向いている。

新井宗太が病院を訪れた時、刑事の一人が伊吹と間違えて彼を取り押さえようとした。警察は、伊吹を追ってはいるのだ。ところが、ここへ来た刑事は、伊吹の消息より、過去の捜査の進め方を問題にしていた。

となれば、このまま出頭してきた男が犯人と断定され、事件は解決に向かうと見ていいのかもしれない。警察としても、そういう決着を最も望んでいそうに思える。犯人を逮捕して起訴へ持ち込めば、それで彼らの仕事は終わる。強引な捜査についても早々と幕を引ける。日々、新たな事件は生まれている。

「あんたの姉さん、おれらだけじゃなく、刑事のことも相当恨んでたな」

姉なら、たとえ相手が警察でも、怒鳴り込むぐらいのことはしたかもしれない。

姉のような行動力は、僕にない。でも、嫌味のひとつぐらいは言ってやりたい気持ちが強かった。

「しつこく伊吹さんを追い回していた刑事は、どういう人でしたか。名前とか、所属とか、何かわかりませんか」

「どうもあんたの姉さん、おれたちの前に警察へも苦情を言いに行ったみたいだったよ」

予想したとおりの展開だった。本当に姉は怯むということを知らない。

「おれたちの前で、刑事のこともクソミソにけなしてた。確か名前も言ってたはずだけど……」

宙を見つめたあと、彼は弁当箱を脇にのけて立ち上がった。

「覚えてるかな、誰か」

独り言のように言ってそのまま作業場を出ると、彼は横にあった階段を上がっていった。

事務所に残っていた者との会話がこぼれ落ちてきた。そんなことまだ気にしてるのか。下に親戚の人が来てるんだよ。関わり合うなって言ったろ。でも、警察のやり方も頭にくるだろ。おまえはもう警察とは縁が切れたんだろうが。別におれはあんな連中の世話になんかなってませんよ。もういいですから。そう言いたくなったが、声をかけられず、僕はただ階段下で立っていた。

やがて若者が戻ってくると、肩をすぼめるような仕草で苦笑を浮かべた。

「みんな、冷てえよな。最初はいい人が来たって、社長も喜んでたのに。噂が広まったら大変だなんて、ころりと百八十度変わるんだものな」

世間なんてそんなものです。そう口にしたのでは、自分までもが冷たい世間を認めるような気がして、言えなかった。

食事に出ていた従業員が二人して作業場に戻ってきた。

「隊長。ほら、ブキさんのこと追い回してた刑事の人、なんて名前だったかな。あの女の人が、狂犬扱いしてたじゃないですか」

隊長と呼ばれた五十年輩の男性は、僕のほうをちらりと見てから、若者に向かって言った。

「……オダギリとか言わなかったかな」

オダギリ――。

その名前に驚きながらも、僕は偶然と必然の境目はどこにあるのかと考えていた。

姉を見舞いに来てくれた新井宗太を、伊吹と誤解した刑事の名前も――オダギリだった。

14

うちの病院の小児科では、治療器具や薬を置くワゴンの高さを、よその科より、やや低くしている。大人が使いやすいものだと、ちょうど子供たちの視線の高さになることがあり、そこに注射器を置いて引き寄せたのでは、小さな患者たちによけいな威圧感を与えてしまうためだ。

視線の高さによって、見慣れた風景も急に変わってくるケースはある。

本所警察署の前でタクシーを降りると、僕は辺りを見回し、電信柱に歩み寄った。住所表示を確かめるために。

僕は一人で頷いた。ここでもまた偶然と必然の境目を考えずにはいられなかった。

目の前の電信柱には、両国四丁目、との表示が読める。さして記憶を引き戻すまでもなく、昨日訪ねた栄建設は、このすぐ近くの両国一丁目にあった。

姉の勤めていた会社と、伊吹を執拗に追う刑事の勤務先。このふたつが間近にある事実は何を物語るものなのか。

時に偶然は人の人生までをも左右する。けれど、神の悪戯を信じられずにいる無神論者の僕にとって、偶然を肯定ばかりしていたのでは、ありもしない運命を認めるのも同じことに思えてしまう。

僕は本所警察署の庁舎に向き直った。

刑事という人種が、捜査内容をみだりに打ち明けるわけはない、とわかっていた。姉のような行動力も僕にはなかった。だが、苦情を訴えるぐらいなら、こんな僕にもできる。

棍棒を手に張り番する年輩の警察官に軽く会釈してから警察署の中へ入った。正面に見えたカウンターへ歩き、オダギリ刑事との面会を願い出た。

窓口にいた若い婦人警官は、マスカラで塗り固めた見事な睫毛を誇らしげに上下させ、訪ねてきた市民の素性をあからさまに問う視線を投げかけた。

「どういうご用件でしょうか」

声には、高級ブランド店の支配人にも負けない気取りが感じられた。今の仕事に彼女なりの誇りを抱いている証拠だろう。

僕は告げた。

「姉が王子署管内にある金融会社の事務所で撃たれ、危篤状態におちいった事件について訊きたいことがあって来ました」

「は？」

気取りが消えて、素の表情が垣間見えた。制服を脱げば、どこにでもいる二十代の若き女性にすぎなかった。

「僕の姉が銃で撃たれたんです。オダギリ刑事が姉の夫をしつこく追い回していたようなので、なぜだったのか、ぜひとも確かめたくて来ました」

若い婦人警官は僕を見たまま、また見事な睫毛を忙しなく上下させた。

「オダギリ刑事は外出中ですかね」

お待ちください、のひと言もなく、彼女は奥のデスクへ走り、不審人物並みに僕を指さしながら上司との密談に入った。署内の空気が急に張り詰めたかと思うと、視線が僕に集中した。五十年輩の上司は、ことさら僕を見ないようにしながら、すぐにどこかへ電話を入れ始めた。

彼らの話は難航していた。また別の部署へ電話がかけられ、送話口を手で覆ったうえでの打ち合わせが続いた。婦人警官のほうは、近寄ってきた同僚たちに小声で事情説明をくり返していた。

やがて、定年が迫っていそうな制服警官がどこからか現れると、カウンターを越えて近づいてきた。さすがは歳の功なのか、彼は警戒心を一切外に出さず、近所の顔なじみに挨拶する駐在警官を思わせる笑みを浮かべて、僕の前に立った。

「詳しい話を聞かせてください。さあ、こちらに、どうぞ」

カウンターの奥に案内され、壁とデスクに囲まれた布張りのソファを手で示された。周りは制服警官ばかりで、嫌でも威圧感がのしかかってくる。

苦情を言いに来た者をもてなすには、最適の場所だった。相手の気勢をそぐことができるし、不審な行動にもすぐさま対処できる。また、警察署を訪れたほかの無垢な市民の目を気にせずにもすむ。

「お名前をうかがわせてください」

僕は正直に答えた。姉と伊吹の名前も一緒に。

背後で、誰かが確認のメモを取っている気配があった。

「で、お姉さんが事故に遭われた、とか」

「事故ではありません。頭を銃で撃たれました。二日前の朝刊を読むか、オダギリ刑事に訊いてもらえば、よくわかります」

「なるほど、そうでしょうね。でも、あなたのほうからも聞かせてほしいのです。オダギリがあなたのお姉さんの夫を追いかけていたといいますが、その旦那さんは何か事件と関係があるわけですか」

「それもオダギリ刑事か王子署の人に訊いてください。あなたも警察官なら、おわかりですよね。警察は、たとえ被害者の身内だろうと、簡単な捜査状況しか教えてくれませんから」

「そうだなあ。確かにその傾向はありますね。でも、こういっては何だが、警察も大きな組織でしてね。部署が違うと、仲間がどういう捜査に動いているのか、わたしらもまったくわからないものなんですよ」

ああ言えば、こう返す。言質《げんち》を取られず、核心から遠い場所へ導き、本質を隠そうとする。警察官も公務員の一面を持っている。曇りのない笑顔といい、まさに役人の鑑《かがみ》とも言える見事な対応だった。

「姉の夫には前科があります。でも、夫の元同僚たちが言ってました。あれでは嫌がらせだった、と。オダギリ刑事は一人で毎日、姉の夫の仕事場を訪ねてきたそうです。そのせいで、姉の夫は仕事を失いました」

深い頷きが返ってきた。もちろん、同意を示すものではない。

「捜査の過程で、前科を持つ人を訪ねて回るケースは、あなた方が考えているより実はとても多いと言えます。事件の種類によっては再犯率が高いものもありますし、前科を持つ人たちの間である種の情報が行き来するという話も聞きます。ですから、その辺りのことは、ぜひともご理解いただくしかないのが現状なのです」

僕も負けじと深い頷きを返した。

「わかります。姉の夫も、一市民として捜査に協力はすべきでしょう。ただ、同僚が嫌がらせと思うほどまでに執拗な捜査をしたからには、それ相応の理由があってしかるべきでしょう。姉の夫は仕事をなくしました。もちろん、彼が犯した過去の罪のせいもあります。しかし、なぜ執拗に姉の夫を追い回す必要があったのか。それを教えていただかないと、身内の者としては納得ができません。僕はおかしなことを言ってますかね」

正論を真正面から述べたつもりだった。が、制服警官の取り繕ったような表情は変わらなかった。官憲の厚い壁。一市民の意見はあっさり跳ね返されてしまう。

「お気持ちは察します。我々も、そういった市民の声を真摯に受け止め、今後の捜査活動に生かさなければならないと肝に銘じております。ただ同時に今は、前科情報をもっと有効に使う捜査もあっていいだろう、という市民の声も非常に大きくなってきています。我々としても、懸命な努力をしているところなのです」

「事件によっては、前科の情報を有効に使うべきだと思います。しかし、周囲が嫌がらせと感じるほどにつきまとうのは行きすぎではないですかね」

「個人情報には注意しつつ捜査をしているつもりです。しかし、相手方からの協力が得られなかったり、隠し事をされたりするケースも、時にあります」

「わかります。だから、姉の夫がどんな隠し事をしていたのか、ぜひともオダギリ刑事から直接訊きたいわけです」

「生憎と、オダギリは休んでいます」

制服警官は顔の筋肉ひとつ動かさずに、平然と嘘をついた。僕にはそう見えた。

「事件は解決したというわけですか。だから捜査員も休みを取ることができた、と」

「その辺りは、部署が違うので我々にはわかりかねます」

「では、確認していただけますか」

「押村さん」

急に制服警官の声が低くなった。目にも威圧的な色が漂った。手を焼かせないでくれよ。柔和な笑みの奥で、権力の側にいるという彼らの高慢な自覚がのぞいた。軟と硬。二つの顔を使い分けてこそ、秀でた警官だと自任する男の目が、見せかけの柔和さを取り戻していった。

「我々は市民のために、日夜汗を流しています。懸命な努力をすれば、時にやりすぎだと言われてしまう。犯人を挙げられなければ、何をしてるのかと苦言を呈される。それが仕事ですから、ご不満の声は甘んじて受けましょう。しかし、前科というあまりあってはならない肩書きを持つ人には、ある程度の協力をしてもらわないと捜査が立ちゆかなくなる面もあります」

「正式な手続きを踏まなければ、オダギリ刑事と会えないわけですね」

まだわからないのか。心の声をありのままに表明するため、制服警官はいかにも物憂げに首を振った。

「我々は市民のために働いています」

何の答えにもなっていなかった。向こうだって百も承知で言っていた。

「今度は弁護士と一緒に来たほうがいい、というわけですね」

「押村さん、お気持ちは我々もお察しします。しかし、前科を持つ人から話を聞くのは、譲れない捜査手法のひとつなのです。その点はご理解ください」

弁護士という単語を口にしただけで、高圧的な物言いが薄れて、また口調が丁寧になった。大人げないことはやめましょうよ。お互い時間のむだになるだけ。目元の小皺が雄弁に語っていた。

「明日はオダギリ刑事も出勤しますよね」

制服警官は眉の上を指先でかき、わずかに時間を稼いでから僕を見つめ直した。すっと彼の背筋が伸びた。

「正直に言いましょう。オダギリはしばらくこちらに出てきません。彼の個人的な理由から休みを取った、と聞いています」

問題が起こると即、雲隠れする。政治家のよく使う手を、組織防衛の最善策だ、と彼らも信じているのだ。昨夜、新井宗太を伊吹と誤認した顚末も、すでに上層部へ報告されたと見ていいのだろう。

「いつから出てくるのか、教えてください」

「わたしでは答えようがありません。人事のほうでも、おそらくまだ把握はしていないでしょうね。何しろ、彼の個人的な理由で休みを取ったようですから」

誰に訊こうと、警察としては答える気などない。当然ながら、オダギリの住所を教えるわけもない。個人情報保護法は、主に彼ら官憲の側を守るために成立した、という見方は常識だった。

悔しまぎれに僕は言った。

「一応断っておきますが、僕は姉の夫が勤めていた会社の人から、興味深い話も聞いてきました。あなた方警察は、姉が銃弾で撃たれた直後に、オダギリ刑事が姉の夫を半年以上も前からしつこく追い回していた事実を、今になって確認していったそうですね。そのことも弁護士さんに伝えて、また来ることにしましょう」

制服警官の表情が変わった。痛いところをつかれた、と思ったのではない。何の話をしているのか。しばらく考えるような顔つきになったあと、口元を引き締めて頰をひとなでした。

彼は知らなかったのだ。身内がオダギリ刑事の捜査のやり方について動いていた事実を——。

この本所署内ではなく、別のチームが動いていた、と見てよさそうだった。

周囲で成り行きを見ていた警官たちも、それを機に離れていく者が多かった。触らぬ神にたたりなし。身内の不始末に巻き込まれでもすれば、自らの経歴にも響きかねない。

僕は仕上げに新井宗太の真似をして、制服警官に尋ねた。

「最後にあなたの名前を教えてください」

「わたしの名前は、関係ないでしょうが」

組織を頼みの綱とする者ほど、個人の名を表には出したくないものらしい。初めて彼の表情から余裕が消えた。

「この警察署の代表として、市民の苦情をはねつけた人の名前を知っておきたいだけです。教えてください」

「名乗る義務など、ない」

今にもテーブルをたたきつけんばかりに、手が震えていた。

「あなたの名前も、弁護士を連れてこないと教えてくれないわけですね」

「いいから、もう帰ってくれ。我々には世の治安を守るという大切な仕事がある。いつまでも大人げない苦情につき合ってる暇はないんだ」

大人げなく声を上擦らせた警官は、同僚の視線を集めながら席を立った。

あとはもう、誰も僕の相手をしてくれなかった。

本所警察署を出たところで、僕は薄曇りの空をあおいだ。ため息がこぼれた。

思惑どおりに嫌味のひとつは言えたが、気分はちっとも晴れなかった。

きっと弁護士を依頼して、正式に抗議の拳を振り上げたところで、今と同じような味気なさを嚙みしめるのが落ちなのだろう。警察は早くも手を打ち、オダギリ刑事の捜査手法について調べてもいた。事が大きくなれば、一人の捜査員のせいにして尻尾を切り捨てるだけで終わるはずだ。アサヒ工芸の従業員が言っていたように、オダギリの執拗さには、個人的な動機がかかわっているようにも感じられる。もしそれが事実であれば、警察がまず組織防衛を優先するのは必然で、対応に出たあの制服警官一人に非難をぶつけるのは、確かに少しやりすぎだった。これではオダギリという刑事を責められはしなかった。

肩を落としつつ携帯電話を取り出した。伊吹の携帯の番号を押した。やはり、つながらなかった。

留守番電話サービスにメッセージを残した。

「今、姉を真似て本所警察署に苦情を言ってきたところです。オダギリという刑事のやり方は、僕も許せないと思ったもので。アサヒ工芸の人たちも怒ってました。どうか連絡をください。お願いします」

伊吹が北進ファイナンスの関係者もしくは別の何者かから逃げているのであれば、携帯電話は情報入手の数少ない手段となる。残したメッセージは必ず聞いてくれる。今はそう信じて、新たな手がかりが得られるごとに、メッセージを残していく以外に彼と連絡をつけるすべはなかった。

ついでにしつこく大和田はつみにまた電話を入れた。頑固なまでに留守番電話のままだった。長期の外出か。それとも、彼女のほうから僕に電話をくれる気はないのか。

ポケットに押し込んであった年賀状を眺めてみても、姉と彼女との関係は見当もつかない。残る年賀状は、どう見ても美容室とブティックからのダイレクトメールで、伊吹につながりそうな情報が得られる先とは思えなかった。

あとは東海工作機械という会社を訪ねて、ムラジという元社員の消息を聞くほかに、できることがなかった。彼と会えれば、少なくとも新井宗太と姉の間に何があったのかはわかる。

駅へ向かって歩きかけたところで、僕はポケットに押し込もうとした年賀状を見つめ直した。足が止まった。自分を殴りつけてやりたくなった。

まったく僕という男は注意力がなさすぎる。今になって、年賀状のプリントに疑問が湧いた。

気になったのは、ブティックからのダイレクトメールとおぼしき葉書の裏面だった。

そこには店名と住所がプリントされ、担当者の名前と「その節は本当にありがとうございました」と手書きのコメントが添えられていた。

いかにも、よく利用していたブティックからのダイレクトメールを兼ねた年賀状に思える。だから僕は、美容室からの年賀状と一緒にして、よく見もせずにいた。

だが、プリントされたイラストのひとつには、赤ん坊が使うよだれかけのようなものが描かれていた。よく見ると、ほかのイラストもベビー服としか思えない手足の部分が短いシャツやパンツばかりだった。

もう一度、印刷された店の名前に目をやった。ベッツィ・ハウス——。店名の前には小さく「Ｍａｍａ ＆ Ｂａｂｙ」という文字が書かれていた。

母親と幼い子の洋服を扱っている店なのだ。

僕は年賀状の薄い束を握り、荒く息をついた。

姉が、このブティックの得意客だった時期があるというのだろうか、と考えた。

姉に子供はいない。だからといって、妊娠しなかった、と姉の生活をまったく知らない僕に断言はできない。

自然とひとつの想像が浮かんだ。姉は、伊吹との子供を宿したことがあるのだろうか。その事実に喜び、このブティックへ通うようになった。しかし、不幸な結果が……。

いや——。

姉は銃弾に倒れる直前まで、栄建設に出勤していた。姉の体に何か変調があったとすれば、同僚たちが気づきそうなものに思える。下柳真澄の口から、それらしき話は出てこなかった。姉のアパートからも、ベビー服は見つかっていない。

姉がこの店で誰かへのプレゼントを買った可能性は考えられる。だが、たった一度、贈り物用に商品を買った相手に年賀状を送るとは少々思いにくい。

ベッツィ・ハウスという店名の後ろに書かれた担当者の名前は、石橋由里《いしばしゆり》。

いつまでも一人で疑問を転がしていても始まらなかった。くすぶる違和感を消し去るために、僕はタクシーをつかまえて錦糸町へ向かった。

駅の近さを売り物にする若者向け百貨店からそう遠くない細い通りに、小さなブティックが軒を連ねる一角があり、その中にベッツィ・ハウスの白い店舗があった。

平日の昼すぎだったが、店は子連れの若い女性客でにぎわっていた。駅近くのハンバーガーショップで時間つぶしをかねた遅い昼食をとってから、僕は再びベッツィ・ハウスをのぞいた。

幸いにも、客は数えるほどに減っていた。ドアを押すと、生成《きなり》の木綿らしい柔らかなにおいに包まれた。

レジにいたポニーテールの店員に、僕は年賀状を差し出しながら名乗り、石橋由里さんにお会いしたい、と告げた。

「あら、押村さん、ですか」

店員のポニーテールが大きく揺れ、黒目がちの瞳で真正面から見返された。

「店長、お客さんです。押村さんの弟さんです」

ポニーテールがまた跳ねたかと思うと、レジ奥に見えた細いドアの隙間から、化粧気のない小太りの女性が顔を出した。

四十代の前半だろう。ピンクのアンサンブルという小洒落た格好でなければ、居酒屋の女将のほうが似合っていそうな人だった。

彼女は僕を見て、小さな目を何度もまたたかせた。

「石橋由里さんですね。突然お邪魔してすみません。押村千賀子の弟で悟郎といいます」

「本当に弟さんですか」

彼女は飛び跳ねるようにしてレジ横に出てくると、僕を見つめながら首を伸ばすような格好になった。

「今、お時間よろしいでしょうか」

戸惑う二人に、僕は姉が事故に遭い、入院したという最低限の事実のみを簡単に説明した。

「えー、そうなんですか」

真っ先に驚きの声を発したのは、レジにいたポニーテールの若い店員のほうだった。やはり彼女までが、姉のことをよく知っているらしい。

「大変恥ずかしいのですが、我々身内はこのところ姉と連絡を取っていませんでした。最近の姉の様子を少しでも知ろうと思い、年賀状をいただいた方を訪ねています」

「世の中っていうのは、本当に理不尽よね」

石橋由里はポニーテールの店員を横目で見て、まるで怒りを抑え込むような声で呟いた。

「そんなに悪いんですか、押村さん」

僕は驚きに目を見張らされた。尋ねてきたポニーテールの店員の目には、うっすらと涙までが浮かんでいたのだ。

しかも、それまで接客していたもう一人の若い店員もが、僕のほうを振り向いていた。

「悪いなりに安定はしていますが、意識はまだ……」

「オダギリさん、もう知ってるのかしら」

ポニーテールの口から飛び出してきた名前を聞き、僕はまた目をむいた。すぐには声が出てこなかった。

「当然、知ってるでしょ、もう」

石橋由里までが平然と言い、ふくよかなあごをわずかに引いた。

僕一人が事情を呑み込めず、浦島太郎のように心許ない心境を味わっていた。

「あの、オダギリって、本所警察署の――」

「ええ、そうですよ。でも、事故じゃ、いくらオダギリさんでも手が出せないわね」

「泣いてるかもね、オダギリさんのことだから」

ポニーテールの店員が胸の前で手を組み合わせて言った。ますますわけがわからなかった。

「待ってください。どうしてオダギリ刑事が泣くんですか」

「だって……それはもう、有名でしたから、ここらじゃ」

「何が有名なんです」

「トモちゃん。お店のほうはお願い。さあ、どうぞ、狭いところですが、中へ」

石橋由里がそこで一線を画すように言い、ポニーテールの店員に目配せをしてから、僕に向かった。少し黙っていなさい。それ以上言うのは、ルール違反よ。そう若い子を窘《たしな》める目に見えた。

15

在庫の段ボール箱が積まれた奥の小部屋へ僕は案内された。四畳半に満たないかもしれない。石橋由里はラップトップ・パソコンを脇にどけて小さなテーブル上にスペースを作ると、その前に置いてあった椅子を僕に勧めた。

一礼して腰を下ろした。ドアを振り返ると、レジ横からまだポニーテールの店員がこちらの様子をうかがっていた。

僕は彼女にも聞こえる声で、もうひとつの椅子の上から在庫衣類の入った小箱を下ろしている石橋由里に言った。

「実は、つい先ほどオダギリ刑事と会えないかと思い、本所警察署へ行ってきたところです。でも、個人的な理由で休みを取っているとかで会えませんでした」

石橋由里は相槌すら打たず、僕の目を無言で見返した。

「オダギリ刑事に会いたいと思ったのは、姉の夫を彼がしつこく追い回していた理由を知りたかったからです」

「そうなの……。押村さん、結婚したんですね」

石橋由里の語尾が上擦るような響きを帯びた。彼女にとっても初耳だったようだ。

僕は慎重に言葉を選んだ。

「姉が結婚を決めた人には、前科がありました」

後ろのレジで、ガタンと物音がした。振り返ると、ポニーテールの店員が体ごとこちらに向き直っていた。

「警察も、オダギリ刑事が姉の夫をしつこく追い回していた事実をつかみ、捜査の進め方に行きすぎがあったのではないか、と問題にしているようでした。なぜ一人の刑事が、まるで嫌がらせをするかのように姉の夫につきまとっていたのか、僕には不思議でなりませんでした。姉の夫は、オダギリ刑事の執拗な訪問がきっかけで同僚に前科を知られ、会社を辞めざるをえなくなったのです」

「オダギリさんは悪くないと思います」

ドアの向こうから、ポニーテールの店員が呼びかけてきた。

「トモちゃん。レジをお願い」

「店長だって、オダギリさんのことはよく知ってるじゃないですか。あの人が追い回したからには、そうする理由があったからですよ、絶対に」

「トモちゃん。お願い」

店長の懇願にも、若い店員は一歩も引くまいというような顔になって僕を見つめ返した。

「オダギリさんのことは、わたしから話しておくから。仕事に戻って。ね」

納得したようには見えなかったが、若い店員は踏ん切るように一礼し、ようやくレジの前へと引き下がった。

石橋由里はそれを見届けると、僕の前に椅子を置き直して腰を下ろし、ちょっと考えるような顔つきを見せた。店へのドアを閉めなかったところに、店員への配慮とともに、彼女への深い同意のようなものが感じられた。

「何からお話ししたほうがいいのかしら」

僕ははやる気持ちを抑えて見返し、言葉を待った。

「彼女は、オダギリさんのファンなんです」

「ファン、ですか……」

「ええ。トモちゃんだけじゃなく、この界隈にはオダギリさんのファンが数えきれないほどいる、と言っていいでしょうね」

僕は昨夜見かけたオダギリの容姿を思い返した。少なくとも彼は、ブティックに勤める若い女性から熱い視線を集めるような見かけの男ではなかった。

石橋由里は僕の胸に浮かんだ疑問を察したかのように、少し微笑んでから言った。

「こう言っては何だけど、見てくれは厳《いか》つくて、いかにも体力勝負の刑事さん、って人でしょ。でも、本当に素晴らしい刑事さんなんです、オダギリさんは。誰だって応援したくなる。——というのも、この辺りの商店街では、オダギリさんに助けられた人がとても多いんです」

ベッツィ・ハウス錦糸町店が開業したのは、二年ほど前のことだという。

「ここらは古くからある繁華街でしょ。今も場外馬券売り場があるし。再開発が進んでからも、わざといかがわしい格好でこの辺りをうろつきたがる人がいるわけです。商店会が中心になって、暴力団追放運動に力を入れてきたおかげもあって、街の雰囲気はもうずいぶんと変わりました。それは間違いありません。でも、いまだに小遣い稼ぎのようなことをしたがる人が、時に出てきたりするんです」

暴力団が地元の酒場や飲食店に嫌がらせをしたあげく、みかじめ料をせしめる手口は、何も地方都市に限った話ではない。僕も病院近くの飲食店で、似たような噂を耳にした経験がある。

「警察がパトロールをしてくれているんですけど、やたらと目端の利く連中がいて、どういうわけか、彼らは警官がパトロールに来る時間帯を知りつくしてて、嫌がらせのような揉め事があとを絶たない時期もあって……。交番のお巡りさんたちなんて、そういう時にはまったく役に立たないし、暴力団係の刑事たちって、来てくれても、ただ一時しのぎに追い払うだけで、イタチごっこみたいなんです。だから一時期、オダギリさんを頼みの綱とする人が多かったんです」

僕は頷き、彼の容姿をまた思い返した。確かに強持てのする男ではあった。

「本当に熱心な刑事さんで、頭が下がります。若いころから刑事という仕事に憧れていたって言ってました。時間があれば、一人でもここらのお店に顔を出しては、よく相談事に乗ってくれてます。電話をすれば、非番の時でも飛んできてくれて——。弱い者の味方っていうのは、オダギリさんみたいな人のことを言うんでしょうね」

僕はまた厳ついオダギリ刑事の四角い顔を思い浮かべた。初対面の印象がよくなかったうえに、アサヒ工芸の従業員から嫌がらせとしか思えない執拗な追い回しのことも聞き、手柄を挙げるためには手段を選ばない刑事なのだ、と信じ込んでいた。

僕の顔には、まだオダギリへのぬぐいきれない不信感が表れていたのだろう。石橋由里の声に力がこもった。

「オダギリさん、あんまり熱心に仕事をするものだから、その筋の人に襲われかけたこともあったそうです。一度はアパートの前でナイフを持った男たちに囲まれて。でも、その一人を反対に殴りつけて怪我を負わせ、新聞沙汰にもなってしまい……。警察って、おかしいですよね。相手はヤクザだってわかってるのに、マスコミの目を気にしてなのか、過剰防衛じゃないかってオダギリさんに処分を下そうとしたんです。だから、商店会で嘆願の署名を集めました。もちろん、わたしもトモちゃんも喜んで署名させてもらいました」

彼女は当然のことをした自分を誇るかのように、また語尾に力を込めた。その裏には、オダギリという刑事への信頼と感謝の気持ちがあふれていた。

「押村さんの旦那さんがどういう人なのか、わたしは知りません。でも、オダギリさんがそうしたからには、そうするなりの理由があったんだ、とわたしも思います」

彼女は罪とは無縁に生きてきた、無垢なる一市民の感想を述べていた。あなたのお姉さんの旦那には、前科があるわけなんですよね。だから……と言外にオダギリを弁護する気持ちを隠せず表明していた。

それがごく普通の生活を営む者たちの、当たり前すぎる考え方だろう、と思う。

昨夜オダギリは、新井宗太の素性をろくに確認もせず、伊吹と誤解して、いきなり体当たりを食らわせた。その軽率すぎる行動も、罪を憎む気持ちの過剰な表れだという見方は、確かにできなくもない。

だが……。

「石橋さんは、どうして姉に年賀状を送ってくださったのですか」

僕は話をオダギリから姉のほうへと引き寄せて訊いた。

居住まいを正すように背筋を伸ばしてから、石橋由里は言った。

「押村さんに助けられたからです」

「姉が、あなたを……？」

「はい。実は隣のアクセサリー・ショップの店長さんが、商店会の役員をなさっています。その話が、たぶんどこかで間違って伝わったんだろう、とオダギリさんも言ってました。去年の、三月だったと思います。酔っぱらいを装った男が二人、うちの店に居座ったんです」

ベビー服を扱うブティックに、酔っぱらいの男が押しかける。商店会の役員が経営する店を狙い撃ちにした、ヤクザの嫌がらせだったのだろう。

「噂には聞いてましたが、うちはお酒を扱ってるわけでもないし、そういった話とは無縁だと思ってました。なのに突然、ドアのガラスを割るような勢いで、おかしな男が二人現れたんです。土曜日の昼前で、そろそろお客さんが多くなるころを見計らっての嫌がらせでした。わたしも従業員も、ただ青くなって、男たちが汚い手で商品を手当たり次第に触っていくのを見ているしかなくて……」

その時の恐怖を思い出したのか、彼女の指先がわずかに震えていた。

「早く警察を呼ばなきゃ、そうわかっているのに、体が動かなくて。そこに——押村さんが来てくれたんです」

「姉が……」

「はい。相手は得体の知れない男が二人でした。わたしたちがやめてくれと言っても、ただ笑ってるような者たちで……。なのに、ドアをくぐって現れた女の人が、堂々と連中と渡り合って、出ていけ、と大声で怒鳴りだしたんです」

まったく姉という人は恐れを知らない。たまたま通りかかった店の中で揉め事を見つけ、自ら乗り込んでいくとは、どういう神経なのか。

またも僕は、姉の行動力にほとほと感心させられた。

「何だおまえは。消えろ。男たちに怒鳴られても、押村さんはちっとも引かず、逆に二人を押し出そうとまでしました。この女性は誰なんだろう。どうしてこの連中に向かっていってくれてるのか。ただ、わたしたちは驚くばかりで……」

「向こう見ずなのが、姉の最大の欠点ですからね」

笑みを心がけて言ったが、石橋由里は怒ったようにすぐさま眉を跳ね上げた。

「欠点だなんて、とんでもない。女性にどうしてあんな勇敢な行動が取れるのか、今でもわたしにはわからないぐらいです。押村さんは惚れ惚れするぐらい堂々としていました。ああいう人たちって、手を出したら逮捕されるってわかってるんでしょうね。最初は言葉だけで脅そうとしたんですけど、押村さんに怒鳴られ、とうとう手を振り上げ、彼女を突き倒しました。——そうしたら、押村さんがわたしたちに叫んだんです。早く一一〇番して、暴行を受けたから、って」

姉の向こう見ずには、太くて逞しい一本の筋が通っている。僕まで誇らしい気分になってきた。

「それでやっと、我に返って電話に飛びつきました。そうしたら、二人が今度はわたしにまで迫ってきて。怖くて、受話器を放り出すしかなくて……。すると、また押村さんがわたしの前に飛び込んできて、早く電話をって——」

姉は、男たちの態度から、あからさまな嫌がらせのにおいをかぎつけたのだ。女性しかいない店だとわかって、卑怯な脅しを仕掛けてきた男たちが、ただ単純に許せない、と生来の勝ち気さから思ったに違いなかった。それが姉という人なのだ。

「もう、どうなるかとわたしたちは怯えどおしでした。でも、隣のアクセサリー・ショップの店長さんが気づいて、オダギリさんを呼んでくれたんです。オダギリさんは、五分で駆けつけてくれました。店に入ってくるなり、問答無用で二人の男を引きずり出して、一人に手錠をはめ、もう一人を殴り倒して——」

石橋由里は、そこで店のほうを掌で示してから言葉を続けた。

「——向かいのお茶屋さんの店先に、縄暖簾《なわのれん》がかかってるんですけど、それを使って男を、あっという間に縛り上げたんです」

「では、その時に、姉はオダギリ刑事と面識ができた、と」

言いかけた僕をさえぎるように、石橋由里は背筋をまた伸ばしてから、首を大きく振った。

「面識なんてものじゃなかったと思います」

石橋由里の頰に、また小さなえくぼが浮かんでいた。

「わたしもちょっと驚きました。確かにオダギリさんは問答無用といった感じで男たちを縛り上げたんです。そうしたら、それを見ていた押村さんが、今度はオダギリさんを強い調子で責めたんです」

「刑事に文句を？」

満面の笑顔で頷かれた。

「はい。弱い者いじめをするな、と。確かに、はたから見れば、弱い者いじめにも見えたでしょうね。一方的に痛めつけてましたからね、オダギリさんは。だから、押村さんの怒り方に驚いて、目が丸くなってました。あんなオダギリさんの顔を見たのは、わたしたちも初めてで」

僕は苦笑を禁じ得なかった。自分でヤクザの手先に挑みかかっておきながら、その男たちが刑事に痛めつけられる現場を目にしようものなら、今度は刑事のやりすぎに注文をつける。

だが、その行動の裏には、姉なりの揺るぎない正義感が貫かれていた。男たちは暴力を振るっていたわけではない。その相手に、いくら刑事とはいえ、一方的に力ずくで解決しようというやり方は、確かに行きすぎだったろう。

「しかも押村さん、派出所から警官が来て、オダギリさんが二人の男を引き渡している間に、消えてしまったんです。わたしたちもお礼を言う暇がないほど、すぐに姿が見えなくなって。だから、どこの誰なのか、その時にはまったくわかりませんでした」

「では、どうやって姉の名前と住所を」

突然現れ、ヤクザと刑事相手に立ち向かい、すぐに消えてしまう……。姉は神出鬼没のスーパーウーマンでも気取っていたわけなのか。

石橋由里は、わざと僕を焦らすような間を空け、噂好きの女子高生を思わせる笑みを片頬に浮かべてから、言った。

「オダギリさんが調べ出してきたんです。さすが刑事さんだって、みんなで感心しました」

「でも、どうやって……」

「どうやってだと思います？」

　訊いているのは僕のほうだというのに、石橋由里はわざともったいぶって質問を返してきた。明らかに彼女は僕との会話を楽しんでいた。

「日曜日になると、錦糸公園の前に、似顔絵描きのオジサンが出るんです。その人が、地元のヤクザとちょっと揉めた時も、オダギリさんが助けてあげたそうなんです。で、そのオジサンを連れてきて、わたしたちからも押村さんの特徴を細かく聞いて、似顔絵を描いてもらったんです」

　通常は、逃げた犯人のモンタージュ代わりに使う手法だった。警察の中にも似顔絵描きを専門にする捜査員がいる、とテレビのニュース番組で見た記憶がある。

　だが、犯人でもない女性を捜すために、正式な捜査員を駆り出すわけにもいかず、公園の似顔絵描きを、自分のつてから手配したものと見える。

「オダギリさんは、こう考えたんです。土曜日の昼下がりに一人で買い物に来てた人だろうって。だから絶対、この辺りのお店にも顔を出しているはずだって。そうしたら、まさに、どんぴしゃり」

　石橋由里は軽く手をたたき合わせて、微笑みを広げた。

　理にかなった捜索方法だった。外見からは体力任せの猪突猛進型刑事に見えたが、やはり餅は餅屋というわけだ。

「似顔絵によく似た女性が、駅向こうのカットサロンの常連さんだったんです」

　僕はもう少しで声を上げるところだった。

慌ててポケットを探り、姉宛の年賀状を取り出した。

どうして僕はこうも注意力が散漫なのか。子供の病気はあらゆる可能性を思い浮かべつつ探り出していかないとダメだ、と普段から医長に口うるさく言われていた。そのアドバイスは、ここでも生きていたのだ。

ふたつのダイレクト・メールとおぼしき年賀状。その差出人であるベッツィ・ハウスも美容室も、同じ墨田区内の住所になっていた。すでにヒントはここに隠されていたのだった。だが、僕はまったく気づけなかった。

「で、それから三週間後、押村さんがまたカットサロンに来た時、美容師さんがうちに電話をくれて。わたしたち、店を放り出してすぐお礼を言いに飛んで行きました」

懐かしい思い出を語り終えたように、石橋由里はいかにも満ち足りた表情で息をついた。

話は核心に近づいていた。ところが、彼女はもうすべての話を終えたと言わんばかりに席を立った。この先は彼女にとって、あまり喜ばしくはない話題になるのだろう。

テーブルの伝票に手を伸ばしかけた石橋由里に、僕は尋ねた。

「オダギリ刑事は、ずいぶんと熱心に、姉を捜してくれたんですね」

石橋由里はさして意味もないような仕草で、手にした伝票の角をそろえてから、またテーブルに置き直した。

「わたしたちが頼みましたから」

「彼もきっと、向こう見ずな姉の行動に驚いた一人だったんでしょうね」

ヤクザに立ち向かい、刑事にも臆することなく正義を主張する。その姉の姿が一人の刑事の心を動かしたのは間違いなかったのだろう。警察官の職にあるオダギリとしては、姉の示したある種の正義感は、新鮮なものでもあったはずだ。いつしか、もう一度会いたいと思うようになっていったとしても納得はできる。

石橋由里はまたわずかに居住まいを正すようにして、僕を振り返った。

「オダギリさんは本当に熱意ある素晴らしい刑事さんです。見かけはちょっと厳つくて怖そうに見える人ですけど、わたしはあんな親身になってくれる警察の人に初めて出会いました。みんな、そう言ってます。商店会長さんが相談すれば、警察の上の人は一応話を聞こうとしてくれます。でも、オダギリさんなら、すぐにでも飛んできてくれますから」

「ひとつ確認させてください。オダギリ刑事の所属は――」

「生活安全課とかいったと思いますけど」

僕は無精髭《ぶしょうひげ》の伸び始めた口の周りを撫で回した。

どうも早とちりをしていたらしい。

伊吹の前科は殺人だった。オダギリがしつこく追い回していたのだから、当然、捜査係の刑事に違いない、と考えていた。

だが、捜査係の刑事が、地元商店街からの相談に、何を置いても飛んでこられるものではなかったろう。

「生活安全課という部署は、どういう仕事が専門なのか、ご存じですか」

「確か、風俗営業関係の取り締まりや、銃や麻薬とかの摘発じゃなかったかしら。そう前に聞いたような気がします」

僕は頷き、自分に納得させた。生活安全課でも前科を持つ者を追い回しても不思議はない、と。

急に口が重くなった石橋由里に、僕は少し遠回しに尋ねた。

「姉は何か、オダギリ刑事に失礼なことでもしましたか」

石橋由里の視線が揺れた。僕から視線をそらして、答えた。

「失礼だったかどうかはわかりません。人の感じ方は、それぞれでしょうし」

「オダギリ刑事は姉に好意を抱いた。それに姉は応えなかった。そういうことなのですね」

「どうでしょうか……。当事者同士のことですから」

否定の言葉ではなかった。答え方が急に素っ気なく変わっていた。

「この辺りでは有名だった。そう先ほど店員の方も言ってましたよね」

「一時期、二人で歩く姿を何度か見かけただけです。有名っていうほどではなかったと思います」

彼女たちは言葉どおり、オダギリ刑事のファンなのだ。だから、彼を応援したい、と考えていた。何度か一緒の姿を見かけたというからには、姉もオダギリと二人ですごす時間を作ったのだろう。

だが、姉はオダギリの気持ちには応えられないと結論を下した。そこには姉なりの理由があったに違いない。

この先は単なる想像にすぎなかった。

姉がオダギリと出会ったのは、去年の三月のことだ。伊吹正典は、七月にアサヒ工芸を辞めざるをえなくなっていた。オダギリの執拗な追い回しのために。

姉はオダギリではなく、伊吹正典という男を選んだ。刑事という正義を貫くべく使命を担った側の者ではなく、よりによって殺人の罪を過去に犯していた男を――。

オダギリでなくても、その事実を知れば、打ちのめされる。ましてや彼は、刑事なのだ。殺人の過去を持つ者よりも、自分は男として下に見られた……。

屈辱だったはずだ。自分という存在のすべてを否定されるような衝撃だったろう、とも思う。

だからオダギリは……。

「あなたが今、何を考えているのかはわかりません」

石橋由里が僕を睨むと言っていい目になって言った。

「でも、わたしはトモちゃんと同じ意見です。オダギリさんがその人を追い回したというのなら、そうすべき理由があったんだと思います」

彼女はまたオダギリの弁護に熱を込めた。

この街には、一人の熱意ある刑事を信奉する者たちがいる。オダギリ自身も彼女らの信頼を自覚し、誇りに感じながら日夜仕事に向かっていたはずだ。

だが、押村千賀子という女性は、彼を選ばなかった。たまたま通りかかった店への嫌がらせに接し、見て見ぬふりをできなかった気骨あふれる女性だというのに、正義の側に立つ刑事ではなく、殺人者を愛した。

もちろん、最初から相手が殺人の前科を持つとわかっていたわけではないだろう。ただ、オダギリは姉が選んだ男を知り、持てる力をすべて使い、伊吹正典の周囲を丹念に調べ、ついには隠された過去を掘り起こすにいたった。

ただの失恋では、ない。刑事としても、人としても、立ち直れないほどの打撃だったと思われる。

「オダギリさんは素晴らしい刑事さんです。おかしなことをするような人じゃありません、絶対に」

石橋由里は断じてあってたまるかという口調で肩や腕に力を込めた。

彼女が言うように、オダギリは優秀で熱意あふれる刑事なのだろう。だが、どれほど使命感に燃える刑事だろうと、ただの心弱き男に戻る瞬間はある。人は理想どおりに生きられないものだ。

僕は石橋由里に視線を返した。

「誤解を与えるような言い方になるかもしれませんが、僕はオダギリという刑事の行動が少しは理解できる気になってきました。絶対に許せない、と考えていたはずなのに」

怒りを秘めて見えた石橋由里の目が、難解な方程式でも突きつけられたかのように、頼りない表情に変わっていった。

「だって、そうじゃないですか。もし彼が、正義の側に立つ者の正当な権利だからと考えて姉の夫を追い回していたのなら、権力の乱用以外の何ものでもない。でも、愛した人を奪われて血迷った結果だったとしたなら、男の一人として彼の気持ちは充分に理解できます」

「でも、それは……」

「世の中には、そんなの逆だって言う人もいると思います。前科を持つ人を追い回したところで正義の行使の範疇《はんちゅう》だけど、振られた腹いせに人を追い回すなんて卑劣すぎる。確かに、卑劣でしょうね。でも、卑劣だとわかっていながら、自分の行動を止められない時がある。人なんて、そんなもののようにも思えてしまうんです、僕は」

自分でも不思議なことに、僕はオダギリという男に初めて親近感に近いものを覚えていた。

正義を貫いて生きていける者など、よほど窮地に立ったことがない強運の持ち主や、神に近づこうと強がる殉教者以外には、この世に存在しない気がしてならない。

悩み、迷い、時に足を踏み外してしまうのが、人間だった。

伊吹の妻だった女性も、迷いを抱えたあげく、夫を裏切っていたのだろう。その事実を知った伊吹は、怒りと絶望に襲われたあげく、妻を殺すにいたった。オダギリという刑事は、正義を貫くべき立場にいながら、自分を抑えられずに伊吹を執拗に追い回した。そして僕も、過去にいくつもの罪を犯し、友人や身内を傷つけてきたはずなのだ。

結果としての罪に、見た目の大小はあろうとも、我々はつまずき、転びながら、今を生きている。

「ありがとうございました。――オダギリ刑事の連絡先をご存じでしょうか」

椅子から立って頭を下げると、石橋由里が身構えるような姿勢になった。

「電話一本で飛んできてくれる刑事さんだというんですから、携帯電話の番号をご存じですよね」

彼を問い詰める気なのか。彼女の目が僕を詰問していた。

「話をしたいだけです。オダギリ刑事を一方的に責める権利なんて、僕にはありません」

彼女は僕の真意を量るような目を返したあと、テーブルに置いてあったルーズリーフを引き寄せた。

「わたしたちはオダギリさんを信じています」

僕の先入観がそうさせたのか、つい先ほどまでの秘めた怒りは薄れ、自分に言い聞かせるような口調に聞こえた。

16

ベビー服の温もりと店員の冷ややかな視線にさらされながらベッツィ・ハウスを出ると、僕は教えられた小田切充《おだぎりみつる》の携帯へ早速電話を入れた。

長いコールのあとで、やっと声が聞こえた。

「はい……」

それきり、相手を探るかのような沈黙が続く。

「昨晩、病院でお会いした押村悟郎です」

僕が名乗っても、彼は何も答えなかった。

「この番号は、ベッツィ・ハウスの石橋由里さんから聞きました」

小さく舌打ちが聞こえた。それでも彼は電話を切らなかった。

「伊吹から連絡でもありましたか」

その期待を一パーセントも感じさせない声で、小田切は言った。何の用だ、と本当は問いたかったのだろう。

「どこかで会って話せませんか」

「捜査中でしてね」

「本所署の人からは、休みを取っていると聞きました。どちらが嘘を言ったのですかね」

二度目の舌打ちが聞こえた。となれば、彼のほうが嘘をついていたと見える。

「休みというのは、あくまで名目的なものです」

「ひとつ聞かせてください。どうして本所署生活安全課の刑事が、姉の事件の捜査に動いているのか。それに、ずいぶんと前から、姉の夫についても調べていたようですし」

「昨日も言ったはずですよ。捜査に関することはみだりに話せません。特に、前科を持つ怪しい者の身内には、ね」

「わかりました。では、王子署の捜査本部の人に訊いてみます。苦情も伝えたいので」

大きく息を吸うような間が空いた。

「誰に訊いても同じに決まってるでしょうが。正式に捜査が終わるまで、誰もあんたたちには話しませんよ。被害にあった人やその身内の方は気の毒だと思うけど、警察は小間使いじゃないんでね。何より犯人逮捕。それが我々の使命ですから」

揺るぎない正義への信念。見方を変えれば、頑なすぎる思い込みにも映る。

電話を切られそうな雰囲気だったので、僕は早口に告げた。

「あなたは勝手に一人で動いている。そうですよね。姉が選んだ伊吹という男を許せないと思ったから」

「何を言っているのかわからないね。では――」

そこで電話を切られた。

僕は、彼が伊吹に迫ったのを真似て、しつこくリダイヤルした。当然のように小田切は電話に出ず、留守番電話サービスにつながった。

「あなたの気持ちは理解できます。刑事という誰にも誇れる職業に就く者ではなく、姉は伊吹という殺人の前科を持つ男を選んだ。あなたにとっては、認めがたいことだったと思います。でも、僕にはわかるんです。姉があなたという人を選ばなかった理由が。もしかしたら姉は、あなたがのちに、執拗な嫌がらせを伊吹にしかけてもおかしくない人だという直感を、あなたの言動から感じ取っていたのではないでしょうか。こんな言い方は、あなたにとって残酷であるとわかっています。でも……。姉はある種の力を誇示する者を嫌います。なぜなら姉は、いつも力なき者の側に立ち、誰に頼ることもなく、一人で生きてきた人ですから。もしかしたら、あなたの行為が、よけいに姉を意固地にさせ、伊吹への気持ちをさらに固めさせた可能性もある、と僕は見ています。姉は、そういう人なんです」

自分でも何を言っているのか、どういう意図から彼に電話をしたのか、わからなくなっていた。

だが、僕はあふれる言葉をメッセージに残した。

「どうか電話をください。伊吹は何者かから逃げているんだと思います。あなたは伊吹の何を知っているのか。その事実を捜査本部に伝えているのですか。どうか電話をください。お願いします」

僕には、小田切が捜査本部とは別に、一人で動いているような気がしてならなかった。だから、アサヒ工芸の従業員のもとに刑事が来て、小田切の捜査方法について確認していったのではないか。

もちろん疑問は残る。

一介の刑事が、組織に逆らって行動すれば、無視できない問題となる。すでに小田切は、新井宗太を伊吹と誤認し、逮捕しようとした失態を演じていた。いくら振られた腹いせがあるにせよ、事が大きくなりすぎていた。

また、彼が嫌がらせのように動いていた時期は去年の七月で、姉の今回の事件とは、時間的な隔たりもある。

僕は通話ボタンを押し直して、今度は伊吹の携帯に電話を入れた。

やはり留守番電話サービスにメッセージを残した。

「今、小田切刑事と話しました。彼は今なおあなたをしつこく追い回しているのですね。姉に振られた腹いせにしては、あまりにもしつこすぎる。どうしてあなたを追っているのか。その理由に心当たりがありますか？　僕にできることがあれば、言ってください。姉が選んだ人を、僕だって守りたい。姉のためにも。電話をください。待っています」

駅の北口へ足を伸ばし、カットサロン・ミストラルにも顔を出してみた。ビルの二階にある美容室はシャンプーのにおいと女性客であふれかえるほどだった。

アシスタントらしき女性に姉が入院した事実を告げると、店の責任者が仕事の手を止め、わざわざ出向いてくれた。背の高い四十代の男で、彼が姉の担当をしていたのだという。

柚木《ゆのき》という美容師は長い髪を揺らしながら、姉の病状を尋ねて吐息をついた。

「実はずっと気にしていました。髪がちょっと荒れ始めたなと思っていたら、うちにもお見えにならなくなって」

去年の六月だったという。

彼は姉の髪をカットする際、気になって話を切り出した。何か気がかりなことがあるのですか、と。そのせいで髪が傷んだのではないか、と。

僕は美容師の目と腕に感嘆した。

それは、ちょうど姉が夜のアルバイトを始めた時期に当たる。姉は今までどおり、行き慣れた美容室を訪れ、その指摘を受けて驚いたのだ。このままでは夜の仕事についても悟られてしまいかねない。そう考えて、美容室を替えることに決めた。

「姉はいつからここに来ていたのです」

「もう三年ですね。うちがここに来てからの、お得意様でしたから」

三年間……。彼はずっと姉の髪を整えながら、心の浮き沈みについても敏感に感じ取っていたのかもしれない。そう思うと、またわずかに嫉妬心が湧いた。

彼は小田切刑事のことも知っていた。名前を出すと、にわかに表情が引き締まった。

「有名な刑事さんですよ、この辺りでは」

「姉とのことも、有名でしたか」

僕が尋ねると、柚木は少し伏し目がちになった。

「あの刑事さんの応援団はとても多いんです」

応援団という言い方に、少し引いたところから彼を見ていたような感触を、僕は受けた。

こちらも言葉を選び、遠回しに言った。

「結果を知っているからではなく、身内の僕には、少し不思議に思えるんです。姉が熱を上げそうな人には見えなかったものですから」

「確かにそうだったかもしれませんね。押村さんは、どうも少し怖がっていたように、僕の目には見えました」

「怖がる?」

「もちろん、見た目のことじゃなかったと思いますよ。何ていったらいいのか……小田切さんには、一途すぎるようなところがありましたからね。仕事もふくめて。僕らも、彼のことを聞かれましたから、知ってることは伝えましたが」

それが悪かったのか。正直に打ち明けてしまったことを後悔するように眉を寄せ、柚木は少しだけ首を傾けた。

「姉から、小田切刑事のことを聞かれた、と」

「はい。この辺りで商売をしてる人は、小田切さんのことをよく知ってますからね。仕事熱心で、地元のヤクザもよけて通る人で、信頼も篤《あつ》い、と」

「でも、姉は少し怖がっていた」

僕がうながすと、柚木は少し時間を気にするように壁の時計を見てから、言った。

「押村さん、こんなことを言ってました。初めて小田切さんにあった時、姿を現すなり、問答無用で男たちを殴りつけた、と。その時の姿が怖くて、ついヤクザたちを助けたくなった、と」

姉が初めて小田切と出会った時――。

電話をもらって駆けつけた小田切は、二人のヤクザ者をまたたく間にのして逮捕した、と石橋由里は言っていた。

僕は越川範子の話を思い返した。

姉には、地下鉄のホームで人目もはばからず、当時の恋人と殴り合いを演じた過去がある。自分は人前で男を殴っておきながら、ヤクザを痛めつけた刑事を恐ろしいと感じてしまう。なんて身勝手な受け止め方なのだ、と僕には思えなかった。

姉は、力では敵わない男に向かって殴りかかっていった。小田切も、二人の男を相手にしたのだから、弱い者いじめとは見えなかったはずだ。でも、二人のヤクザをたたきのめした小田切の姿に、もし自分への陶酔のようなものが漂っていたとしたら……。

医師の中にも似たタイプの者はいた。熱意を持って患者に向かいながらも、言葉の端々に仕事へのプライドが見え隠れしてしまう。そういう人物は、看護師や患者たちからも距離を置かれてしまいやすい。

それでも、多くの人が小田切への信頼を、姉に語ったのだろう。だから、彼の熱意に応えるつもりで、一緒にすごす時間を作った。そう考えれば、姉の行動にも納得はできる。

アシスタントの女の子が柚木を呼びに来た。僕は礼を述べ、ほかに小田切刑事をよく知る人はいないか、と柚木に訊いた。

すぐ近くの裏通りにある、おでん屋の主人を紹介された。

店はまだ開店前で、暖簾が出ていなかった。引き戸に手をかけると鍵はかかっておらず、おでんの汁の甘い香りが僕を一瞬にして取り巻いた。遅れてむき玉子を思わせる頭をした初老の男性が、カウンターの奥に下がっていた縄暖簾を分けて顔を出した。

僕は、小田切刑事と交際していた者の弟だと名乗り、ミストラルの主人から名前を聞いたことを手短に打ち明けた。

「何だい。小田切さんのことを聞いて回るなんて、とんでもない。あんな素晴らしい刑事さん、ほかに見たことないね、おれは」

この人も熱烈な小田切のファンなのだ。僕は喧嘩腰の目で迎えられた。

「だって、そうだろ。おれらのような、こんな小さな店からの相談にも、あの人はホント親身になってくれるんだものな。まあ、よくある話で、目つきの悪い男が毎日、たった一杯のビールだけで閉店までずっと居座ってたことがあってね。小田切さん、その男をすぐさまつまみ出してくれたわけよ。その三日後だったかな。アパートの前で、小田切さん、突然二人組の男に襲われたんだ。もっとも痛い目にあったのは、やつらのほうだったけどね。そんな話、ここらにゃ、いくつも転がってるよ。小田切さんがもし異動にでもなったらどうしようって、本気で心配してる人だっているほどだ」

僕は、小田切が客をつまみ出した時のことが気になった。

「そりゃ、あんたにも見せたかったな。向こうは、ほら、ただ居座るだけで、手出しは絶対にしないわけよ。だから、ここらじゃ顔を知られてない部下を連れてきて、酒を無理やり勧め、わざと相手を怒らせたって寸法だ。そしたら、何も知らない敵は、まんまとその人を押し返してね。で、小田切さんに言われたとおりコップを落として、わざとひっくり返ってみせた。器物損壊に傷害罪の現行犯。突然現れた小田切さんが襟首つまんで店から放り出し、あっという間に、たたきのめして、それで終わりよ」

まさに弱きを助けるヒーローだった。だが、強引な手法ではある。

気持ちが顔に表れていたのか、主人が乗り出すような姿勢になった。

「おいおい、あんた、相手は脅しや暴力のプロなんだぞ。甘い顔してたら、どんどんつけ込んでくるに決まってるだろ。おれは全面的に小田切さんのやり方を支持するね。あんたは被害にあったことがないから、やつらの執念深さがわからないんだよ」

そう。僕は今まで被害者になったことがない。いつもうまく立ち回ってきたからだった。

「おれらのために体を張ってくれる刑事さんは、ホントあの人ぐらいのものだよ。あとは頼りにならない連中ばかりだものな。ただで飲んでくれていいって言っても、遠慮して顔を出さない謙虚な人でね。男気ってぇのかな。そういう今はすたれちまった感覚を持ってる刑事さんは、ほかにいないやね」

確かに主人の言うとおりだった。

役得も期待せず、市民のために体を張る。僕にはとてもできない。

それでも姉は、小田切を選ばなかった。

初めて僕は不安に襲われた。越川範子から見て、別れてよかったと思える男に、姉は好意を抱き続けていた。越川範子に忠告を与えておきながら、自分でその言葉に反する相手から離れられずにいたという。

そして姉は、伊吹正典という男を選び、自ら婚姻届を偽造するという強引な手段をもって結婚した。

その行為は、部下を使って居座る客を陥れ、たたきのめした小田切のやり方に似ているようにも映る。同じような強引さを持ちながらも、姉は小田切をはねつけた。

正義のために手段を選ばず、全力でぶつかる。その姿は、驚くほど姉に似て思える。自分に似た強引さと頑なさを小田切の中に見つけ、息苦しさを覚えたという可能性はある。

姉が選んだ伊吹正典という男を思った。

小田切のような厳つさはまったく感じられず、どちらかと言えば優男《やさおとこ》にしか見えない男。罪に目を光らせる側ではなく、心の弱さから罪を犯す側に墜ちた男。

自ら進んで険しい道を歩きたがる。それが姉なのだと知りつつも、ここまでの意固地さを知らされると、愛しさだけではない複雑な感情が生まれそうになる。

僕は礼を言っておでん屋を出た。鳴らない携帯電話を見つめながら、少し考えた。

小田切と伊吹。二人の男を比べるうちに、ある違和感を覚えてタクシーを停めた。

途中で安い菓子折をふたつ買い、一昨日に訪れた北小岩のアパートへ直行した。一〇一号室から手当たり次第に呼び鈴を押した。

大家の話では、姉と伊吹はこのアパートで揉め事を起こし、何人かが部屋を移っていったという。そう言われて、伊吹の前科を恐れて逃げ出したのだろう、と勝手に思い込んでいた。

伊吹の外見は、どこにでもいる普通のサラリーマンにしか見えなかった。もちろん、見かけは普通なのに言動がおかしいから、周囲に与える恐怖感が増す、というケースは考えられた。だが、アサヒ工芸の従業員たちは、伊吹を恐れるどころか明らかに同情的な見方をしていた。見た目から恐れられるような男ではない気がする。伊吹が自ら前科のことを言いふらすとも思いにくい。

それでも、アパートの住人の何人かが揉め事をさけて転居していったという。

この事実は何を意味するのか。伊吹と小田切について情報を得たあとだからこそ、僕には不思議に思えてならなかった。

平日の昼日中に、どれだけの人が部屋にいてくれるか不安はあったが、しつこくノックをくり返した。三軒目の一〇三号室で中から返事があった。

「お休みのところすみません。上の二〇一号室におります押村の家族です。普段からご迷惑をかけていたようなので、今日はお詫びかたがた、ご挨拶の品を持って参りました」

たった五百円の菓子折だったが、狙いどおりの効果はあり、すぐにそっとドアが開いた。中から顔を出したのは、まだ二十歳そこそこの学生らしき男だった。彼は爆発したてのようなぼさぼさ頭を撫でつけるでもなく、眠そうに目をこすりながら、僕が手にした紙袋へ視線を向けた。

「大家さんから、姉がたびたび住人の方とトラブルを起こしていたと聞きましたもので。先日は夜中に警察が来たこともあり、ずいぶんとご迷惑をかけました」

まずは頭を下げたが、僕は菓子折をまだ渡さなかった。

「姉とのトラブルについてご存じでしたら、差し支えのない範囲で聞かせてください」

「トラブルといっても、おれはあんまりよく知らないから……」

「一度は喧嘩騒ぎで警察沙汰にもなったとか」

「らしいですね」

「あなたがいなかった時のことですか」

「いや、まあ、いたけど……詳しくは……」

「わかる範囲で結構です。このアパートのどなたと喧嘩になったのでしょうか」

若者はまた僕の手の菓子折を見てから、仕方なさそうに口を開いた。

「まあ、おれらも悪いんだけど。ゴミ出しのことで普段から喧しく言われてたでしょ。そしたら、今度は警察がやたらと訪ねてくるし——」

「警察が?」

「詳しくはわからないよ。でも、ほら、前科があるとか聞いたら、誰だってちょっと怖くなったりするでしょ」

急に若者が僕の顔色をうかがうような目になった。

平静を保っているのが難しかった。頬が強張っていくのを自覚しながら、深く息を吸った。動悸を抑えてから、僕は訊いた。

「あなたのところにも、刑事が来たのですね」

「おれは、ほら、あんまり例の男の人、見かけなかったし、よく知らないから、何も言ってないけどね」

「本所署の小田切という刑事ですね」

勢い込む僕を、あえてはぐらかすかのように若者は間延びする口調で答えた。

「名前は覚えてないなあ」

「歳は三十代の後半。頭は角刈り。首が太くて、がっしりとした体格の刑事ですよね」

「まあ、そんな人だったかな」

「その刑事がこのアパートに来て、姉の夫について聞き回っていったのですね」

「ええ、何度か」

何度も——。

僕は菓子折の袋をしわくちゃにした。

石橋由里やおでん屋の主人は、口を揃えて小田切を賛美した。もしかしたら本当に、彼には伊吹を追い回すべき正当な理由があったのかもしれない。

だが、仕事を追われ、姉のアパートへ転がり込むしかなかった伊吹をさらに追い回し、彼はこの住人にも聞き込みを入れていた。まるで、伊吹の前科をアパート中に広めようとするかのように。

地を這い回って獲物を囲う蛇にも似た執拗さで、小田切は伊吹を追い回していた。

純粋な正義感や仕事への熱意からだけではない、としか僕には思えなかった。

「警察沙汰というのは……」

「一〇二号室の人が、ちょっと揉めたらしくて。怖かったんじゃないかな。いろいろ聞かされてたから。で、言い合いになって、そこに例の男の人が現れたもんだから、パニクってガラス割ったりとか騒ぎになってね」

「もしかしたら、その刑事が来たことを、また別の刑事が来て、調べていきはしませんでしたか」

僕は気になってならなかったことを尋ねた。

「そういや、訊かれたかな。一昨日の夜に」

「ご迷惑をおかけしました」

少し皺の入った紙袋を差し出そうとすると、若者が言い訳でもするような口調で言った。

「でも、ほら、そんな怖い人には見えなかったし。普段から控え目な人だったから。それに、最近は見かけなくなってたし。迷惑ってほどでも――」

僕は差し出しかけた紙袋を戻して、若者を見返した。

「見かけなくなってた？　姉の夫を、ですよね」

「まあ、ええ……」

「いつから見かけなくなっていたのですか」

「いつって……。ここ最近だけど」

毎日、彼にとっては昨日をくり返すような今日をすごしているだけなのだろう。だから、時間の感覚があやふやになっているのかと思いたくなるほど、頼りない言い方だった。

「一週間ですか。それとも一ヶ月ほどのことですかね」

「そうだなあ……二週間くらいかなあ。そうそう。学校が始まって、ちょっとしてから見てないと思うから、もう二週間ぐらいになるんじゃないかな」

何とも曖昧な答えだったが、礼を言って紙袋を差し出した。若者は靴下に入ったプレゼントをのぞき込むような目に変わり、わずかに微笑みを返してくれた。

アパートの裏手にコンビニを真似たような酒屋があり、そこの主人が大家だと若者から聞いた。

ついでに彼にも菓子折を持っていったが、新たな情報は聞き出せなかった。小田切も大家のところにまでは現れていなかったらしい。

お詫びと礼を述べて立ち去ろうとすると、店の奥から中年女性が顔を出し、大家に言った。

「スエヨシさんから電話で、バイク、もう直ったって。いつでも取りに来てって」

「そうかい。修理代のこと、言ってたか」

「びっくりしちゃったわよ。八千九百二十五円だっていうから」

「そんなに取るんかい。タンクの蓋を壊されたぐらいで」

自動ドアへ歩きかけたところで、足が止まった。聞き捨てならない話に、僕は大家と奥さんを振り返った。

「タンクの蓋を壊されたんですか」

急にまた話題に入ってきた僕を見て、二人が顔を見合わせた。

「そうだけど」

「いつの話です」

「ここらも物騒になってきてね。河川敷とかに、ふらふらと若い連中が夜中に集まってきたりしてるからね」

「だから、いつです」

焦《じ》れて声を上げた僕の剣幕に驚き、大家は目を丸くしてから、後ろに貼ってあった酒蔵のカレンダーを見た。

「火曜の夜じゃなかったかな」

旦那の呟きに、横で奥さんが頷き返した。

火曜日の夜――。

姉が北進ファイナンスの事務所で銃弾を受けた日だった。

「夜に気づいたわけですね。何時ごろです」

「警察が来る前だったから、九時か、そこらじゃなかったかな」

「そのバイクはどこに置いてあったのです」

「うちの横だけど」

大家は軽く右手を上げ、ずらりと酒が並んだ棚を指さした。

僕は自動ドアを走り抜け、店の横へ回り込んだ。隣の家との間が駐車場になっていて、軽トラックが停めてあった。ここに、バイクも一緒に置いてあったのだろう。

僕は軽トラックの幌の先を見据えた。その向こうには、木造二階屋のアパートが見えた。しかも、ちょうど見通せる窓は、階段横に位置する部屋のものだった。

間違いない。姉たちが暮らしていた部屋だ。

あの窓を開ければ、ここに停めてあったバイクが真正面に見える。そのタンクの蓋が壊されていた――。

何者かが北進ファイナンスの事務所にガソリンを持ち込み、それが発砲の際に引火して燃え広がった、と聞いていた。警察の話では、社員の一人がラジコン飛行機を趣味にしていて、たまたま会社にガソリンを持ち込んでいたらしい。

だが、姉が事件に巻き込まれたその日、アパートの裏手に当たる駐車場に置いてあったバイクのガソリンタンクに異状が起きていた。

偶然であるわけがない。

僕は確信していた。

――姉だ。

17

「今、北小岩のアパートを訪ねました。そこの住人から聞き、小田切がこのアパートにまで来ていたことを知りました。それに、あなたが二週間ほど前に姉のアパートから出ていったことも。だから姉は、強引に婚姻届を出したのですね。それともうひとつ、ちょうどあの日、アパート裏に停めてある酒屋のバイクにちょっとした異状があったこともわかりました。ガソリンタンクの蓋が壊されていたのです。おそらく姉がやったんでしょう。でも、警察はまだ気づいていないようです。早く電話をください。待っています」

伊吹の留守番電話サービスにまたメッセージを残してから、しつこく大和田はつみにも電話を入れた。こちらも頑固なまでに留守番電話のままだった。あとは直接、家を訪ねるしかないのかもしれない。もちろん、彼女が何かを知っているとの保証はなかったが。

大和田はつみが仕事を持っているとすれば、まだ自宅へ帰る時間ではなかった。僕は大通りへ出て、またタクシーをつかまえた。

駅前にあった銀行へ寄って、かさむばかりの交通費を補充してから、ＪＲの乗客になった。東海工作機械の住所は大田区本羽田二丁目だった。

京浜東北線で蒲田駅まで行き、そこからまたタクシーを利用した。

東海工作機械の営業所は、地方都市の公民館のような規模の二階屋だった。総務のプレートが掲げられたドアの奥が受付を兼ねていた。

電話では退職者の連絡先を教えてくれなくとも、わざわざ出向いてきた者を追い返すのは忍びないと思ってくれたらしい。姉が事故で入院し、かつての同僚を捜している。そう泣き落としで訴えると、一人の男性社員がわざわざ村地《むらじ》幸秀《ゆきひで》の携帯電話に連絡を入れてくれた。

村地は押村千賀子という元同僚の名前を覚えていた。栄建設の矢部に、その女性社員の過去を言いふらしていた事実までは思い出せなかったようで、あっさりと僕に電話番号を教えてもいいとの許可を与えた。村地という男にとって、姉の過去はその程度の興味深さでしかなかったのだろう。

だが、おかげで僕は苦もなく村地幸秀と電話で話すことができた。

「押村さんが入院したって、何があったんです」

元同僚の身を案じるというよりは、自分の好奇心を満たそうとする声に聞こえたのは、僕の気のせいだったろう。先入観は、往々にして誤った答えを導き出す。

「事故に遭いました。それで知り合いの方に連絡を取っています。突然ですが、村地さんは、新井宗太さんをご存じですよね」

「ああ、なるほどね。彼を捜してるわけですか。新井だったら、今は設計士として独り立ちしたんじゃないかな。そう聞いた覚えがありますからね。ジュージョーとは今もつき合いが続いてると思いますよ」

「ジュージョー、ですか」

「そう、ジュージョー開発。そこで押村さんと一緒だったんですよ、僕も。新井ってのも出入り業者の一人でしてね。仕事熱心だったのは確かです。請け合いますよ」

自分が請け合えば、それで何かの証明にでもなると信じて疑わない口調だった。互いの顔が見えないせいも手伝ってか、ラフな話し方にもなってきていた。

「姉は新井さんという方と婚約までしたという話を聞きましたが。そのことは、ご存じでしたか」

「正式な婚約だったのかなあ。その辺りは詳しく知らないけど」

「お恥ずかしい話、我々家族は何があって結婚が立ち消えになったのか、よく事情を知らずにいるのです。新井さんと会う前に、少し事情を知っておきたいと思うのですが、村地さんは何かお聞きになってませんか」

できるだけ村地が話しやすくなりそうな状況を調えるために嘘を織り交ぜ、僕は低姿勢に尋ねていった。

「いやいや、僕も詳しくは知らないんですよ。女性社員の間では、ちょっと噂になってたみたいですけどね」

噂の出所は別なのだから、自分が陰口をたたいていたわけではない。村地は自己弁護の台詞を忘れずにつけ足して言った。

「どういう噂だったのですか」

「いや、よくは知りませんよ。ただ、押村さん、前にいた会社でアルバイトの子と深い仲になってしまったとか。どうも新井さんの家族が調べたようで。身上調査とかいいましたっけか。相手の家柄だとかを気にするような身内が、きっといたんでしょうね。で、アルバイトの高校生との問題が出てきた、とか……。十七歳かそこらだったとか。噂ですから、ご家族が気にすることはないと思いますがね」

かつて耳にした噂話を、立て板に水のなめらかさで相手の身内に語る男の声が、危うく素通りしかかった。

僕は携帯電話を耳に強く押しつけた。村地と直接会わずによかった、と思えた。

――あんたの姉さんには、前科があるんだろ。いくら歳下の男が趣味でも、手を出していい相手ぐらい、わかりそうなものなのによ。

吐き散らすように言った矢部弘久の声が耳の奥で反響した。

新井との結婚話がほぼ十年前のことだったという。その前に在籍していた会社での出来事なのだから、姉は二十代の前半だったはずだ。恋というものに強く憧れ、引き寄せられやすい時期だと言っていいだろう。

姉はアルバイトで会社に出入りしていた高校生と深い仲になり、それが原因で会社を変えた。新井宗太との結婚話が立ち消え、また会社を移っていった。その後、タカシもしくはタケシとかいう男と別れ、伊吹正典という殺人の前科を持つ男と暮らし、結婚を考えるようになった。胸の痛みが手や足を振るわせ、息をするのまでが苦しくなった。まさか、十七歳の高校生とは……。

姉さん――。

今もベッドで横たわる姉に向かって呼びかけたかった。どうしてあなたは、そう自らを追い込むような、人の愛し方しかできないのですか。

胸が苦しく、過去の記憶が呼び起こされた。両親を早くに亡くし、たった一人の家族と引き離されてしまったことが理由だったとすれば、やはり僕にこそ責任がある。そう思えてならなかった。

孤立した姉を、僕がもう少し思いやってさえいれば、姉の歩き方はもっと違ってきた気がする。いや、必ず違っていたとしか思えない……。

姉さん、すまない。

今さら蒸し返しても取り返しのつかない後悔が胸をふさいだ。僕は理解ある養父母たちに守られ、姉一人が嫌な役目をすべて引き受けてくれたようなものなのだから。

「いろいろ言いたがる人はいますからね。でも、押村さんは真剣だったんじゃないのかな。その子が卒業するまで待つって相手の家族に言ったとか聞きましたからね」

人に勝手な感想を言われたくはなかった。特に、姉の過去を知り合いにべらべらと吹き込むような男には。

姉はいつだって真剣なのだ。たとえ相手が誰であろうと。

遊びの延長で男と深い仲になるような人ではない。僕にはわかる。わかっている。

「あとは新井のほうが詳しいとは思いますよ。当の本人ですからね。ちょっと若い男と問題になったことがあるからって、一度決めた結婚をご破算にするなんて、男気がないっていうか、情けないっていうか……。今は結構ご活躍らしいから、もしかしたらいい顔はしないかもしれませんね。できるヤツだったのは確かだけど」

できるヤツだから、何事も割りきって問題はさけたがる。村地の頭の中では、そういう刷り込みができている。自分は成功しているとは言えないが、それは割り切れない人の良さが原因なのだと、ここでも自己弁護のにおいが芬々《ふんぷん》と漂ってきた。

電話でよかった。もし直接彼と顔を合わせていたなら、すぐにでも席を立っていた。

相手の顔が見えないから、僕は平静を装って礼が言えた。声だけだから、自分を偽ることができる。

たぶん、どれほど彼を傷つけても罪の意識は感じなくてすむ。矢部の名前を出して、彼の行為を非難したい衝動に駆られたが、相手に合わせて自分まで軽薄な愚か者になることはなかった。

携帯電話を畳んでポケットに戻すと、僕はあらためて東海工作機械の社員に礼を告げ、ささやかなロビーを出た。

鈍色《にびいろ》の空から冷たい雨が落ちていた。傘を用意していなかった。凍えるような寒さを感じた。こういう時に限ってタクシーは通りかからない。

雨を全身で受け止めながら、しばらく歩いた。

会社の仲間からは魔女と呼ばれ、増田彩は冗談まじりにサイボーグみたいだと評していた。地下鉄のホームで恋人と派手な殴り合いを演じ、殺人の前科を持つ男との結婚を強引に決めた。姉が愛おしくてならなかった。一人の寂しさに耐え、過去を引きずりつつも、今を懸命に生きてきたのだ。だから姉は、おそらく後悔などは一切していない。それが姉の生き方なのだ、と僕にはわかる。

頬を伝う雨が襟元を冷やしていった。風邪を引くわけにはいかなかった。まだ訪ねる先が残っていた。

無駄足になる可能性はあったが、年賀状を出した相手の入院を知らされても、その家族と連絡を取ろうともしない理由が、僕にはどうしても解せなかった。

見つけたコンビニで安物のビニール傘を買った。時刻は午後四時二十八分。駅までのバスを探し当て、JRと地下鉄を乗り継ぎ、板橋区蓮沼町を目指した。電話をくれないのなら、自宅前で待ち受けるまでだった。

その途中で、病院の姉に付き添ってくれている養父に電話を入れた。

「気のせいか、顔色が少しよくなってきたように見えるな」

養父は無理して明るい声を作って言った。

「脳波のほうは、どうなんだろうか」

「それは……。なに大丈夫だよ。必ず助かる」

医師である息子にかける言葉としては、あまりに裏づけと重みがなく、それを養父は自分でも自覚していた。

「ごめん。まだ戻れそうにない。あとひとつだけ用事をすませたい」

「いいさ。無理はするなよ。おまえだって疲れてるだろうからな」

伊吹の家族を捜し出せたのか。真っ先に問いたいはずなのに、養父はまず僕の体を案じてくれた。

「今、母さんも一緒なんだ」

養母が来ているとは思わなかった。もしかしたら養父が説得して、呼び寄せたのかもしれない。姪が脳死の一歩手前にあると知りながら、一度も顔を見に来ないのでは、あとになって自分を責めることにもなりかねない。

「ごめんね……」

涙を押さえ込もうとするような声だった。

養母はずるい。涙声を絞ることで、ある種の許しを請おうとしている。

「驚いたよ。姉さん、伊吹のために夜の仕事までして、彼の家族が作った借金を返してやっていたんだ」

仕事の内容を曖昧に言い、僕は真実の一部を養母にぶつけた。僕だってずるい。事実のつぶてで、今日まで育ててくれた恩ある人を攻撃している。

「凄い人だよ、姉さんは」

「そうね。今だから、わかるわ。あの子はいつも真剣だった。その気持ちはわかる。わたしにだって」

それだけ言って、養母は夫に助けを求めて電話を譲った。僕に、恩ある人をこれ以上責める資格はなかった。

「警察が今日も千賀ちゃんを守ってくれてる。だから心配はない」

「なるべく早くそっちに行くよ。じゃあ」

何の保証もない台詞を残して、僕は通話を終えた。

雨によって冷えたため息が出た。自己嫌悪を踏みつけて、駅の階段を上がった。

大和田はつみの住まいは、苦もなく探し当てられた。本蓮沼駅から歩いて五分もかからない街道沿いに建つ豪華なマンションの一室だった。エントランスの天井は高く、エンタシスを気取った意匠の柱がオートロックと見られるガラスの扉を両脇から厳《いか》めしく守っていた。

郵便受けの隣にあった呼び出しボタンを押したが、留守だった。

近くのコンビニへ寄って時間をつぶし、また呼び出しボタンを押す。それを三度くり返すと、時刻は六時をすぎ、やっと女性の声で応答があった。

「はい。どちら様です」

「突然お訪ねして申し訳ありません。昨日から電話を入れさせていただいております押村千賀子の弟です」

　返事はなかった。戸惑っているのか、礼儀知らずに憤りを抑えているのか。呼び出しボタンの横にはカメラのレンズらしきものがあるので、向こうからはビニール傘を下げた僕の疲れた顔が見えているはずだった。

「電話でも言いましたように、我々身内は姉と長いこと連絡を取っていませんでした。そこで姉に年賀状をくださった方に、最近の姉の様子を尋ねています」

　まだ反応はない。

「今少し話をさせていただいても、よろしいでしょうか」

「これから夕食の支度なんです」

　だから話せない、なのか。だから早くして、なのか。そこで声が途切れたので、切られては困ると思い、僕は早口に続けた。

「お時間は取らせません。失礼ですが、姉とはどういう――」

「中学時代に一度、同じクラスになったことがあるだけです」

「でも、年賀状をくださいましたよね」

「年末に突然、電話をもらったんです。主人を紹介してくれ、と」

「あなたのご主人を？」

「はい。何年か前に、同級生の一人から聞いたとか言ってました。それで、わたしを頼ってきたようです」

　初めて大和田はつみの声に張りが増した。

「ご主人は何をなさって……」

「はい、弁護士をしております」

　弁護士という職業に、ひとつの手応えを感じながら、僕は質問を続けた。

「姉があなたのご主人に、何か相談をしていたのですね」

「だと思います。一度、主人の事務所に来たそうですから」

　元同級生から聞いた話をもとに連絡を取り、弁護士事務所を紹介してもらった――。当然、その相談内容は、伊吹に関することだと思われる。

「ご主人の連絡先を教えていただけますでしょうか」

「どういうことなんです？　入院したとか言ってたと思いますけど……」

「はい。非常に危険な状態が続いています」

「本当なんですか？」

「はい。こう見えても僕は医師の端くれですから。もう覚悟は決めています」

　まだ彼女は疑っていた。入院を方便だと信じ込むような事情が、姉との間にあったと見える。だから、電話をくれず、今も夫の連絡先を教えようともしないでいるのだ。

「二日前の新聞を開いてもらえば、姉のことが出ていると思います。押村ではなく、伊吹という名字になっていますが」

「嘘……」

今度は声が裏返り、やっと少しは信じる気持ちになってくれたらしい。

「姉が何か、あなたとご主人にご迷惑でもかけたでしょうか」

それ以外に、これほど警戒心を見せようとする理由が思い当たらなかった。姉のひたむきさは、時に強引さにつながり、人を不快にさせる。

大和田はつみの声に戸惑いが増した。

「わたしにもよくわかりません。去年の暮れになって急に電話をかけてきて……。もう十五年近くも音信がなかったんですけど、一度お茶を飲んで、主人の事務所を教えました。それからしばらくして、一時間ほど相談して帰っていったそうですが、その時、主人が資料をいくつか貸したんです。でも、いつになっても返してくれないし、相談料の振り込みもまだだとかで。だから入院というのも、てっきり言い訳だと。自分で電話してこられないから弟さんが……」

僕は必死に姉の部屋の眺めを思い起こしてみた。本棚らしきものがあったような覚えはある。だが、そこに法律関係の書籍が並んでいたかどうかは、こちらの関心がそれとは別の方向へ振れていたため、まったく記憶の網に引っかかってはいなかった。

「姉は何か大切な相談をご主人にしたのだと思います。もしかしたらその内容が、今回の姉が巻き込まれた事件と関係しているかもしれません」

「事件……」

喉の奥へと消えるように語尾がかすれていった。

僕は力を込めて頷き、マイクへと近づいた。

「はい。姉はある金融会社の事務所で撃たれたんです」

スピーカーの奥が沈黙し、雨音だけが僕の背中をたたいた。

18

今日、何度目になるかわからないタクシーを飛ばして池袋駅へ向かった。

大和田はつみが夫に連絡を取ってくれたところによると、七時から十分ほどなら時間を割ける、ということだった。

法律事務所は駅から近いビルの二階にあった。大和田はつみの口振りから想像していたのとは違って、事務所の頭には飯塚光樹という別の弁護士の名前が謳ってあった。

書棚とパーティションで区切られた応接コーナーで実際に会ってみると、大和田一彦は三十代半ばの若さに見え、事務所を構えるほどの経験はまだなさそうだった。もちろん僕も小児科医院を開けるほどの実績はなく、人のことをとやかくは言える立場ではなかったが。

大和田一彦はすでに新聞記事をインターネットで検索したらしく、テーブルには新聞社のホームページをプリントアウトしたものが置いてあった。

「妻から電話をもらい、驚きました。千賀子さんの具合はいかがなのですか」

二月だというのに、大和田一彦はワイシャツの腕をまくり、ソファを勧めながら深刻そうな顔で僕の目をのぞき込んだ。

濡れたコートを脱ぎながら、手短に姉の容態を伝えると、大和田一彦は主導権を渡すまいとするかのように思えるほどの早口で言った。

「その後の記事が、どこにも出ていませんね。つまり犯人逮捕には至ってないと見ていいのでしょうが、警察からは何かお聞きになっていますか」

こちらのほうが尋ね事を抱えて来たのに、彼は目の動きで僕に催促までしてみせた。きっと法廷でも、この強引さを依頼人のために使っているのだ。仕方なく、僕は言った。

「犯人だという男が自首してきたそうです。金融会社に恨みがあり、銃を持って脅しに行ったところ、たまたま姉がいた、と」

「なるほど。なのに新聞が報道していない。となると、正式な逮捕はまだなのですね。つまり、会社のバックに暴力団でもいて、身代わり出頭の可能性もあると慎重な捜査をしているわけだ」

彼は独り言のように呟き、一人で納得していた。下手に相槌を打とうものなら、また質問を投げかけられそうで、僕も負けずに早口を心がけて言った。

「姉はいつ、どんな相談でこちらに来たのですか」

人には即答を求めておきながら、自分が答える番になると、彼はわざと間を取るように肘掛けへ身をあずけてから、やっと言った。

「先月の二十三日でした。こちらの都合がなかなかつかず、少しお待たせしてしまったのですが」

また一人で頷き、口をつぐんだ。弁護士という人種は、依頼人に関する情報には慎重でありたいと考える癖がよほど染みついているもののようだった。

「で、どんな相談でしたか」

「本来なら、依頼人から受けた相談は、たとえ親族であろうとも、裁判所からの命令や依頼人の許可がなければ打ち明けられない類のものです。もちろん、今回は例外の範疇に入ると、わたしも、ここの代表でもある飯塚も判断させていただきました。ですから、お話はさせてもらいます。ただし、ひとつだけ、事前にご理解をいただきたいのです」

急に持って回った言い方になった意味を考えながら、僕はひとまず頷いた。

「新聞記事から判断しますと、千賀子さんが単なる事故に巻き込まれたのではない可能性もありそうですし、警察もその可能性を否定していないように思えます。そこで、状況いかんによっては、千賀子さんが相談に来た事実、またこうしてあなたが見えられたことも、警察に伝えるべきか、という判断を、わたしどものほうでさせていただく場合があるかもしれません。そこをご理解いただきたいのです」

要するに、故意に情報を隠していた場合、やがて警察の捜査が及び、クレームなり情報提供の要請なりがあるかもしれない。そうなった時、事務所としては、警察と揉めたくないので打ち明けるしかなくなる。そう言いたかったのだ。

「僕も、もしかしたらその必要があるかもしれない、と考えていたところです」

ほう、と声には出さず、大和田一彦の口が動いた。少しは理解力のある若者らしい、と感心でもしたように見えた。

人は年齢や身なりといった見かけで、多くを判断したがる。今の僕は、安物のビニール傘を持って、コートの両肩を濡らしながら大慌てで現れた、無精髭の単なる貧相な若輩者にすぎなかった。弁護士という職業柄、彼らは多くの依頼人と接し、人の心の裏までのぞかされる日々をすごしている。たぶん、医師という職業を教えていたなら、もう少し対応は違ってきたのだろう。

「姉の相談について教えてください」

核心に入るまでで、もう約束した半分の時間を使っていた。それでも大和田一彦は急ぐ様子もなく、足を組み直して間を空けてから、悠長に口を開いた。

「具体的な事例についてはは何も話してはくれませんでしたが、共同正犯と教唆《きょうさ》犯、さらには共犯と従犯の違いについて尋ねたかったようでした」

飛び出してきた法律用語を、僕は頭の中でそっと反芻した。頼りなさを払拭するため、落ち着き払った弁護士の目を見返して、訊いた。

「共同正犯というのは、何人かが一緒に罪を犯し、ともに同じ罰則を与えられる関係にあることだと想像しますが……」

「そのとおりです」

弁護士からの補足説明がないので、僕は続けた。

「教唆とは、そそのかして人に罪を犯させること。で、共犯は何人かで罪を犯すことだ、と見当はつきます。もうひとつの従犯というのは、言いなりになって罪を犯す手助けをしたこと、と解釈していいのでしょうか」

「大まかな概念としては当たっていますが、正確とは言えませんね。共犯という言葉は、世間では一般に、二人以上の者が共同して罪を犯す行為——つまり共同正犯をもふくめて浸透していますが、法律用語としては正しくありません。犯した行為としては、確かに共犯という概念に当たるのですが、犯罪への関係の度合いによって刑罰には違いが出てきます。ですので、罪状という観点から見た場合、関与した者らが同等の責任を負うべきケースを共同正犯と呼び、教唆犯と従犯についてを共犯と呼ぶ分け方もあるのです」

難しい法律解釈を嚙んでふくめるように言われて、少しずつ姉の不安と悩みが僕には見えてきた。

伊吹はやはり何らかの罪に関与していたのだ。

姉もその事実を知るか、確信を抱くにいたった。ただ、共同正犯なのか、単なる共犯だったのか、がわからなかった。その違いによって罪の度合いは違ってくる。おそらく姉は、数少ない友人たちから聞いていた話を思い出し、十五年近くも会っていなかった大和田はつみを頼って連絡先を探し当てたのだ。弁護士である夫を紹介してもらい、伊吹の犯した罪の度合いを測るために。

「姉は納得したようでしたか」

「こちらからごく簡単な事例を出し、それぞれのケースについて話はしました。しかし、多くの犯罪は、それぞれ状況に違いがあり、一般論がそのまま当てはまらないことのほうが多いのです。それに、法律学者の立つ位置によっても見解に差の見られるケースもあります。ですから、もし本当に悩んでいることがあるのなら、ぜひとも具体的に教えてほしい、と言いました。我々弁護士は、相談者からの秘密は何があっても守りますから、とも。ですが、千賀子さんは自分のほうからは話そうとせず、より多くの具体例を教えてくれと言うばかりでした」

姉のほうから多くを語らなかった。つまりは、具体例として語る材料がなかったから、と考えていいのだろうか。

「大和田さんが出した例で、姉が興味を抱いたと思われるものはありましたか」

「どうでしたかね。千賀子さんはずっと真剣な顔で聴いているだけで。時間もなかったものですから、資料をいくつか貸してさしあげたわけです」

「姉が借りていった資料とは、どういうものなのです」

「法律関係の雑誌で『ジュリスト』というものがあるのですが、その共同正犯と従犯についての特集号と関連記事のある二冊。それに、法律学者が書いた『共犯事件における検証』と、そのものズバリ『共同正犯と従犯』という二冊の書籍です」

雑誌と書籍が二冊ずつ。その確認のためには、また北小岩へ戻らねばならないようだった。

姉は先月の二十三日にこの弁護士事務所を訪れたという。

今からおよそ二週間前に、伊吹は姉のもとから姿を消した。姉としては、もっと早く弁護士から話を聞きたかったとも考えられる。なぜなら、去年の暮れに、大和田はつみに会っているからだ。

つまり、そのころから、姉は伊吹が何らかの犯罪行為に荷担したのではないか、と確信したと見ていい。

もしかしたら、飛び込みで別の弁護士から話を聞いていたかもしれない。だが、一般論でしか答えてくれなかったはずだ。飛び込みの依頼人に、資料まで貸してくれる世話好きな弁護士と出会える確率はかなり低い。

つい先ほど思いいたった疑問が再び胸をたたいた。

本当に姉は、多くを語れる材料を持たなかったのだろうか。

資料まで借りていったからには、たとえ相手が弁護士でも口にはできない、と考える具体的な疑念があったのではないか。だから、資料を借り、自分の持つ材料と照らし合わせてみたかった。

その可能性は——ある。

では、なぜ、弁護士に具体的な例を言えなかったのか。

そこまで考えて、僕は息を呑んだ。

言えなかった理由——。それはひとつしか考えられない。

言ってしまえば、似た事件があったはずだ、と誰でも連想してしまう。そう恐れたからではなかったろうか。

ほかに口をつぐむべき理由が、僕には思いつかなかった。つまり、ちょっとニュースを見聞きしている者であれば、誰もが知っていてもおかしくない事件——そこに伊吹が関与していた。そうではないのか。

だから伊吹は、姉のアパートを出た。愛する女性に迷惑をかけないために。

それでも姉は、自分の気持ちを伝えるため、婚姻届を強引に提出した。

もう間違いはない。伊吹の新たな罪という新事実を挟んでみると、姉の行動には一本の太く逞しい道筋が見えてくる。

なんという強い人なのだろうか、姉は——。

共犯と従犯の違いについて知りたかったのだから、伊吹の犯した罪は、その境界線上にあると見ていい。だが、事件は重大なもので、多くの人に知られている。だから、今なお小田切刑事が動いている。そうも考えられた。

僕は姉がまだ支払っていない相談料を精算してから飯塚法律事務所を出た。またタクシーを飛ばして北小岩へ急いだ。

その車中から、しつこくまた伊吹の携帯に電話を入れた。

「今、飯塚法律事務所の大和田弁護士に会ってきたところです。姉は、あなたがアパートを出ていく前に、弁護士と会う約束を取りつけていました。ただ、ひと足早くあなたが自ら身を引き、アパートを出てしまった。姉はその後、弁護士を訪ね、共同正犯と従犯の違いについて説明を受けたのです。あなたがまた犯してしまったに違いない罪について、充分な知識を得に行ったのだと思います。それでも姉は、あなたとの結婚を真剣に考え、自分の信じる道を選び、行動に移した。そう聞いてもあなたの心は動かないのですか。姉はあなたを警察に突き出し、罪を償ってくるまで待つつもりで、婚姻届を強引に出したのです。そうとしか考えられません。僕はそんな姉を誇りに思います。連絡をください。ベッドで寝ているしかない姉に代わって、僕が手助けをします。姉のために、どうか連絡をください。お願いします」

運転手が聞き耳を立てていたが、かまわなかった。誰に聞かれようとも恥ずかしくなどない。僕は姉を誇りに思う。

アパートに到着すると、そのまま再び家捜しを開始した。

捜索は二分とかからなかった。ささやかな本棚の一番下に、目当ての四冊が横になって押し込まれていた。

ここにそのまま置いてあるからには、警察はまだこの四冊の意味に気づいていないと思われる。姉は被害者なのだ。彼らも、被害者の本棚までは執拗に調べていかなかったらしい。背表紙が奥に向けて差し込まれていたことも、彼らの注目を集めなかった理由だったろう。

手にした四冊のページをめくった。ところどころに鉛筆で線が引いてあったが、これは姉ではなく、大和田一彦の手によるものに思えた。雑誌の特集ページ以外の場所にも、赤や青の線が記されていたからだ。

ほかには、新聞のコピーも挟まれていなければ、気になる書き込みも見当たらなかった。ページに折り目の入った箇所もない。

姉は間違いなく、具体的な事件の内容を知っていたのだ。だから、読むべき箇所が最初からわかっていた。一人でじっくり読み解き、伊吹の犯した罪について考えたかった。

この部屋が散らかっていた理由にも納得ができる。姉は伊吹を案じていたのだ。彼を助けるにはどうすべきなのか。部屋を片づけるよりも、まず弁護士のもとへ赴き、法律について調べ、婚姻届の偽装を練った。

僕は手にした四冊をひとまず置き、アパートを飛び出した。

姉は具体的な犯罪の事実に見当をつけていながら、弁護士に例のひとつとしてほのめかすこともしなかった。それは、たとえほのめかしでもすれば、すぐに実際の事件を想起させてしまいそうだ、と恐れたからのように思える。

それほど有名な事件であれば、新聞記事を調べてみれば手がかりは得られるのではないか。やってみるだけの価値はありそうだった。

新聞記事を調べるために、タクシーを飛ばして最寄りの図書館へ向かった。

姉と伊吹が知り合ったのは、去年の二月以降だと見られる。もしその前に知り合っていたとしても、姉はまだ伊吹を強く意識してはおらず、だから小田切と会う時間を作ったのだろう。その後、六月ごろにはもう、アサヒ工芸に小田切が顔を見せるようになっていたのだから、その時点で姉は伊吹を選ぶと決めたことになる。

姉と一緒に暮らすようになってから、伊吹が新たな犯罪に手を染めたという可能性はあるだろうか、と考えた。

確かに伊吹は仕事を追われ、収入の道を絶たれていた。だが、姉がいたのだ。住むところには困らないし、姉は夜の仕事までして、伊吹の家族が作った借金を返そうともしていた。同居の女性がいながら、犯罪行為に手を出すのでは、姉に対する裏切り行為になる。姉がその事実を知ったのであれば、結婚まで考えるとは思いにくい。

姉と出会う前にかかわった事件だ。

伊吹としても家族の作った借金を返そうと考えていたが、東京へ出てきても、見つけた仕事はしがない椅子類の設計助手にすぎず、すぐ金につながる種類のものではなかった。

共同正犯と従犯の違いを姉が知りたがっていたからには、伊吹が自ら進んで手を出したわけではない、と思われる。つい仲間に引き入れられ、手を貸してしまった。しかし、その行為がもっと忌まわしい犯罪へとつながった。そう見るのが、僕には最も納得できた。

図書館の前でタクシーを降りたが、玄関の明かりがすでに消えていた。間の悪いことに閉館時間を迎えたばかりだった。

ほかに新聞記事を調べられる場所はないか。

僕は携帯電話のサイトを利用し、最も近いインターネット・カフェを探した。新小岩駅の近くに漫画喫茶があり、そこにインターネット・ブースもある、とわかった。新聞社のホームページにアクセスすれば、過去の記事をある程度は検索できる。

またタクシーに乗って新小岩駅まで急行した。

雑居ビルの地下にあった漫画喫茶に飛び込み、薄っぺらい壁で囲われたインターネット・ブースを確保した。直ちに新聞社のホームページにアクセスして、記事の検索に取りかかった。

期間はまず、姉と伊吹が一緒に暮らし始めるようになったころから一年前までとした。去年の四月から、一昨年の五月まで。

伊吹の仮釈放は五年前だ。出所後、すぐにまた犯罪行為に荷担したとは考えにくい。もしそういう男であれば、東京へ出るまでに仕事を転々とし、苦労を重ねるまでのことはなかったろう。伊吹の母親から話を聞いた限りでは、彼も懸命に更生しようとした形跡があるようだった。だが、東京へ出ても、なかなか立ちゆかない暮らしを嘆き、つい仲間に手を貸してしまった。そう考えるほうが、筋道は通る。

事件は当然、重大な犯罪行為と見ていい。

そのきっかけは、些細なものだったと思われる。たとえば盗みや詐欺などの比較的罪の軽い犯罪だ。それが何かの拍子に、人を傷つけるなどの重大な罪へと発展した。もちろん、その重大な罪を犯したのは、伊吹ではなく、仲間のほうだ。が、共同正犯と見られる可能性があった。だから姉は、弁護士から共同正犯と従犯の違いについてを聞き出したのだ。

問題は事件の発生現場の絞り込み方だった。夜中に車で移動すれば、かなりの距離を稼げる。だが、仕事を持っていた伊吹が、わざわざそう遠くまで足を伸ばして犯罪行為に荷担するとは思いにくい。

確証はなかったが、手始めとして関東地域内に限定した。どこかで条件を絞らないと、検索作業が厄介になる。

キーボードをたたき、犯人が逮捕されていない重大事件を検索していった。

予想以上に多くの事件が未解決のまま、今も残されている現実を知った。

栃木では七歳になる女の子が殺害され、群馬では老夫婦が自宅の庭へ生き埋めにされ、神奈川の山中では住所不定の若者が白骨化遺体で発見されていた。強盗事件に強姦致傷もある。おそらく記事になっていない事件は、世間にまだまだあるのだろう。

総計四十一件。この中に伊吹が関与していてもおかしくない事件が、どれだけあるか。端から丹念に記事を読んでいった。

画面をスクロールするたびに目が痛み、記事を読み進めるごとに胸がふさがった。多くの被害者の親族が、今も犯人逮捕を念じ、身内の成仏を祈りながら今日を生きている。

誘拐目的で女の子を殺害するのでは、共同正犯も従犯もあったものではない。老夫婦の住む家へ強盗に入り、逆上したあげくに殴りつけてしまうケースは起こりうるだろうが、生き埋めにするのでは、弾みによる罪への発展を越えている。生き埋めを手伝ったのでは、従犯とは考えられない。

ただ、白骨化遺体に関しては微妙かもしれない。遺体の運搬だけを手伝ったのなら、死体遺棄の共同正犯とはなるが、殺人に手を出していなければ、従犯というケースも考えられる。

この事件についてメモを取った。しかし、死体遺棄なら、姉もそう弁護士に尋ねればよかった気もする。誰もが記憶にある事件とは思いにくいし、共同正犯と従犯の境目を気にするようなものでもない。

とりあえずメモをそのままに、次の事件に移った。そこで、検索画面をスクロールする手が止まった。

僕にも覚えのある事件にぶつかった。

発生年月日は、一昨年の暮れ、十二月二十六日。東京都墨田区内の住宅地で、殺人放火事件が発生していた。

二十六日未明、吉永信夫という居酒屋チェーン社長の自宅から火が上がり、焼け跡から吉永夫妻の遺体が発見された。二人の遺体には刺し傷があり、部屋には灯油を撒いた形跡があったという。

出火前、吉永邸の近くに白い乗用車が停まっていたとの目撃証言があり、吉永夫妻は翌日から海外旅行へ出かける予定だった、とも書かれていた。
二、三日前にも、養父が物騒なたとえ話のひとつとして例を挙げた事件だった。
僕はまったく見逃していた。その吉永邸が墨田区内にあったという事実を。

墨田区業平《なりひら》五丁目――。

コートのポケットに押し込んであった地図を慌てて開いた。ページをめくる手が震えた。視線も揺れ動き、なかなか目指す住所が見つからなかった。

ようやく見つけられた。視線が釘付けとなる。

墨田区業平五丁目。そのすぐそばには、本所消防署の記号が描かれていた。

そして、そのすぐ下――つまり南には、ＪＲ総武線が走り、錦糸町駅と両国駅が控えていた。

もちろん、本所警察署もすぐそばにある。

これではないのか。

次にこの事件に関して、さらなる検索をかけた。ほかの新聞社や週刊誌のホームページにヒットした。

記事を読み進める。吉永信夫が社長を務める居酒屋チェーンでは、社長派と、その実弟である副社長派との間で内紛が続き、しかも非上場株の六割近くを社長の吉永信夫が持っているため、その息子をも巻き込んだ跡目争いが苛烈になっていた時期だったという。また、吉永自身も、中小の居酒屋を強引な手法で買収し、自社を成長させてきたので、各方面から恨みを買っていたとの記事が出ていた。

殺害されてもおかしくはない状況が、被害者である吉永信夫にあったため、警察の捜査は単なる物取りの犯行以外にも広げられている可能性はありそうだった。が、僕には何より被害者である吉永夫妻の自宅の住所が気になってならなかった。

この事件を間に挟むと、すべてが一本の糸でつながってきそうだった。共同正犯と従犯の境目が問題になりそうな重大な事件。小田切という刑事の存在。本所警察署の管内と思われるような場所での事件……。

逸《はや》りたがる気持ちを抑えて、残りの新聞記事を読んでいった。水戸市内での強盗傷害、三鷹市の郵便局での強盗もある。横浜では宝石店での大規模な窃盗事件があり、狭山市では二十六歳のOLが深夜の帰宅途中に殺されていた。だが、共同正犯と従犯の違いを気にしたくなるような事件とは思えなかった。

殺人放火事件だけが大きくクローズアップされてくる。

僕は携帯電話をつかみ取った。伊吹へ電話をかけるが、例によって留守番電話サービスにつながった。

「今、インターネット・カフェで、ここ一年ほどの新聞記事を検索しました。一昨年の十二月二十六日。墨田区業平五丁目の吉永信夫宅で、殺人放火事件が発生しています。吉永夫妻は翌日から海外旅行へ出かける予定になっていたと記事にはありましたが、何者かがその情報を仕入れて、夫妻が出かけた日だと思い込んで空き巣へ入り、二人に見咎められてしまった。慌てた窃盗犯は、夫妻を殺害したあげく、証拠隠滅のために灯油を撒いて放火し、逃げ出した。付近に不審な車が停まっていたのを、近所の人が目撃していたとも書いてありました。僕の勝手な想像にすぎません。でも、あなたがもし、その近くに停まっていたという車の中にいたとすれば……。あなたの仲間は、ただ盗みにだけ入るつもりだった。だから、あなたを見張り役として引き入れたのでしょう。そう考えると、姉が弁護士に共同正犯と従犯について尋ねていた事実にも頷けてきます。しかも業平五丁目は、小田切刑事が勤める本所警察署の近くです。小田切刑事は生活安全課だというので、どこまで吉永夫妻の殺人事件の捜査に動いていたかは、僕にはわかりません。だが、あなたは気が気でなかった。だから、アサヒ工芸を辞めて、姉のもとへと逃げ込んだ。ところが、そこにもしつこく小田切刑事は現れた」

途中で信号音が鳴り、メッセージの吹き込みが終わってしまった。もう一度かけ直して、僕は続けた。

「悟郎です。あなたは姉に迷惑をかけてしまうと考え、すべてを打ち明けてからアパートを出た。だが、姉の出した結論は、あなたとの結婚だった。姉はあなたを待つつもりでいた。刑期を終えて戻ってくる日まで。その気持ちを表すため、あなたに無断で婚姻届を出した。この先は僕の想像です。もしかしたら、吉永夫妻の殺人放火事件のことを、北進ファイナンスの関係者に知られたのではないでしょうか。だから姉が、その事務所へ乗り込んでいった。あなたを救おうとして。詳しい事情はまだわかりませんが、僕にはそうとしか考えられない。――これを聞いたなら、僕に必ず電話をください。このまま逃げていたのでは、姉の気持ちを踏みにじる結果になるとは思わないのですか。姉はあなたを待つつもりだったんです。姉のためにも電話をください。逃げていたのでは、今より状況が悪くなるだけです。すべてを打ち明けるのは怖いと思います。でも、警察に身を任せれば、少なくとも北進ファイナンスの関係者から追われることはなくなります。連絡をください。もし電話をくれなかったら、僕はあなたを一生恨み続けるでしょう、姉の代わりに」

きっと伝わる。僕の気持ちの強さが問題なのではない。姉の誠意は、伊吹正典の胸をすでにとらえているはずだった。あとは、彼を支援する者がいる、という事実の後ろ盾が効いてくる。

北進ファイナンスの関係者が病院に来たことから考えても、伊吹がまだ一人で逃げているのは間違いない。

もしかしたら、と僕は考えた。

犯人として出頭してきた芝中哲実という男――。彼こそが、伊吹を誘った張本人なのではないか。だから、身代わりとして出頭し、姉を撃った真犯人として裁きを受ける気でいるのではないのか。

二人を殺害し、放火したうえに逃げた。強盗殺人に放火と、姉への銃刀法違反に過失致死では、おそらく言い渡される量刑に大きな違いが出てくる。社員がガソリンを持ち込んでいたという証言があるのだから、不可抗力もあったと見られての減刑も考えられた。

北進ファイナンスの側にも、芝中哲実にすべての罪を負わせてしまえば都合のいい事情があった可能性もある。つまり、その関係者が、何らかの形で殺人放火事件にもかかわっていたのではないか。

このまま姉が死亡し、伊吹が北進ファイナンスの関係者の手に落ち、命を奪われでもすれば、吉永邸の殺人放火事件は闇に葬り去られる。

重い確信の固まりが胃の奥へと落ちていった。まだ隠された事情はありそうだったが、そう考えると、姉の事件に伊吹の失踪、それに小田切の存在までが密接に絡み合ってくる。かなりこの想像は当たっていそうだった。

警察はまだ姉が弁護士のもとを訪ねた事実を知らない。つまりは、小田切刑事も吉永邸の殺人放火事件に伊吹が関与していると目をつけていたわけではない、と見たほうがいい。小田切の勤務先を知った伊吹が警戒し、その事実に刑事としての習性から不審を覚えた小田切が、裏に何かあると踏んで執拗に追いかけていた。それが真相なのだろう。もちろん、姉という女性への小田切自身の複雑な想いも関係している。

再び携帯電話を握った。

このまま伊吹に姿を現す気がないのなら、警察にすべてを打ち明けるまでだった。そうなれば、伊吹ももう逃げられないと観念する。姉もおそらく、伊吹とその仲間のしでかした事件を、警察に訴え出るつもりでいたはずだった。

それでもあなたを愛している。だから、婚姻届を出しておいた。

それが姉の愛し方なのだ。

僕にはわかる。姉は愛する人を警察に突き出すつもりでいたからこそ、いつまでも待つという意思表示のために、会社の同僚を半ば脅すような真似までして婚姻届を強引に出しておいたのだ。

姉の愛し方には、一本の太く逞しい信念が貫かれている。

心底から姉は、伊吹正典という男を愛していた。この先の人生を託そうと思える相手と巡り会えた。

姉の気持ちを無駄にするわけにはいかなかった。ほかに方法は思いつかない。警察へ訴え出る前に、もう一度説得を試みるべく、伊吹の携帯の番号を押そうとした。

その瞬間――

手の中の携帯電話が鳴りだした。

19

着信表示に目が吸い寄せられる。そこには、今日一日でずいぶんと見慣れた番号が並んでいた。

伊吹正典からの着信だった。

「はい、悟郎です」

耳を澄ましたが、名乗りを上げる声は返ってこなかった。

「伊吹さんですよね。電話をしてくれて、ありがとうございます」

それでも返事はなく、こちらの息づかいを確かめでもするかのような沈黙が続いた。

携帯電話を引き寄せ、僕は前かがみになった。

「今どこです。僕はまだ新小岩のインターネット・カフェにいます」

電話をくれたのだから、彼にも話したいことがあるのだ。ここは腰を落ち着けて、伊吹の気持ちを解きほぐすほかになかった。

「初めまして、伊吹さん。僕は今、姉という人の素晴らしさを、あらためて実感しているところです。姉のような生き方は、とても僕にはできない。姉は十代のころからずっと、そうやって一人で生きてきたんです。でも、やっと残りの人生を一緒に暮らしていけると思えた人と出会えた。だから、姉は婚姻届を出し、あなたを警察に突き出そうとした」

「聞いたよ、君のことは……」

写真を見て想像していたとおりの、わずかに気弱さを漂わせた声だった。逃げているという状況はあるにせよ、まさに小田切とは対局の位置にいる男の声に聞こえた。おそらくは、強引さとは無縁の、周囲に気を遣いすぎるタイプの男なのだ。思い詰めて考えてしまうたちで、だから妻の裏切りにも冷静ではいられなくなった……。

「まだ北進ファイナンスの連中に捕まってはいないですよね」

「聞いたんだよ、彼女から……。泣きながら、彼女は君とのことを打ち明けてくれた」

携帯電話を持つ手が震えた。言葉が喉の奥でからまり、声にならなかった。

「凄い人だよな、彼女は……。こんなおれのために……」

「今どこですか」

懸命に動悸を抑えて、僕は声を振り絞った。

伊吹は答えなかった。

「今どこにいるのか教えてくれないのなら、僕が姉に代わってすべてを警察に打ち明けます。そうあなたに告げようと、電話を手にしたところでした」

「まったく……姉弟そろって、強引すぎる」

嘆きではなく、どちらかといえば諦念を感じさせる声に思えた。僕は言った。

「姉には敵いませんよ。でも、今の僕は、あなたを助けるためなら何だってする。姉が望んでいたことを、必ず果たすつもりでいます」

「驚いたよ、彼女からの伝言を聞いて。まさか本当に婚姻届を出すなんて。それでも迷っているうちに、あのニュースだ。彼女の名前は伊吹になってたし、北進ファイナンスの事務所で撃たれたっていうし……。次は自分の番になる。彼女を今すぐ見舞ってやりたいのに、病院へ行けば、必ずやつらが待ち受けている。そう思うと、おれは怖くて動けなかった。今すぐ会って顔を見たいのに……。なんて薄情な男なんだろうって情けなくて、ね。彼女はこんなおれと結婚してくれたっていうのに……おれは、彼女のもとへ駆けつけられなかった。彼女が北進ファイナンスへ行ったのは、おれがらみのことに間違いないってわかってるのに……。彼女はやつらのところへ乗り込んで行けた、なのに、おれは……怖くて、何もできずにいた」

「姉の向こう見ずには、年季が入っていますからね。僕にだって、姉のような勇気はとても持てない。……知ってますか、姉が小田切と知り合ったきっかけを――」

「ああ。それも聞いたよ。彼女はすべてを話してくれた。最初の会社で、アルバイトの高校生と問題を起こしたことも、婚約破棄も、何もかも……」

姉は凄い。

罪を犯したことがあるのは、あなただけじゃない。そう訴えるために、姉は愛する人の前で自分のすべてをさらけ出してみせたのだった。

僕にはとてもできない。姉のような勇気はない。二宮真尋に真実を語る勇気はなかった。

「どこかで会って話しませんか」

伊吹の声が途絶えた。

「会ってくれないのなら、姉に代わってすべてを警察に打ち明けます」

「どうせ会ったところで、警察に言う気だよな」

「――はい。でも、よく考えてください。警察はまだ例の事件の顚末を知らないはずです」

「そうだろうな……わかってはいるんだよ」

「小田切はたぶん、個人的な理由からあなたを追い回していただけでしょう。ですので、今あなたのほうから警察に出頭すれば、それは自首扱いとなり、そのぶん必ず早く姉のもとへ戻ってこられます」

「なあ、彼女、大丈夫なのか」

「姉のことですから、頑張ってくれますよ。僕はそう信じています。姉のためにも、あなたが早く戻ってきてくれないと困る」

嘘が声に表れないようにと祈りながら、僕は語りかけた。かなりの確率で姉は脳死に近づいている。そうと知ってしまえば、たぶん伊吹は出頭しない。

「また刑務所へ逆戻りか……」

「あなたは車の中で見張っていただけだった。そうですよね」

「警察が信じてくれるかな。やつとおれしか知りようがないことなんだ。何しろ家は燃えてしまったから、空き巣に入ったのはやつのほうだったという証拠もなくなっている。やつは、おれも現場にいたって言うに決まってるさ。いや、やったのはおれのほうだと言いだすかもしれない。何しろおれは、もうすでに一人を……」

「やつとは——芝中哲実ですね」

息を呑むような間が空いた。

「そこまでわかってるのか」

「でないと、姉の件で出頭してきた理由がわかりません」

事件の状況から見て、北進ファイナンスの関係者は身代わりになれなかった。もし背後にいる暴力団の一員であれば、裏にもっと複雑な事情があると警察に判断され、執拗な取り調べを受けてしまう。一見、無関係と思える芝中哲実こそが最も都合のいい身代わりでもあったのだ。

しかも芝中は、隠された真相を何があっても警察に打ち明けるわけがないという保証もあった。殺人放火の件があるからだ。両者の思惑は一致した。北進ファイナンス側は被害者の一員となれるし、芝中も殺人放火とは比較にもならない過失致死と銃刀法違反の罪で裁かれるだけになる。

「あいつは窃盗の常習犯だった。刑務所で一緒になった村田っていう男の知り合いで……。二人は何度か組んで仕事をしてたらしい。その村田が、たまたま足を怪我して動けなくなった」

「それで代わりの者を探している時に目をつけられた、と」

「村田から夜中に呼び出されて、芝中を紹介された。仕事の話はちっとも出なかったよ。冗談が好きな男で、工事現場を渡り歩いてるとか言ってた。それからしばらくして、芝中からまた会わないかと誘われた。その時はただ車の運転を頼まれたんだ。嫌な予感はあったのに、つい荷物を運ぶ手伝いだと言われて……。途中で芝中が急に手提げ鞄を抱えて車を降りていったから、まずいとは思ったんだ。けど、もう遅かった。これで仲間だと言われて、つい何度か……」

「何度、手を貸したんです」

「三度だけだ。あいつは、北進ファイナンスの原山から情報を買ってたらしい」

原山――。確か焼死体で発見された北進ファイナンスの従業員の名前だ。

「情報というのは、盗みに入れそうな先のことですね」

「ああ。金貸しっていうのは、元手になる金を出資してくれる者がいないと営業できない。で、誰がどの程度の金をため込み、自宅に置いているとかいう情報が集まってくるんだとか言ってたよ」

その情報を原山は密かに売り渡し、小金稼ぎをしていた。それを芝中哲実が自分の仕事に利用した。

「どういうわけか、その情報が間違ってたらしい。芝中が慌てて例の家から戻ってきたかと思うと、すぐに車を出せって、やけに力んで叫ぶんだ。あいつは何もなかった、そう言い張ってたけど、あの慌てぶりは尋常じゃなかった。翌日の新聞を見て、ようやく理由がわかったよ。いるはずのない住人がいたんだ。だからあいつは慌てて二人を……あげくに火をつけ、逃げ出した……」

「そう警察に訴えればいい。あなたは手を下していなかった。あくまで空き巣の共犯にすぎず、吉永夫妻の殺人放火には関係していない」

「誰が信じるんだよ……。おれには前があるんだ。警察が信じるものか……」

伊吹でなくとも、確かに考えてしまう。状況は限りなく悪い。真相を知るのは、伊吹と芝中、二人しかいない。

「ずっと芝中からは連絡がなかった。自分のしでかしたことに恐れをなして、もう仕事からは足を洗うつもりなんだとばかり思ってた。――ところが、去年の暮れになって、急にやつが現れた」

もうその時、伊吹は姉と一緒に暮らしていた。だから、姉に気づかれてしまうことになったのだ。

「やつはおれの実家を探し出し、携帯の番号を聞き出したんだ。君と同じようにして」

伊吹の母親との会話を、僕は思い出した。確か同窓会のための問い合わせがあったと言っていた。あれは元クラスメートのふりをした芝中哲実だったらしい。そうとは知らず、伊吹の母親は彼に連絡先を教えてしまった……。

「また仕事の誘い、でしたか」

「ああ。それも、とんでもない仕事の誘いだった」

声がわずかに震えていた。

僕はうながさずに、彼が落ち着きを取り戻すのを待った。

「――あいつは、恐ろしい仕事を原山から押しつけられたんだ」

伊吹と芝中のほかにも、吉永邸での事件の真相に気づいてもおかしくない男がもう一人、いた。芝中に情報を売っていた原山だ。

吉永が自宅に小金を貯め、年末には旅行へ出るとの情報を原山は握っていた。彼からすれば、殺人放火事件が発生し、急に芝中との連絡が途絶えれば、何があったかは考えるまでのこともない。

殺人放火事件の真相に気づいた原山は、組織の力を使って芝中を捜し回り、その網にかかってしまった、というわけなのだろう。

「人の――死体を処分する仕事だと言ってた。村田のほうは足を悪くして実家に戻ったらしい。やつにはもう、おれのほかに頼れる者がいなかった。あいつは一人でやるのが怖くて、おれの前に現れたんだ」

だから伊吹は、姉のもとから離れていった。

「まさか、手を貸したんじゃ……」

「冗談じゃない。もう冷たくなった人を前に、おたおたするのは沢山だよ。だから、逃げたんだ。それが、こんなことになって……」

「どうして姉は、北進ファイナンスに……」

「芝中に決まってる。あいつがおれを誘い出すため、彼女を脅したんだよ。君は何も関係ないから、どんな話があろうとも無視していればいい、そう言ったのに……」

だが、姉はガソリンを用意までして、北進ファイナンスの事務所に乗り込んでいった。

姉にとって、決して無視できない脅しがふくまれていたとしか思えない。たとえば、伊吹の居場所を隠すのなら、その家族にまで危害を与える、などの脅しだ。両親を早くに亡くしていた姉だから、身内を守ろうとする意識は強くあったと思えてならない。

もちろん、その時点で姉は、伊吹を警察へ告発するつもりでいた。脅しのような誘い出しを受け、北進ファイナンスではなく、警察署へ行く道も考えたはずだ。だが、警官たちがすぐに動いてくれるという保証はなかった。たとえ姉の話を信じたにせよ、彼らが動くのは、殺人放火事件の捜査に集中する。

そうなった場合、芝中や原山は、伊吹にすべてを押しつけるつもりで、彼の家族を人質に取ってでも、伊吹の誘い出しにかかってくる。そう姉が主張しても、警察は前科を持つ者には冷たい反応を見せる。小田切の行動を見ていた姉には、警察への不信感が芽生えていたはずなのだ。

だから姉は、自らの危険をかえりみず、まず伊吹の家族に迷惑が及ばないよう、芝中たちとの話し合いを優先させようとした。

つまり姉は、伊吹が芝中から持ちかけられていた新たな仕事の内容について、詳しくは聞かされていなかったのだと思われる。その恐ろしい仕事について知っていれば、何より警察へ行ったはずだ。姉によけいな心配をさせまいとした伊吹の配慮が仇《あだ》になった形だった。

「どうして……」

伊吹を非難しそうになった声を押し戻し、僕は力任せに携帯電話を握りしめた。

「すまない。今さら言っても仕方ないが……。臆病なおれがいけなかったんだ」

伊吹がまた低くうめいた。

原山と芝中にとっても、伊吹が姿を消したのは誤算だったろう。すでに芝中は伊吹に新たな仕事の内容を打ち明けていた。逃げ続けてくれるならまだいいが、もし警察に捕まりでもすれば、自分らの新たな仕事の件が明るみに出てしまう。北進ファイナンスにとっても、芝中にとっても、最もさけねばならない事態だった。

もしかしたら彼らは、伊吹が小田切という刑事に追い回されていた事実をつかんでいたのではないだろうか。だから、姉を誘い出すという強引な手にまで出て、伊吹の確保を図ろうとした。怖じ気づいて逃げ出した伊吹を始末するしかない、と考えて。

姉も、当然ながら危険な賭になるとわかっていたから、ガソリンを持ち出し、自らを守る手段とした。だが、相手は銃を用意し、姉を脅した。話し合いにはならず、姉はただ逃げ出すためにガソリンを撒き、血迷った原山かその仲間が発砲し――。

姉がいくら無鉄砲な性格でも、一人で暴力団事務所となっていた金融会社へ乗り込んでいくのは無謀すぎる。もしかしたら……。

ひとつの想像が浮かんだ。

姉は小田切を呼んでいたのではないだろうか。彼なら、たとえ多くを語らずとも、姉の依頼に応えてくれそうでもある。

相談事があるから……。そう言って待ち合わせていた可能性はあるかもしれない。刑事がビルのすぐ外にいる。そういう後ろ盾があるから、姉は乗り込んでいけたのではなかったか。

北進ファイナンスの連中が伊吹の家族に手を出すかもしれない。それを防ぐには、自分が彼らに脅されている現場を見せるのが一番だ。そうすれば、前科者に冷たい警察でも、きっとすぐに動いてくれる。

だが、相手は姉の予想を超えて銃を手に待ち受けていた。助けを呼ぶ間もなく、姉は撃たれ、その拍子でガソリンに引火し、火災になった。

小田切は近くにいながら姉を救えなかった。だから警察から離れて一人で動く決意を固めた。そもそも刑事が組織を離れて動くなど不自然だった。が、姉から呼び出されていたとなれば、意地でも犯人逮捕に動こうとする。捜査本部は王子署に置かれ、本所署に所属する小田切には、組織の壁があって手を出せない。だから一人で行動していたのだ。新井宗太を伊吹と誤認したのも、焦るあまりのミスだった。そう考えれば、姉の無謀さも、少しは思慮ある行動であり、やむをえない選択でもあったのだと思えてくる。

「僕と一緒に警察へ出頭しましょう」

「芝中が単独犯だと認めるものか」

「迷っている時間はありませんよ、伊吹さん。あなたがこうして逃げ回っていることは、彼らにとっても都合がいいはずなんだ。力ずくであなたを見つけ出せれば、次の手は打てますからね。いいですか、北進ファイナンスの連中も、すでに別の殺人を犯しているんだ。その後始末に芝中を使っていた。もしかしたら、遺体の始末を頼んだのは、一人や二人じゃないかもしれない。だから、何としてでも事件の真相を知るあなたを始末したいと考えている。わかりますよね」

返事はなかった。置かれた状況の悪さに、彼はまだ恐れを抱いている。

「今日、僕はあなたのお母さんに会ってきました。おそらく、警察もあなたの立ち寄りそうな先だと考えて、あなたの実家を見張っていたんでしょう。だから、幸いにも北進ファイナンスの連中も、あなたの家族には手を出せずにいた。でも、このままあなたが逃げ続けていれば、警察としても実家の監視をいつまでも続けるわけにはいかなくなる。そうなった時、あなたの家族に危険が迫るはずです。北進ファイナンスの連中は、姉の入院先にも現れました。あなたの家族を見張っていないわけがない」

返事はまだない。息づかいさえも聞こえてこない。

「伊吹さん。姉の想いを無駄にしないでください。姉は間違いなく、あなたの家族を守ろうとして、北進ファイナンスとの話し合いに応じるしかなかったんでしょう」

長い吐息が聞こえた。伊吹はまだ悩み、迷っている。

北進ファイナンスの連中に捕まったのでは、命がない。だが、警察へ出頭しようにも、殺人放火の件がある。共同正犯と見なされれば、すでに一人を殺している身の伊吹には、極刑という最も恐ろしい事態にもなりかねない。

彼には逃げ続けるしか道はなかったのだ。銃弾に倒れた愛する人を見舞うのでは、火中に飛び込む夏の虫となる。北進ファイナンスと警察、両者が病院には待ち受けているのだから。

「あなたが出頭しないのでは、姉は何のために銃弾を受けたんですか。目を覚ましてください、伊吹さん」

「わかってるんだ。頭ではわかってるんだよ」

「今どこです」

「――秋葉原の裏通りだ」

「秋葉原ですね、わかりました。今すぐ、そこへ行きます。動かないでください」

僕は狭苦しいインターネット・ブースを飛び出した。

「この電話は切らないでください。僕が今すぐ駆けつけますから。それまで、こうして話していましょう。……そうだな。姉とどうやって知り合ったのか、僕に教えてください」

僕はレジへと駆け、料金を精算しながら、伊吹正典への話しかけを続けた。

彼はまだ怯えている。警察へ出頭し、自らの罪に向き合うことを。芝中哲実に偽証され、殺人放火の罪まで着せられてしまうのではないか、と。

釣りを受け取るのももどかしく、漫画喫茶のドアを抜け、地上へ飛び出した。傘を忘れていたが、かまわず大通りへ向けて走った。

新小岩から秋葉原。そう遠い距離ではなかった。

どこか近くでパトカーのサイレンが鳴っていた。僕は雨をついて走りながらタクシーを探した。

「いつも彼女には迷惑をかけてばかりだ……」

「姉は迷惑だなんて思ってませんよ。人から頼られるのを、何より生き甲斐にしているような人ですからね」

通りかかったタクシーに手を上げ、素早く乗り込みながら携帯を手で覆い、秋葉原駅と告げた。

「あの時も、彼女は僕を助けてくれた」

「最初に出会った時のことですね」

「ああ……。休みの日でも、どこへ行くという当てはなかった。多少の金を使えば、時間はつぶせたけど、借金を返すためには、できる限り出費を抑えないといけなかった。だから、献血ルームで暇つぶしをするようになってた」

「献血ルームで？」

「そうだよ、献血ルームだ。こんな自分でも少しは世間の役に立てるし、あそこなら金がかからずに時間がつぶせる。ビデオやＤＶＤが観られるし、ジュースだって提供される。知らないのか、君は」

知らなかった。医者の端くれであり、輸血用血液を時に使う仕事に就いていていながら、僕はその血液がどうやって集められるのか、一般的な知識しか持っていなかった。学生時代に友人たちと何度か献血をしたが、最近はご無沙汰になっていた。献血ルームのサービス内容までは知らなかった。

「血を差し出して時間つぶしをする若者たちで、献血ルームは結構にぎわってるんだよ。彼らの中には、おれと同じように、金がないから暇つぶしに来てるっていう連中も多いみたいだったな」

電話の向こうで、列車の走行音らしきものが聞こえた。高架線に近い場所に、伊吹はいる。

「彼らからすれば、おれはうらぶれた中年に見えたと思う。正直、汚い格好をしていたしね。きっと、日雇い仕事にあぶれたその日暮らしのホームレスにでも見えたんじゃないかな。いつまで居座るつもりだ。ビデオの前を空けろって、凄まれたよ。息子でもおかしくないような十代の若者たちに。おれはすごすごと席を立つしかなかった。そうしたら、横から怒鳴り込んできた女性がいた」

姉だ。ここでもまた自ら揉め事の渦中に突き進んでいったと見える。

「驚いたよ。正直おれは、どうでもよかった。揉め事だけは、もうたくさんだった。だから、献血ルームから出ていこうとした。背中を丸めて、すごすごと、ね。ところが、急に女性がしゃしゃり出てきて、おれのために反論を始めた。この人は誰にも迷惑をかけてない。あんたたちのほうが、よっぽど周囲に迷惑をかけている。我が物顔で笑い合って大声でわめき、係の人にも注意をされていたじゃないの。なのに反省どころか、自分たちがビデオを観たいからって、この人を追い出そうとするなんて勝手がすぎる。あんたも言い返したらどうなのよ。おれにまで、その人は突っかかってきた」

その時の姉の姿が見えるようだった。姉はその少し前から、うずうずしていたに決まっている。周囲に迷惑をまき散らしながら、我が物顔をして恥じない若者たちの傍若無人さに。

「クソババア呼ばわりされても、彼女は少しも動じなかった。飲みかけのジュースやお茶が飛び交い、騒然となった。おかげで警察まで呼ばれたんだが、彼女は駆けつけた警官にまで食ってかかった。こっちは被害者なんだ、と」

伊吹が小さく笑った。僕も微笑んでいたと思う。

「痛快だったよ。彼女には、自分が間違っていないとの信念があるから、堂々と自分の意見が言えたんだな。おれは彼女が眩しく見えて仕方なかった。自分には、もう縁のない生き方だと思えたから」

妻だった女性を思いあまって殺し、殺人放火事件の片棒までをいつしか担がされていたのだ。決して陽の射さない場所を、背中を丸めながら息をひそめて生きる以外にはない、と悩んでいたに違いない。

僕にも姉の生き方は眩しく見える。

「多くの人が見ていたから、おれと彼女はすぐに解放されたよ。でも、もう献血ルームにいられるわけがなかった。おれは彼女の眩しさから目を背けてエレベーターへ歩きだした。そうしたら、後ろから声がかかったんだ。どうして、あんな馬鹿な連中にひと言も反論しなかったのか、と。

振り返ると、それは怖い顔して、彼女が立ってた」

「僕も昔、散々言われましたよ。どうして自分の意見を堂々と言わないんだって」

胸の痛みがぶり返した。そう。僕は養父母の顔色を見て、自分の意見を口にできなかった。姉と一緒に暮らしたいのだという、ごく自然な感情さえも胸の奥底へ押し込んでしまった。

僕は自分でわかっている。姉を頑なにさせたのは、誰でもない。何より僕の優柔不断さなのだという事実を。

人の顔色を見るばかりで、自分の意見を口にできない男を見ると、姉がたまらなく怒りを感じるのは、間違いなく僕のせいだった。

「言えるわけがないって、言い返したんだ、彼女に」

また少し笑いをふくんだ声になっていた。電話の向こうで遠くパトカーのサイレンらしき音が聞こえた。

「当然、なぜ言えないんだって訊き返されると思ってた。そしたら急に、ごめんなさい、って言うんだよ。そうよね。世間に反論できない過去を持つ人だっているわよね。そう言うんだよ、彼女は」

もしかしたら今、伊吹は一人で泣いているのかもしれない。もう姉とは会えない事実を、彼は予感している。僕にはそう思えた。

「あとになって、彼女は言ったよ。あの時のおれの目を見て、すぐにわかったって。自分と同じく、罪を犯したことのある人なんだって」

僕は何も言えず、携帯電話を握りしめた。言いたくても言えない言葉が、胸の中に巣くう一匹の竜のように渦巻き始めていた。

「ああ、この人にはわかってもらえそうだ。おれは身勝手に思ったんだ。もしかしたらこの人も、自分と同じく、少しでも何かの役に立てればと思い、この献血ルームに来てたのかもしれない。こういう人なら、過去を忘れて話せそうだ。そのとおりだったよ。本当に、この一年は幸せだった」

「伊吹さん。今、秋葉原のどこです」

電話を切られそうな予感に、僕はタクシーの車内で一人声を上げた。運転手が気にして、素早く僕を振り返った。

「こんなおれにつくしてくれる人がいたなんて。すべてを打ち明けたっていうのに……。彼女は泣いてくれたよ。おれの話を聞きながら……。本当に幸せだった」

「運転手さん。秋葉原の献血ルームがわかりますか」

僕は叫んだ。伊吹は今、姉との出会いを思い返すために秋葉原へ足を運んでいたのだ。

運転手がわずかに僕のほうを向いた。

「駅の近くに、血液型を書いた看板が立ってたと思うから、あそこらへんだとは……」

「急いでください」

携帯を覆って素早く言うと、僕はまた伊吹に呼びかけた。

「メッセージにも吹き込んだと思いますけど、姉の病状は安定してきてます。あなたが戻ってくるまで、姉のことですから、頑張ってくれますよ」

「おれと出会ったのがいけなかったんだよ。いや、あの時、おれが誘っていなければ、彼女はもっと幸福でいられた」

「違います。姉はあなたと幸福をつかみたかった。だから、婚姻届を出したんです」

「ありがとう。君も彼女に似て、優しい人だな」

「違います。僕は姉のような生き方ができなかった。優しいどころか、冷たい人間ですよ。姉には、あなたが必要なんだ。姉はやっと幸せを手に入れられた」

「嘘でもそう言ってもらえると、心苦しさが軽くなる」

「嘘じゃない。僕が知る限り、姉はずっとまともな恋愛ができなくなってた。高校生の男の子と深い仲になり、自分でもよくないとわかる男に入れ上げたり……。姉は、もしかしたら人の愛し方がわからなくなっていたのかもしれない。それというのも、僕が姉を受け止めなかったからで……。でも、あなたは姉を受け止めたんだ。そうですよね」

姉にはきっと、伊吹の犯した罪の重さが実感できた。伊吹も同じだったのだと思う。姉を眩しく思い、姉のすべてを受け止められた。罪を犯した者だからこそ。愛し方が下手で、悩み多き者たちだったからこそ理解し合えた……。

傷ついた者同士が互いの傷を舐め合うような愛し方だったのかもしれない。でもそこには、二人にしか得られない安らぎがあったはずだ、と僕にはわかる。

「おい、伊吹」

急に伊吹以外の男の声が、電話の奥で聞こえた。

秋葉原の街中で、伊吹を呼び止める男の声。続いて、小さなうめきと何かの擦れ合う音が携帯電話のスピーカーを揺らした。

「どうして……」

伊吹の叫びが遠のき、ガチャリと金属音が鼓膜を打った。携帯が路上に落ちた音だ。

偶然と必然について思いを巡らせるのは、これで何度目になるか。伊吹の知り合いが、たまたま秋葉原の路地を通りかかる確率はゼロではないだろうが、有無を言わさぬ声は威圧感に満ち、ただの知人であるわけがなかった。

なすすべもなく携帯電話を見つめた。もう通話は切れていた。

「運転手さん、急いでください」

「あともうちょっとだけど……」

「とにかく急いで。人の命がかかってるんだ」

僕は携帯電話を握り、窓の外に視線を振った。電気街のネオンがもう間近に見えていた。

警察が伊吹の立ち回り先を張っていたとも考えられる。だが彼らに、姉と伊吹の出会いの場所を知るチャンスがどれだけあったか。

姉のアパートに二人の献血手帳が残されていれば……。いや、警察が献血の記録などに興味を抱くとは思いにくい。

北進ファイナンスの連中が二人の思い出の場所を知っていたとも考えにくい。では、どちらの側が伊吹を見つけたのか。祈る思いで僕は電気街のネオンを見つめた。

万世橋を渡ったところで信号につかまった。秋葉原駅はもう目の前だった。五千円札を運転手に投げつけ、勝手にドアを開けてタクシーを降りた。

雨がまた強くなっていた。すぐ左横が警察署だったが、立ち寄って応援を求めているような時間はなかった。信号が切り替わる瞬間を狙い、降りしきる雨を裂いて交差点を斜めに突っ切った。クラクションが連打された。無謀な横断を試みる通行人を力ずくで跳ね飛ばして交通ルールを教え込もうという勇気ある運転手はいなかった。

どこだ。どこにいる。献血ルームはもう閉まっているだろう。伊吹も電話で裏通りにいると言っていた。

おそらく、二人で最初に足を運んだ喫茶店か飲み屋の近くにたたずみながら電話をしてきたのではないか。

電気製品の段ボール箱を抱えた中年男性。ウサギのような長い耳をつけたビラ配りの女の子。学生らしき若者のグループ。彼らを突き飛ばしながら、目についた路地に走った。

小さな電気屋の横に、何の商売をしているのかわからない怪しげな構えの店があった。ビルの壁には喫茶店らしき看板も見える。若いとは言えなかった二人が通うような店がどこにあるだろうか。

雨の中を駅から北へ走った。広場を抜けた先で足が止まった。路肩に頭を突っ込むような乱暴極まりない停め方をした一台の車に気づいた。

屋根の上に、取り外しが可能な回転灯を載せた車だ。

警察の覆面車というやつだった。今もランプが赤く光って回り続け、その先に見える人だかりを赤く染め上げていた。路地前に集まる傘の群れが大きく揺れ動いている。

一目散に駆け寄った。野次馬を強引にかき分けた。何すんだよ。非難の怒声を聞き流して、僕は路地の奥へと進み出た。威嚇《いかく》の叫びが耳をついた。

「おらおら、どけ。見せ物じゃねえぞ。警察だ。ほら、向こうへ行け」

色鮮やかなネオンを反射して光る路上に、仁王立ちして黒い手帳を振りかざす男がいた。ベージュのコートは雨をたっぷりと吸い、手帳を振りかざすごとに、しぶきが飛んだ。

彼の足元には、ボロ雑巾のようになった男が仰向けに横たわっていた。全身濡れ鼠で、ぴくりとも動かなかった。写真で見た面影はなく、無精髭が頰を覆っているため、すぐには誰かわからなかった。裂けた唇から滴る血が、水たまりの色を変えようとしている。

手帳を振りかざす男の剣幕に、野次馬の群れがわずかに引き下がった。僕は反対に、男の前へと足を踏み出した。

野次馬を威嚇していた小田切刑事が、やっと僕に気づいて視線を振った。

「案外、早かったじゃないか」

意味がわからず、僕は小田切の濡れた微笑みを見返した。

「あんたのおかげで、こいつを逮捕できたよ。自首だなんて冗談じゃない。あんたがどう思おうと自由だ。けど、こいつは殺人放火犯だよ。もう二度と刑務所から戻ってこられやしないだろうさ」

小田切の頬を醜く彩っている笑みは、世の治安を守る刑事としての使命を果たし終えた満足感からでは、絶対になかった。異様に光る目が僕をとらえ、また笑みが頬へと広がった。

「……あとをつけ回していたんだな」

今さら気づいた間抜けを嘲笑《あざわら》うように、小田切の薄い唇の両端が吊り上がった。

雨に濡れた体が冷えていった。まんまと、してやられた。彼はおでん屋に居座るヤクザを追い払った時と同じ手を使ったのだ。すでに自分は顔を知られているから尾行は難しい。そこで部下を使い、僕の尾行をしていた。

部下から逐一連絡をもらっていた小田切は、僕が出ていったあとで法律事務所を訪ね、大和田弁護士から話を聞いた。あの漫画喫茶のインターネット・ブースの隣にも、おそらく彼の部下がひそみ、耳を澄ましていたのだ。しかも僕は、自分が使っていたパソコンのスイッチを切らずにブースを飛び出していた。履歴を見れば、僕が何を調べていたのかは一目瞭然。しかも、間抜けな尾行対象者は、精算をすませながら伊吹との電話を続け、彼が秋葉原にいることまでを大声でしゃべっていた。

「ご協力、感謝するよ」

滴る雨をぬぐいもせず、小田切がまた満ち足りた笑みを送ってきた。

「あんたは姉に呼び出されたんだな。あの北進ファイナンスの現場に」

小田切の目に気後れが走ったのを、僕は見逃さなかった。

「だったらどうして北進ファイナンスの連中を痛めつけない。あんたは標的を間違ってるんだ」

「こいつは殺人犯だぞ」

小田切が、水たまりに倒れたままの伊吹の肩口を靴の先で蹴り飛ばした。伊吹がうめき、うつろな目が半開きになった。

「本部のやつらも喜んでくれるよ。おら、野次馬は散れ」

集まりかけた人の群れに手を振り、また小田切がうそぶいた。

僕は気づいた。逮捕したと言っておきながら、路上に横たわる伊吹の両腕に手錠がかけられていない事実に。

「逮捕したのに手錠がどうして、ない」

雨に濡れた小田切が動きを止め、目だけで僕を睨みつけてきた。

「手錠を持ってないんだな、あんたは」

だったらどうした、と傲岸さを誇りでもするような目が向けられた。

真っ向から見返し、僕は言った。

「あんたは謹慎処分を受けていたんだ。個人的な理由からその人を追い回したから。しかも、北進ファイナンスの近くにいながら、逃げ出した連中を見逃してしまった」

「刑事が犯人を追って何が悪い」

「嘘を言うな。あんたが追い回していた時にはまだ、殺人放火事件のことは知らなかったはずだ。あんたはただ、まったく見当違いの怒りをぶつけた。姉に振られた腹いせから」

なぜか勝ち誇ったような笑みが、小田切の濡れた頬を埋めていった。

「犬畜生のくせに、大きなことを言うじゃないか」

薄汚い言葉が胸を貫き、僕は身動きできなくなった。

この男は――。

「どうしたよ。威勢のよさが消えたぞ。やっと自分のしでかしたことを思い出したか」

思い出しなどはしなかった。今日まで一瞬たりとも忘れたことは、ない。

小田切が一歩、詰め寄ってきた。

「腹いせだなんて、冗談じゃない。おれはおまえらみたいな犬野郎とは違うんだよ」

雨の冷たさが体を刺した。怒りが渦巻き、周囲の景色が消し飛んでいった。胸の中で火を噴く竜が暴れ、体中の血が恥辱に沸騰した。

この卑劣な男は、伊吹の過去を嗅ぎ回るだけではなく、姉にまで猜疑《さいぎ》の触手を伸ばしたのだ。なぜ、よりによって殺人の前科を持つ男を選んだのか。その理由が納得できず、よほどひねくれた過去を持つ女なのではないか、と野良犬並みの嗅覚で姉をも調べ回った――。

「おまえもさっさと失せろ。この犬畜生が」

面と向かって言われたのは初めてだった。

だが、あの時の周囲の目は、今の小田切とよく似ていた。人としての尊厳を根底から踏みにじるほどの蔑みに染まった視線。口にせずとも、人であることを疑って憐れむ目の色。

「黙れ……」

かすかな声が聞こえた。

路上に横たわる伊吹が、震える右手で小田切の濡れたひざ元をつかんでいた。

「あんたに、彼をなじる資格があるか……」

何も言えない僕に代わって、弱り果てた伊吹が力を振りしぼって抵抗を試みていた。

小田切が見下ろして足を揺すり、伊吹の手を軽く払った。

「おれは真っ当な人間だよ。人のルールを忘れちゃいない。おまえもルールを犯した畜生のくせに」

そのまま小田切は右足を大きく蹴り上げた。靴先が伊吹の腹をとらえ、濡れ雑巾になった彼の体が、もんどり打って路上を転がり、しぶきが飛んだ。

それでも伊吹は、非難の声を止めなかった。

「あんただって畜生だよ。人の気持ちを理解できない獣だ」

「ふざけるな。おれは人間だよ。だから悪を憎み、人と獣の一線を越えた野郎を取り締まってるんだ」

「あんたは、できそこないの人間だよ。だから、千賀子はあんたを恐れたんだ……」

伊吹は禁句を口にした。その瞬間、小田切という男が獣に変わった。人としての感情を逆撫でされ、人も獣の仲間にすぎないことを自らの行為で立証するために。

小田切が声にならないうめきを発し、横たわる伊吹をつかみ起こしにかかった。激情に駆られるまま首を締め上げ、再び路上にたたきつけた。

後ろに控えた野次馬がざわめき立った。僕は肩口を押され、それでやっと体が動いた。

「よせ！」

狂った獣めがけて突進した。

気配に気づいた小田切が振り返った。逞しい腕のひと振りで、軽く弾かれた。獣が標的を変え、尻餅をついた僕の胸倉をつかんできた。

まさに人ではない野獣につかまれたかのようで、息が詰まった。生臭い獣の臭いが、僕の鼻をついた。

「恥を知れ。この犬野郎が。あの人をおかしくさせたのはおまえだろうが」

くり出された言葉と拳が、まともに鼻先をとらえ、目の前で火花が散った。

濡れたアスファルトに背中から倒れた。後頭部を強かに打ちつけ、愛する姉の笑顔がまぶたの裏をよぎった。

あの夏――。

僕は家族の中で孤独を嚙みしめていた。きっかけは、兄たちの受験だった。優しい養父母は言葉にしなかったし、態度にも気を配っていた。二人の兄も僕を気遣いすぎるために、かえって両親の遠慮を引き出す結果となった。

血のつながりを強く意識せざるをえなかった。養父母と兄たちに罪はない。ただ、僕が一人で孤独を背負っていたにすぎないのだろう。

姉はもっと孤立していた。自分の考えを曲げようとしない性格が災いしたといっては、姉の生き方を否定することになる。だが、同じ部屋を使う従姉の幸江《さちえ》と、ことあるごとに衝突していたという。朝の洗面所を使う順番から、二段ベッドの乗り降りの音まで。

歳がもう少し離れていたなら、どちらかが折れるという処世術も使えたろう。だが、一歳という年齢の差は、年ごろになるにつれて互いへの意識を強くするばかりだったらしい。

できの悪い末娘を演じていた姉が希望する高校への進学を決められたのに、従姉が意に添わないすべりどめの高校へ進むしかなくなったことも、二人の関係に深い亀裂を生じさせた。伯母夫妻は実の娘を気遣うあまり、姉への配慮を置き去りにした。

姉はアルバイトを理由に家から離れる時間を作った。その少ない稼ぎを伯母夫婦に渡すことで、わずかな居場所を確保する意味もあったと思われる。その行為がまた作為的だと従姉に罵られ、伯母は伯母で、実の弟との諍《いさか》いを募らせ、姉は身の置きどころをなくしていった。

あの夏――。

姉が伯母たちの家を出たのは、やむなき選択だったと思う。二年続けたアルバイトの稼ぎを積み立てた姉は、年齢をごまかして不動産屋を訪ね、かつて祖父母の実家があったすぐそばにアパートの一室を借りた。そうやって姉は、七年ぶりに僕の前に現れたのだった。

姉の手料理は、お世辞にもうまいものではなかったが、姉だけが覚えている母の味噌汁や煮物の味を再現しようと、僕のために悪戦苦闘してくれた。食事の支度が調うまで、僕は窓から見える江戸川堤の景色を楽しんだ。その眺めは、よく一緒の布団にくるまり合って寝た祖父母の実家の窓から見えた景色にそっくりで驚いた。だから姉は、このアパートを選んだのだ、と僕には理解できた。

実の両親はもういなくとも、何より信頼できる存在が僕にはまだ残されている。そのことを確かめ合うように、祖父母の実家で僕らは抱き合い、互いの肌のにおいに包まれながら眠ったものだ。だから、そのアパートでも、一枚の毛布にくるまったのは、僕らにとってごく自然なことだった。

姉の肌のにおいは、うろ覚えの母の記憶を呼び起こさせた。姉を抱きしめているうちに、涙があふれた。気がつくと、姉も一緒に泣いていた。

僕は姉の胸に顔を埋めて泣いた。やっと大切なものを取り戻せた気がした。だが、姉が急に背を向け、泣き声を大きくした。なぜなのか悔しそうに唇をゆがめ、涙のあふれる目を固く閉じていた。

どうしたの。尋常ではない泣き方に、僕は子どものように、ただ尋ねるしかなかった。姉は泣き続けた。ごめんね、遅くなって。ちっとも遅くないよ。本当にごめん……。

僕は毛布の中を泳ぎ、姉の前へと回った。姉は自分の胸のふくらみを抱くようにして泣き、その涙が買ったばかりのシーツを濡らしていった。

これほど泣くには理由がある。姉を深く傷つけた何かが……。

泣き続ける姉を、僕は強く抱きしめようとした。すると姉がまた、僕の手を嫌がるように払い、横を向いた。

どうしてだよ。昔のように抱き合っていようよ。できない……。なぜだよ。

姉の声と肩が激しく震えていた。今でも僕は思い出せる。あの時のひと言を。苦しんでいた姉の心の叫びを。

もう昔のようにはできない……。なぜ。だって……あいつ……。あいつって誰だ。姉は体を丸めて泣き続けた。そして、ようやく一人の男の名前を告げた。

隆一《りゅういち》が……と。

藤島隆一。伯母夫婦の長男だった。

それで僕には姉の苦しみが想像できた。いつもにやけた笑いを浮かべていた従兄。僕と姉の布団にもぐり込んできては、子供ながらに姉の体を触ろうとしたやつ。あの時は、ただの悪ふざけだと思っていた。

姉と毛布にくるまっても、これまで一切反応しなかったものが、別の人格を得たように起き出していた。隆一への怒りや対抗心がそうさせたのか。寂しさを紛らわせるには、誰かを抱きしめていたかったのは事実だった。僕は姉にささやきかけた。愛する姉のために。

昔よりずっと姉さんのことが好きだよ。あんなやつとのことは関係ない。姉さんは昔と何も変わっちゃいない。ちっとも汚れてなんか、ない――。

あの時の僕が求めていたのは何だったのか。

あとになって何度も自分の気持ちを確かめてみた。ずっと別れていた唯一の肉親の温もりなのか。記憶にもない母の存在だったか。単なる性への未知なる興味だったのか。

僕は姉を誰よりも愛していた。身を汚されたと思って泣く姉を抱きしめるうち、姉がちっとも汚れていないことを証明するには、僕が心から愛する以外にはないのではないか。そう思えた。もしかしたらそれは、僕があとから慌てて作った言い訳だったのかもしれない。でも、僕は姉を愛していた。だから、姉を少しでも喜ばせたいと思った。姉の存在を確かめ、独り占めにしたかった。姉の乳房は温かく、柔らかだった。

きっと姉も何かを激しく求めていたのだと思う。それは亡くした父の記憶だったのかもしれない。愛を確かめ合う存在や、自分の身が少しも汚れていないという証拠だったとも考えられる。姉とはあのあと、まともに話す機会を奪われ、僕らはろくに顔を合わせてもいなかった。だから姉の気持ちは確かめていない。でも、あの時の姉も心の底から何かを求めていた。だから僕をはねつけず、優しく迎え入れた。あの夜、僕らは抱き合いながら、いつまでも泣き続けた。罪を犯すことでしか癒せない傷をいたわり合っていたのだ、と僕は思う。

「犬野郎は黙ってろ」

頭上で罵声が聞こえた。小田切が獣となって吠えていた。

あのあとも、非難は僕らに集中した。隆一は罪を認めず、伯母夫妻も息子を庇《かば》い、姉をなじった。どうせこの雌犬が誘ったに決まっている。養父母も、僕を守ろうとするあまりに姉一人を遠ざけ、見ないふりを決め込もうとした。

周りの狼狽《ろうばい》ぶりを見るにつけ、やっと僕は自分たちが犯した行為に震えた。僕は姉を守れず、養父母の庇護のもとへ帰るしかなかった。それはある意味、姉を裏切ることでもあった。

だが、姉は僕を受け入れた自分を恥じてはいなかった。姉の気高さが、僕には恐ろしく思えた。

とても姉のようには生きていけない、と打ちのめされた。

姉はいつも懸命だったのだ。自分を曲げず、信念を貫き、胸を張って生きようとした。だから、まだ高校生の男を真剣に愛し、新井宗太をあきらめて会社を移り、タカシもしくはタケシに情熱をそそぎ、伊吹正典という男を生涯の伴侶に選ぶ決意を固めた。

僕にはできない。姉のような生き方は。とても姉のように強くはなれない。

頭上で吠える男も同じだった。好きになった女性が殺人の前科を持つ男を選んだ事実をいまだ受け止められず、誰かに原因をなすりつけたがっていた。彼は姉の強さに惹かれたと思われる。ところが、その強さに弾かれたあげく、自分の弱さを見つめられずにいる。

たとえどれだけ僕を非難し、伊吹を逮捕してみたところで、自分の恥ずべき行為が正当化されるわけではない。そうと知りつつも、僕や伊吹に怒りを向けるしかない愚かさを、きっと彼もどこかで自覚している。

パトカーのサイレン音が近づいてきた。小田切の仲間が応援を依頼したのだろう。僕は水たまりを押して頭を起こした。ずぶ濡れの体を引きずって伊吹へと近づいた。

また小田切の足が行く手を阻んだ。

苦しみうめく伊吹に向かって、僕はありったけの力で呼びかけた。

「伊吹さん……。姉は人として正しい選択をした。僕は心からそう思う」

水たまりに浸されていた伊吹の顔に、かすかな笑みが宿った。ほんの少し電話で話をしたにすぎなかったが、僕にはわかる。彼も姉に似て、懸命に人を愛し、だから妻だった人を手にかけてしまい、自分を追い込むしかなかったのだ。

伊吹正典という男は弱い自分を受け止められる人だった。罪を自覚し、心から悔いて身を律し、人の弱さを見つめながら今日を精一杯に生きていた。その生き方は、姉と同じでもある。人を殺したという過去を恐ろしく感じたことは、姉にもあったかもしれない。でも、罪から目をそらさずにいられる暮らしのほうが、遥かに安らぎを得られたのだろう。

伊吹がまたわずかに顔を上げた。腫れ上がって裂けた唇が、ありがとう、と動いたのを僕は見逃さなかった。

頭上でまた獣のうなりが聞こえた。

「ふざけるな。こいつは人殺しだぞ。愛を誓い合ったはずの妻を殺し、罪もない老夫婦を焼き殺した人でなしだ」

人だから、人を傷つけ、自分をも傷つけてしまう。それがこの男にはわからないのだ。姉と伊吹は、自分たちの弱さを理解し合えた。僕にも少しは想像できる。姉と伊吹は、生き方の根がつながっている。

僕は満ち足りた笑みを浮かべていたと思う。小田切を見上げて言った。

「おまえのほうが、人でなしだよ」

怒り狂った獣が僕の襟首をつかみ、振り回した。

小田切の拳が後ろへ引き絞られた。殴られる。覚悟を固めたが、不思議と襟首をつかむ手から力が抜けていった。

僕は路上に再び尻餅をついた。

目の前で、厳つい男の体が縮んだかと思うと、濡れたアスファルトを両手でたたきつけるようにして、小田切が頭を抱えた。

やがて、路地に駆け込んできた警官の足音と、熊の咆哮にも似た噎《むせ》び泣《な》きが、うずくまって放心する僕の耳に届いた。

20

気になっていた幼い患者の様子を診たあと、僕は一人ゆっくりと病棟の廊下を歩いた。病室の子供たちが、抱えた病気に負けない笑顔で優しく手を振ってくれた。この満ち足りた気分を思い出せば、この先も歩いていけると確信できる。

僕は白衣をロッカーに収めると、数少ない私物を紙袋に詰めて医局を出た。

「お疲れさま」

すれ違った看護師たちとは、微笑みとともに挨拶ができた。三年半も務めれば、大学の言いなりになるしかない派遣医師でも、勤務先に愛着は湧く。救えなかった命と、手助けできた命について考えながら、僕は病院をあとにした。

待ち合わせた場所は、駅に近いホテルの最上階にあるラウンジだった。この時間では、まだ客はほとんどいないため、誰に聞かれることもなく話ができる。

広い窓から夕暮れの街を見下ろしつつ、僕は二宮真尋を待った。

彼女は約束した時間より二十分も早く到着した。僕を見つけると、あえて気を落ち着けさせようとするように大きくひとつ頷き、それから高くもないヒールの音を強調させながら近づいてきた。

歩き方に気持ちが表れていた。たぶん、気の早い助教授辺りが、気まぐれな派遣医師の退職願について相談の電話を入れたものと見える。

「わざわざ呼び出して、ごめん」

「十五分ほど前に、金沢先生から電話があったわ」

真尋は僕の向かいに座ろうともせず、裏切り者は許すまいと言いたそうな鋭い眼差しを向けた。

「本当は君にまず打ち明けたかったけれど、手続き上、どうしても教授に言っておかなければならなかった」

「理由を教えて」

「頼むから、まず座ってくれないか」

真尋は近づいてきたホテルマンの視線を気にして、ひとまず僕の向かいに腰を下ろした。彼女はコーヒーを頼み、僕はジントニックをお代わりした。

「お姉さんの看病を続ける気ね」

「それもある」

僕は頷き、さもすまなそうな声を作って彼女に嘘を告げた。

「でも、たぶん姉はもう長くない」

自発呼吸はすでに止まっていた。角膜反射も咽頭反射もなくなり、今は脳波がかすかな波を刻み続けているため、脳死判定を免れているにすぎなかった。

「だから、何があっても、すぐ駆けつけられる場所にいてやりたい」

「気持ちはわかるわ。でも、大学をやめるまでのことは――」

「ないかもしれない。でも、僕は今度のことで、自分の弱さを嫌というほど知った。というより、姉の強さを見せつけられて、姉に負けない生き方をしたい、と思うようになったんだ」

「それが、医者を辞めることなの」

真正面からぶつけてくる真尋の問いかけ方が、僕にはとても温かく感じられた。

「辞めるつもりはない。金沢教授にも相談したんだ。姉の容態がどちらかの側に落ち着き、伊吹の裁判を見届けたら、小児科医に困っている離島にでも行こうと思ってる」

「素晴らしい志ね」

真尋はたっぷり皮肉をまぶして言った。

「そういう志に水を差すようなことを言うほうが、意固地で自分勝手な考え方しかできない、ろくでなしに思えてくるもの」

ありがとう、と僕は告げたかった。真尋は遠回しに、行かないでほしい、と言ってくれていた。その言葉を受け止められずに、僕は視線を外した。大空を染め抜くように広がる夕焼けが、少しは目の慰めになった。

「伊吹の裁判は、たぶん一年以内に判決が出ると思う。大和田弁護士がそう言っていた。小田切刑事は免職になったことだし、裁判はこちらに少しは分がありそうな状況になってきた」

伊吹の証言から、北進ファイナンスの上層部と、彼らを操る暴力団にも捜査の手は伸び、五人の新たな逮捕者を出していた。彼らが芝中哲実を脅して始末させた遺体が、神奈川県清川村の山中から発見されてもいた。それでも芝中哲実は、吉川夫妻の強盗殺人と放火について、単独犯ではないと最後の悪あがきを続けているという。

免職になった小田切は、姉から呼び出しを受け、現場である北進ファイナンスのビル横にいた事実を認めていた。彼が乗り込んでいこうとする寸前に、窓から火の手が上がり、彼が駆けつけた時にはもう手の施しようがなかったという。北進ファイナンスの男たちは、裏手の非常階段から逃げ出したため、小田切とは遭遇せずに現場から離れることができたらしい。

「もちろん、強盗殺人に放火という大きな事件だから、裁判官も慎重になるだろうし、伊吹には前科もある。まだまだ油断はできないとは思う」

「そう……」

「ただ――」

覚悟してきたはずなのに、声が途絶えた。

「ただ?」

うながす真尋に頷き、僕は姉の強さを思い出して、顔を上げた。

「――ただ、裁判の過程で、何が飛び出してくるかわからない。だから、君にだけは、僕の口から伝えておきたかった」

よほど言いにくそうな表情をしていたのだろう。真尋が僕を見つめて、口元を引き締めた。

彼女は勘が鋭い。僕の気の弱さを知ってもいた。

「姉が伊吹の家族のために、体を売っていたことは話したよね」

「ええ」

「姉はそれだけじゃなく、伊吹にすべてを打ち明けていた。過去に自分が何をしてきたか。それは、妻を手にかけるという重すぎる罪を犯し、自分を責め続けてきた伊吹に近づこうとするためだったと思う」

真尋はまだ話の先に想像がつかず、僕の落ち着きない視線の先を気にしてか、わずかに首を傾けるような格好になった。

「姉は本当に勇気がある。伊吹も同じだったと思う。姉も伊吹も、愛する人に自分の犯した罪を打ち明けたんだ」

いったいあなたに何の罪が……。真尋の視線が戸惑いを映して揺れ動いた。

彼女の反応が怖かったが、僕は真尋を見つめた。

「医者になった動機を、以前、君に打ち明けたことがあったよね」

「ええ……」

まさか、と真尋の目が大きく泳いだ。優秀な事務長代理は、僕の怯えた態度から、真実を導きだしていた。

それでも、僕の口から伝えなければならなかった。隠しとおして別れを告げることはできる。でも、それは姉の生き方に反する卑怯な方法になる。だから、僕は力を振り絞って、だが、小さな声で告げた。

「……姉との子なんだ」

突風を食らったみたいに、真尋の肩が揺れた。おぞましい想像が当たり、信じがたい現実を振り払おうとするかのように、彼女は僕からとっさに視線を外した。それが自然な反応だと思う。それでも真尋は耐えていた。冷静であろうとしてくれている。

姉の妊娠を僕が知ったのは、少しあとになってからだった。養母の様子がおかしく、僕を見る目が怯えているように感じられた。今になってなぜこんな目をするのか。意味がわからず僕は養父を問い詰め、初めてその事実を知った。

姉は最初、産む、と言ったのだという。その態度から不安を覚えた養父は隆一を厳しく問い詰め、その時期を突き止めた。養父の胸騒ぎは当たった。そもそもあの姉が、隆一との子を産みたいと言い出すはずなどなかったからだ。姉は親族に説得され、身を引きずられるようにして病院へ行ったのだという。

心身ともに姉を傷つけた自分の愚かさを、僕は呪った。しばらくは食事も喉を通らなかった。それでも姉に電話すらできなかった。姉から逃げたような自分に何が言える。せめて迎えてやれなかった子供のためにできることはないか。悩んだ末に出した答えが医学部への進学だった。それこそ寝食を忘れて受験に打ち込んだ。そうすることで自分を支える以外に、僕は生きるすべを見出せなかった。

震えそうになる声を無理して押し出し、僕は続けた。

「小田切という刑事は、謹慎中をいいことに、姉の過去まで探り、すべてを知る僕たちの従姉から——話を聞き出していた」

藤島幸江。今では中島幸江と名字が変わっているという。どこで何をしているか、僕は知らない。できるものなら、近づきたくない相手の一人だった。

「その一件まで、裁判に出るかもしれない。僕の口から言っておくべきだと思った」

真尋は何も言わなかった。僕を見ずに、窓の外を染める夕空に目を据えていた。言葉を探せと言うほうが無理なのはわかっていた。

「今日までありがとう。君には感謝の言葉しかない」

まだ身動きできずにいる真尋に最後の礼の言葉を告げ、僕は席を立った。

ラウンジを出て、エレベーターホールまで歩いた。期待していた声は、追いかけてこなかった。


東京へ戻ると、僕は真っ先に姉のもとへ駆けつけた。

午後八時。もう病室前の廊下に警察官はいなかった。それでも僕は、彼らの姿がないかどうかを見回していた。

ナース・ステーションで看護師に挨拶し、姉の病状を確認した。集中治療室から一人部屋に移されていたが、機械の助けがなければ呼吸を続けられない状況は少しも変わっていない。あとは、やがて確実に訪れるであろう脳死の時を待つだけになる。

姉の病室へ歩こうとすると、看護師から意外な人物の訪問を教えられた。今日の午前中、一人の見舞客があったという。

彼女の名前がナース・ステーション前に置かれたノートに記されていた。増田彩。

彼女は見舞いに行くまで少し時間がかかるかもしれない、と言っていた。あれから一週間になる。やっと彼女なりの解決を見出し、姉に報告ができるようになったらしい。僕に電話もくれず、一人でそっと見舞いに来るのも、彼女らしいと思えた。きっと姉にだけ打ち明けたい内緒の話があったのだろう。

僕は死を待つだけの生と、二度と取り返しのつかない死の差について考えながら、姉の病室へ歩いた。その両者にどれほどの差があるかどうかは、医師の端くれでもよくわからなかった。

「姉さん、来たよ」

病室へ入り、ベッドで横たわる姉に呼びかけた。

愛する姉は、そこにいた。だが、僕を見ることもなく、呼びかけに答えることもない。ただ機械の助けを借りながら呼吸を続け、生にしがみつかされている。

また少し顔の浮腫が増し、内臓のさらなる機能低下がうかがえた。ドレーンから落ちる尿にはどす黒い血が混じったままだ。脳波が消えかかっているのだから、内臓の働きも極端に落ちていても当然だった。

寝返りさえ打てず、人としての一切の反応を忘れ去った姉がいる。

バッグを置くと、僕はまず開け放たれたままのドアとベッドの位置を確認した。姉の右手には呼吸器や心電計が置かれている。見舞い客は窓側に座るしかなかったが、幸いにも静かな病棟は、足音に耳を澄ませば廊下を近づいてくる者がいるかどうかは、すぐにわかる。

「ごめん。一緒にこの毛布にくるまって寝たいけど、先生や看護師に見つかったら大変だからね」

細くなった姉の手を取り、強く握った。今も血が通っている温かさが、切なかった。胸元に顔を近づけたが、姉のにおいはせず、消毒剤と血の香りだけが漂ってくる。

横たわって栄養補給を続け、チューブから排泄し、床ずれが全身を蝕んでいく日々。依然、脳波は弱々しく、回復の兆しは見えていない。脳死は目前に迫っている。

「伊吹さんの初公判は、来月の十日に決まった。僕が見届けるから安心していいよ」

また耳元で僕は告げた。姉は頼りない呼吸をくり返し、瞼ひとつ動かしてもくれない。

僕は深く息を吸った。まだ迷う気持ちがあった。廊下は静まり返っている。面会時間は終わり、見舞客はもうほとんどいない時間だった。

静けさに包まれていると、姉が借りたアパートに、二人だけでいるような錯覚に陥りかけてくる。でも、取り返しのつかない月日が流れて二人は歳を重ね、姉は生死の間で動かず、僕一人が取り残されていた。

永遠と一瞬について、考えた。一瞬の感情が人を永遠に縛ることがある。犯した罪は消えずに残り、先々の一瞬に影を落としていく。それでも僕は、あの一瞬を悔いてはいない。悔いたのでは、姉への裏切りになる。

姉さんだって、そうだよな。

伊吹正典の写真を、彼の母親から見せてもらった時、僕には姉の歩いてきた道のりが見えてくる思いだった。そこに収まっていた男は、どこかしら僕に面影が似ていた。

見舞いに来た新井宗太を目の前にした時も、僕はほんのわずかな危惧を覚えた。姉はあの日を引きずりながら生きてきたのではないか、と。だから姉は、高校生の男と——。

姉の元同級生の越川範子も言っていた。どうしようもない男だとわかりつつも姉が交際していたタカシもしくはタケシという男は、これといった特徴のない人だった、と。つまり、僕のようなどこにでもいる、少し気弱そうに見える男だったのではないだろうか。

僕にはわかる。あの一瞬から解放されずにあがき続け、ただ今を懸命に生きゆくだけで精一杯だった。姉も僕も似たような道を歩んできていたのだ。

もういいよ。姉さんは自由になっていいんだ。あとは僕が引き受ける。

小さく姉に呼びかけてから、僕は心の弱さを振り払い、旅行鞄のポケットに押し込んであったビニール袋を取り出した。

この中に収めてあるものを手に入れるため、僕は二日間だけ病院に戻っていた。

使い古しの注射器が一本紛失しようと、誰も気づくはずはなかった。マスキュラックスも、使用済みアンプルに残っていたわずかな分量を集めたものだ。外部へ持ち出そうと誰に知られる恐れもない。

僕はベッドの陰で、寄せ集めのマスキュラックスを手早く注射器に吸わせて、準備を終えた。日々、点滴によって薬剤を与えられているため、姉の両腕は針を刺した跡で真っ赤に腫れ上がっていた。これなら新たな痕跡が増えたところで誰にも気づかれはしない。

「遅くなってごめん」

姉の耳元へ顔を近づけ、ささやいた。

最後のキスをしたかったが、呼吸器につながれているため、チューブが邪魔して姉の唇はふさがれていた。

紫色になりかけていた頰にキスした。僕は姉の肌の温かみを記憶に刻んだ。この一瞬を、永遠に忘れはしない。

廊下は静まり返っていた。僕らは二人だけの世界にいた。たぶん、僕は愛する姉を独り占めにしたかったのだ。姉もそれを望んでいる、と僕は信じている。

姉も僕も、足を踏み外したのでは、きっとない。人は力の限り走ろうとすると、つい目をつぶり、コースから外れてしまう時がある。

あの夏からの、長い旅がもうまもなく終わりを告げる。あとは僕一人が長い孤独に耐えていけばいいだけだった。その程度の心の強さなら、こんな僕にでもあると言える。

僕は最愛の人の手を握り、別れの時を精一杯に慈しんだ。

〈初出〉
『小説新潮』二〇〇六年四月号～八月号

装幀　新潮社装幀室

最《さい》愛《あい》

著者

真保裕一《しんぽゆういち》

発行

2007年1月20日

発行者　佐藤隆信
発行所　株式会社新潮社
〒162-8711　東京都新宿区矢来町71
電話　編集部　03-3266-5411
　　　読者係　03-3266-5111
http://www.shinchosha.co.jp

印刷所　二光印刷株式会社

製本所　大口製本印刷株式会社

ISBN 978-4-10-303551-0　C0093